遇見

吳秋霞、張濤 主編

淡江大學出版中心

目次

山水一程 / 131

物無定味 /217

人間有味 /249

台北 101 大樓跨年煙火秀

淡江大學 校長 序

淡江大學成立於 1950 年，是臺灣創校歷史最悠久的私立大學，以專業、通識教育及課外活動的「三環」課程，「德、智、體、群、美」五育內涵，「國際化、資訊化、未來化」三化及「全球視野、資訊運用、洞悉未來、品德倫理、獨立思考、樂活健康、團隊合作、美學涵養」八大基本素養的教育理念，塑造具知識技能與心靈卓越相結合的淡江人。

淡江大學擁有的 8 個學院中，以文學院最具多元性，因此，整合中國文學、歷史學、資訊與圖書館學、大眾傳播學、資訊傳播學 5 個科系專業領域，融合人文社會科學藝術，推動跨領域、創新產學模式的「文化創意產業學分學程」應運而生。

2014 年本校與福建師範大學簽訂姊妹校，文學院進而與福建師範大學簽署教育合作協議書，2016 年雙方合辦首屆「文創學程閩台專班」後，連續三年安排福建師範大學文學院文化產業管理系大三學生以隨班附讀身分，在本校研修一年，並設計具備「專業基礎、專業方向及實踐環節」3 種類別課程供選讀。

創立「閩台專班」的目的，除讓學生瞭解自身文化是發展文化創意的首要外，也希望藉由文化交流，可以尋找創意的源頭，重新賦予產業的新價值，因此，從閩台專班第一屆學生開始，便將一年的學習成果，以集體創作的方式集結成書。

第一本書《大三那年，我在台灣》，是閩台專班同學表達在台灣一年的學習心得，第二本《梧葉食單》則由每位同學創作與料理相關的虛實故事。今年的主題是《遇見》，有別於過去僅有

遇見

福建師範大學的大三同學，這次也加入一同修課的淡江大學同學
作品，記錄在淡江這一年共同修課，每個人所遇見的人、事、物
等學習感想。

　　衷心期待兩岸學生藉由學術交流，能擁有淡水美好城市的共
同回憶，值此集體創作的紀念書出版之際，特為之序。

　　淡江大學校長

葛煥昭

謹識於 2019 年 5 月

2018 年文學院文創閩台班迎新茶會

寫給遇見的青春

攜書行大千，淡水夕陽邊。

歲月不回首，歸來仍少年。

　　芳年華月，背起行囊，踏上青春的旅途，一路上或許會遇見風花雪月的旖旎景色，或許會遇見溫暖和煦的世情人心，或許會遇見賞心悅目的美食妙物，或許會遇見太多太多的或許……你會說，稚齒婑婧、沈腰潘鬢的年歲，怎忍心焚琴煮鶴、讀書漸廢意蹉跎？你會說，花朝月夕、鳥語花香的良辰，又豈甘韶光辜負、雨打梨花深閉門？於是，你開始了地上的行走與書中的漫遊，只為遇見你想遇見的遇見……

　　輕輕翻開這冊《遇見》，心中不由感歎：遇見了青春，真好！書中描述的遇見，有交往朋友時的忐忑，有初次飛行中的疑惑，有講鬼故事的鄭哥，還有帶上耳機時傳來那陳綺貞空靈的歌；書中展示的遇見，是雨季裡的茶香暖舌，是粉蒸肉由父愛包裹，是學會騎機車後的呼嘯而過，以及拿起相機時那鏡頭中的人間煙火；書中喃喃低語的遇見，有課間睡覺的困倦，有陽明山頂的狐仙，有深藏街巷的佳餚美饌，還有敏感少年的青澀蛻變；書中逸興飛揚的遇見，是國標舞社裡婆娑翩躚，是演唱會上目光閃閃，是汗水在女子籃球賽中流過，是身影在橄欖球場上拼搏。

　　你遇見了青春，青春也遇見了你。在時空的機緣中，兩岸的青年，更有了青春觸碰、神采迸射的遇見。覽讀書中的篇章，細品書中的情愫，青春的氣息是如此的飽滿，青春的凝眸是如此的

遇見

眷戀。無論是十八歲離開澎湖時的不安，還是邁出舒適圈那一步
的勇敢；無論是面對變故後的堅強不甘，還是體驗實習艱辛後的
低頭輕歎；無論是愛與被愛的朦朧期盼，還是初見雪花紛飛的欣
然，都揭示了遇見青春所必經的考驗。

　　歲月如平仄。自從人生晨曦中的第一縷陽光，拂開你混沌未
知的沉睡面紗，你便開始了遇見。一路走來，你遇見愛，遇見痛，
遇見落寞，遇見期待，遇見歡愉，遇見思念，遇見暖心的話語，
遇見低垂的淚滴。於是，你希望向著有細細和風的地方去，在遠
行的時光裡折一枝柔媚的春天。你說，你是春天的歌者，所以就
要有飛揚的劉海、就要有翻舞的裙裾、就要有幽蘭沁心的想念。
是的，陽光年紀，怎甘心愁雲如磐？漁歌唱晚，豈能比碧海藍天？
或許遇見，不會讓秋收冬藏的人生光芒萬丈，但是遇見，卻能讓
心事蕩漾的日子得嗅夜半海棠。

　　春風十里，夢想拔節。為了遇見，路途不再寂寞。於是，你
磨去了歲月的疤痕，在浮生斑駁的牆角，也有了一樹嫩綠、滿枝
芬芳。你說，因為遇見，陰鬱籠罩的日子裡，奔波的心有了一隅
安放，才發覺梅子黃時、滿城煙雨，竟猶如天地間的幕簾；你說，
沒有遇見，追風逐雲的年月中，便不會有清流沃野、果茂禾嘉、
千里嬋娟。當時間的鋸齒被一一磨斷，你用筆墨揮灑出悠長的呢
喃，抒發著旅途中的纏綿與溫婉。你說，既然有一葉心舟，何不
載滿歲月的溫柔？於是，大千世界裡，一粒塵土飛落，萬古的凝
固便被打破。

　　月映萬川，心歸一脈。因為遇見，如歌的行板，不僅能演奏
出楊柳依依、春水泱泱與細語溫軟，也能恢弘起大風起處、金戈

鐵馬與氣吞河山。普天朗照，暈潔如雪。願所有的幸福都能不期而遇，願所有的響往都能如約而至。風華錦繡的時節，願你揚帆起航，帶著心中的故土原鄉，遇見你想要遇見的遠方。

彼岸，我在雨後的榕城，隔著閩江上的遠帆，在黛瓦粉牆的院落裡，煎了一壺秋水，沏了一盞春茶，鋪下歲月的素箋，讓筆端流出悠長的惦念。因為期待與你的遇見，於是我又去了一個流年……

福建師範大學文化產業系主任

尚光一

2019 年 3 月寫於淇澳樓

與淡水夕照的相遇

淡江大學 9 月還在盛開的鳳凰花，成為閩台班的迎賓花。

筆落是你

尚光一

無論是十八歲離開澎湖的不安
還是邁出舒適圈那一步的勇敢
無論是面對變故後的堅強
還是為艱辛低頭後的輕歎
無論是愛與被愛的朦朧期盼
還是初見雪花紛飛的欣然
也都是
相遇青春必經的考驗

美麗的意外

蔡璐瑤

我遇見誰會有怎樣的對白？

我遇見你是最美麗的意外。

相遇本身就是一種奇妙的事情，天大地大，怎麼就偏偏和這個人認識了，說話了，擁抱了，告別了。一年時間，誰知道會遇見多少人，會在這座島上留下多少惦念。我是抱著倒數計時在過著這裡的每一天，也在一開始和他們相遇的時候，準備好了和這美麗的相遇說再見的那天到來。

一

Diner 是毛毛的 ins 名，diner，就餐者，他說他的夢想就是吃遍世界上的美食。

毛毛是實驗劇團團長，雖然同年，但是初來乍到的我作為淡江大學的新生，一開始還是把他當作學長。來淡大我很期待可以加入社團，於是就和實驗劇團對上眼了。其實我早就和上一屆的一位同樣在實驗劇團待過的學長打聽到，這是一個嚴肅苛刻、紀律嚴格的社團。那麼劇團裡的學長姊們應該會很嚴肅吧？但毛毛好像完全沒打算把自己營造成學長的樣子，一個別人常常因為他有力而奔放的大笑而受感染，或者聽說有好吃食物時就動搖內心的人，要板著一張臉喝斥學弟妹應該很難吧。

我沒想到短短幾個月和他能變成互相認證的好朋友。很巧，居然剛好買了同一天的票去看《杏仁豆腐心》，於是打開了長達

一個月並且至今還在繼續的話匣子。可能是志同道合地對食物有著非同常人的喜愛，聊的話題總離不開食物。我從他那裡獲得了一份淡江大學周邊必吃清單：滷味、豬腳飯、牛肉麵、奶茶。週四課最滿，憑著這張單子，就能豐富我每一週的週四中午。去台南之前他特地推薦我一定要去吃的碗粿和牛肉麵，可惜因為行程沒吃到，毛毛好像比我還要失望，「啊，怎麼可以沒吃到！去台南就是要吃啊！那你只能等下次了。」彷彿沒吃到而且可能再也沒有機會吃到的人是他自己一樣。

　　淡大實驗劇團是一個紀律嚴格、井井有條的社團。這樣的紀律感讓效率變得很高。停留在之前對社團的鬆散作風認知裡的我，驚訝於一個學生社團能有這樣的凝聚力，心裡早就有很多問題想要請教毛毛了。

　　「做團長是一件很辛苦的事情啊。」我每次做班長都覺得自己挺失敗的，要對同一件事情一直保持始終如一的熱情是件不容易的事情！

　　「我很清楚我自己的實力，當時是真的覺得全團只有我有能力來當這個團長。」一顆思維縝密的大腦藏在了嘻嘻哈哈的外表之下。

　　「從選為團長，差不多六月份開始，我就一直在想我究竟要怎麼營造劇團的氣氛。也有去請教過很多的學長姊、老師，他們也給了我很多建議。我還是不太希望劇團的氛圍太過緊張。」

　　「該活潑的時候活潑，該嚴肅的時候嚴肅？」

　　「對，之前劇團真的是很老牌的氛圍，做得不好會被學長姊

罵。但是他們在要求遵守紀律時，卻不告訴你為什麼。劇團的規章制度很多，看起來條條框框很多限制，其實出發點都是好的，比如有些是作為一名演員的基本素養，有些是為了保護你的安全。以前是命令式的要求你做到，現在我覺得有必要讓大家知道是為什麼。」

這一點我之前一直沒有意識到它的重要性。當需要大家一起服從某項決定的時候，發起者一定要讓大家知道緣由，而不是為了省事忽略大家的感受。這是大家的知情權，也是作為學生社團幹部要學習如何將事情做的清清白白，有理有據。

「我覺得你作為團長已經很棒了，思考的事情都是我之前沒有想過的。」我發自內心地說。

「真的嗎？」

「嗯嗯，至少我個人有看到你們的用心。」

他轉過臉去。「我需要平復一下心情，最近真的感覺壓力很大，能聽到你這樣說真的很感動！」

是啊，我也很開心我的一句話能讓毛毛感動到。

毛毛很擅長把自己思考人生的結果轉為通俗易懂的話分享給大家。我十分羨慕他可以把自己想表達的東西都表達出來。

「所以這些道理都是你自己想到的嗎？就像我自己很多的觀念都是前輩、長輩告知的，結果越來越被證明有道理。」我真的很好奇每次檢討時，毛毛都能總結出很多道理說給大家聽。

「其實這些道理有很多是遇到難得可貴的人，才造就今天的

我。」「有時候就會受到啟發『啊！原來我還有要改進和學習的地方！』」

他總是能很周到地顧及到大局。每次大家一起出門吃飯總會記得留到最後一個看包，公演結束也是等著最後一個人結束工作再一起吃慶功宴。他一定是被很多人愛著的，才有這麼大的能量把溫暖和幸福分享給大家，愛著劇團，愛著劇團的每一個人。

毛毛是我遇到的第一個有如此深入交流的台灣同學，他對人生的看法，對劇團深深的愛都讓我備受啟發。我重新思考作為一名班長應該要以什麼樣的態度為班級同學服務。但願能像他一樣，真心實意地關心著身邊的每一個人、每一件事，讓自己變成一個隨時向身邊散發能量和光亮的小太陽。

二

會認識阿蘇，是因為剛好我們都坐在第一排。正常是不會有人坐在第一排的，除了十分想要接近老師，或者像我和阿蘇這樣，身為班級代表。我是後來才知道她原來也是班代的。我很吃驚於大二的她在做事時的主動和幹練。這是我大二的時候做不到的。

阿蘇很酷，頭髮最近剛剛染成了紫色，結實的身材還有小麥色的皮膚，自信。來台灣我發現各種各樣長相身材的女生都可以很自信。不像在大陸，大家都在追求瘦一點，再瘦一點就好了。自信就足以讓人很美了。

阿蘇有一輛機車，「一般都是開七八十邁吧。」當我看到阿蘇的手肘上又新增了幾處紗布，就相信了她騎車的速度。而上一次車禍受傷的腳踝才剛剛脫離紗布出來呼吸新鮮空氣。「你要不

要穿我的衣服？」淡水突如其來的降溫讓我錯估了溫度，阿蘇把她的衣服脫下來給我。「這件 4000 塊呢，潮牌，五月天他們牌子的。我可喜歡這件衣服了。」說起五月天阿蘇的眼神在放光。「哇，我人生第一次穿這麼貴的衣服。」我笑嘻嘻地打趣，衣服很大，很暖。

　　阿蘇大二，我老是忘記她大二，因為阿蘇身上給人一種天然的安全感。如果沒有阿蘇，和全班一起去台南的三天我不知道該怎麼辦。不湊巧，腸炎病了三天。肚子裡彷彿在發酵，最好時刻在廁所候著，不然肚子就會漲成氣球。多虧了阿蘇！「如果有需要幫忙的儘管叫我。」反倒是一個和我認識兩個多月僅僅課堂之交的台灣同學幫了我在台南的大忙。台南的兩天早餐都需要七點有人在樓下等老闆送來，阿蘇知道後，幫我設定了六點半的鬧鐘。「明天我叫你。」儘管她第二天沒起得來，但是吃完早餐她卻幫我從垃圾桶裡撿起同學們丟錯位置的飲料瓶、餐盒，幫我一起洗乾淨疊好。連續兩天她都幫我整理。連續三天，阿蘇都陪著我這個病人。害她都沒能好好地玩，我感到十分抱歉。甚至有時候上車還需要她幫我清點人數。「沒關係啦，沒事！」她給了我一個大大的擁抱。我只有充滿感激。台南回來快要虛脫的我，也是被阿蘇用機車運回了宿舍。

　　生日那天正好是週四，從早上八點到晚上時間都被填滿了。阿蘇正好晚上要辦晚會，就和我約說差不多晚上十點半見面，要給我東西。我估摸了一下大概十點半後有空。然而手機在我需要聯繫阿蘇的時候沒電關機了，又遇到最後一節社團課大家輪流分享心得，等我結束衝回宿舍讓手機復活，已經是十二點半的事情

了。果然有她的未接電話。我回電話過去道歉，她依然是：「沒事啦，我明天再給你，沒事的。」第二天我收到了我最喜歡的抹茶千層蛋糕，原來我在學期初偶然說過喜歡抹茶的事她都悄悄記得了。

阿蘇下學期就不能一起上課了，我不知道還會不會常遇見她。但是我們說好了要一起去旅遊，還要一起去吃抹茶甜點，念念不忘，必有後續。今天她正冒著大雨在台中看五月天的演唱會，期待明天可以繼續在課堂上見到她。時間不多了。

快一個學期，陸續遇到了各種各樣的台灣人。其實我不太願意強調他們是台灣人，不願意用「台灣」這個標籤，好像會禁錮住我對他們的認知。人與人之間要建立信任感本來就是一件很難的事情，產生很多摩擦很正常，只是在台灣人和大陸人的交流過程中，摩擦往往會被貼上地域的標籤，產生許多不必要的誤會。大陸和台灣還需要更多的人互相交流，有了充分的尊重、包容，「穿別人的鞋子」，對對方有著充分地了解，才能減少偏見和誤會。

很幸運自己在台灣依然能遇見滿滿正能量，讓我在遠離家鄉的半年依然時刻感受著溫暖，對生活保持著期盼和動力。能遇到這些不同的人，是意外，也是命中註定吧，覺得自己十分幸運，白白收穫這樣美麗的體驗。人是一個地方的靈魂，我有幸能從這些鮮活的靈魂，收穫這美麗的意外，窺見一個鮮活的台灣。

遇見一觸手不可及的人

楊毓敏

今年三月份，我喜歡上了一個人，一個不可能和我在一起的人，他叫金韓彬，是韓國流行音樂團體 iKON 隊長，同時擔任領 Rapper，擅長作詞及作曲。我喜歡他的歌聲、他的舞蹈、他的性格，喜歡他的耿直，慢慢的我開始奢求能遇到他，如果能去看他的演唱會該多好啊，見面會也不錯。2016 年的時候他們有來大陸開演唱會，在上海、成都、深圳、南京等各個地方。那是他們剛出道第一年在亞洲巡演時，後來就沒有再來過大陸開演唱會了。因種種原因沒法再看到 iKON 演唱會，除非我去韓國或日本、香港、台灣才有可能遇見他。雖然，打消了念頭，但內心深處還在渴望與盼望有一天能見到他。

五、六月傳出他們將要世界巡演的消息，因為九月份我將去台灣唸書，應該有台灣吧！我抱著這樣的希望去找了相關消息，「台北場，9 月 22 日！」天啊！我居然去得了他們的演唱會！韓彬啊！天啊！我超級興奮激動，真的各種湊巧，或許這就是緣分吧，我 9 月 5 日到台北，他們就這麼剛好在 9 月 22 日來台北開演唱會，剛好還是星期六！不用上課！興奮了好幾天。我將演唱會相關的具體地點、時間、門票全部都徹查了一遍，甚至在台北捷運地圖上畫了從淡江學園到林口體育館的路線，幻想了各種畫面「或許我能去後台和韓彬拍照，或許我買了搖滾區然後韓彬拿了我的手機自拍，他或許還走到我的面前對我笑……」。

到台灣後，其實我很宅並不喜歡出遠門，只喜歡待在家裡，

說實在支撐我來台灣的動力是去看他們的演唱會，然而這時候我票都還沒買，甚至腦子一熱在網上買的應援棒都沒有帶過來。因為不知道自己護照號碼的原因加上自己的懶惰，反正各種複雜又不重要的因素就是了。其實來台灣的時候我已經沒有最開始那麼興奮，甚至不想去了，懶惰和身體的問題讓我對什麼都提不起興趣，我不想去了，算了吧。來台灣的頭幾週是最痛苦的，各種不習慣、不適應，以前我還會看看韓彬他們讓自己開心一點，現在我連看都不想看他們了，刷他們的消息都是直接快速劃掉，以前還會找韓彬的圖一張一張慢慢看，甚至收藏起來，現在呢，頂多半秒直接刷掉。我不想遇到他了，是，現在我有機會了，我真的有機會了，明明可以見到他，可是我不想見他了，我好累，我活得好累、好想哭、不想玩手機、不想出去玩、不想上課、不想讀書，什麼都不想做。

渾渾噩噩的過著在台灣的每一天，已經快到 22 日了，我還處在糾結之中，周圍的人都在和我說去吧！去吧！機會難得，你不是很想去嗎？是啊，想去，但也沒很想去，可是，可是我沒剩什麼了，我還剩什麼，這可能就是我在台灣這一年唯一的記憶了。買好了，突然一下的動作，突然的釋然，一天的等待，買好了，只是沒想到還剩很多票，開心又難過。

終於到了這一天，我和他們處在同一片土地上，呼吸同一塊空氣。早早的我就起床做準備了，沒有了之前一切消極的狀態和想法，只有興奮的狀態，雖然我不會化妝，但或許他們就見到我了呢，或許呢，至少塗個口紅給自己一點氣色，不要像平時那樣頹廢。我沒有好看的衣服，只有穿了四、五年到現在還沒爛，還

9

沒泛黃的衣服，有點可惜、有點後悔，或許他們就見到我了，我穿這樣，唉！沒關係，他們也見不到我的，我坐在可後面的位置呢。

整理完自己，就和班上同學一起出發去林口，路程真遙遠，雖然全程搭乘捷運，但特別漫長，大概花了兩個小時。在捷運上刷著演唱會的消息平復自己激動的心情，煎熬的兩小時過去了，終於到站了。下車後就能馬上感受到周圍同類人的氣息，哇！這些人和我喜歡同一個團，裡面有些人甚至和我喜歡同一個人，他們穿著紅色的衣服，紅色是我喜歡的組合的應援物發光的顏色，其中一名成員在八月份的首爾演唱會的前一天晚上開直播說：希望粉絲們可以穿著紅色的衣服去演唱會，特別可愛，然後大部分粉絲就都穿紅色的衣服去了，後面每場演唱會都有，自然也包括這次的台北演唱會。但遺憾的是我沒穿紅色的衣服，因為我沒有紅色衣服，反倒是我的同班同學，也就是和我一起去的同學，他穿了紅色的衣服，特別可愛了，我和他說，不知道的還以為是你去看演唱會呢。

到了林口，和同學分別了之後，就剩我一個人獨自面對了，離體育館越近，我的心跳得越快，就在面前了，他們大大的海報在體育館的入口處，周圍滿滿都是人，和我取向一樣的人。我盯著他們的海報，感嘆真是太不容易了，為了見到他們，真的不容易，而且現在，他們就在體育館裡面，我人生第一次離他們這麼近。到體育館的時候大概下午兩點多，而演唱會是下午六點開始，本來以為自己太晚來了，到了現場才知道自己來早了，因為有錢的可以先排隊進去，沒錢的要等到四點才能排隊進去，我就是沒

錢的那一批人。拿了票，先到官方攤位買了很多周邊商品後，又到體育館停車場，除了賣盜版商品的小攤外，還有賣吃喝的。我還在想林口真的非常偏僻，怎麼不在小巨蛋呢？2016 年的時候他們就是在小巨蛋的，真心流淚，還好天氣不錯。

　　四點的時候沒錢的粉絲都乖乖排著隊進去，我就在其中，人生第一次看演唱會，真的越來越激動了。進到三樓的入口馬上被一股冷氣包圍，太過舒服，就感覺自己在仙境一樣，體育館裡面都是霧霧的感覺，後來才反應過來這是為了增加現場的燈光效果所做的。我頭開始有點暈，興奮到暈眩，終於找到自己的位置坐了下來，沒錯，沒錢的只能在後面坐著，有錢的都在舞台最前面站著，從我這邊二樓看下去，舞台前面人挺多的，林口體育館這邊算是小型演唱會了。確實，票都沒賣完，這也算不錯了，後來坐了快半小時，感覺越來越奇怪，因為看著舞台我覺得我不可能買只能看見他們屁股的位置吧？雖然離舞台近，這也太奇怪了，後來問了一下周圍的人，才反應過來自己坐錯位置了，真是太丟人了。坐到了正確的位置後，調整了下自己的心情，過了一會兒，六點了，燈都關掉了，放眼望去全是紅紅的應援燈，太壯觀了，肉眼看見還是會被震撼到。沉寂了幾秒，突然音樂響起，舞台的燈亮了，我的心一下提了上來，天哪，出來了，他們出來了，親眼見到他們了，我真是太幸福了，看一下舞台又看一下 LED 螢幕，快忙不過來了，他們唱歌的聲音在我耳裡炸開，親耳聽到他們唱歌，天哪，還有什麼比這個更加幸福的事情呢？兩個半小時，過得非常快，我的耳朵快聾了，我的嗓子快啞了，但我激動的心情一直持續著，中間有幾次韓彬走到了我這邊的方向，而且還看

向我這邊打招呼，他是不可能看見我的，但我看得見他，他就是衝著我打招呼呢，我痴心妄想著，LED 上可以清晰看到他的臉，那麼真實又不真切，我本來以為我會哭的，但是我並沒有。雖然現場說不能拍攝，但我還是拍了，而且是全程拍攝，為了記錄下這個激動人心的時刻，為了記住我和他們共處一個空間的經歷，這是我想做的事情。後來我也把拍攝的影片發布在網路上和大家分享，也去看了很多這一天和我一起去的人拍的其他角度的影片，這個熱情持續了快一週，久久不散。

　　我真的很希望他們能再來一次台北，不一定是演唱會，見面會、簽售會都可以，至少能幻想遇到他們，我有時會想，這可能是我這輩子最後一次遇到韓彬他們了吧，挺難過的，但又不難過，至少我這輩子還見過一次。

校園演唱會

有問題，找鄭哥

鄭夢穎

「誒，後面的朋友怎麼不說話。」鄭哥手握方向盤，看著後視鏡沉默的小許皺著眉頭發問。

「……沒有。」小許手足無措一時語塞。

「我的任務呢，就是保證你們在旅途中不會無聊，既然坐了我的車，那就是我的人了。」鄭哥緊接著說道。

「哈哈哈哈……」坐在副駕駛的我和坐在後座的小王和小陳發出附和的笑聲。

「我可以很負責任的對你們說，有問題，找鄭哥喔。」鄭哥空出一隻手，彈出了他的大拇指，指向了他自己。

鄭哥開車一級穩，為了照顧有暈車前科的我，會時不時詢問我的身體狀況。會一直和我們聊天，怕我們無聊。所以車裡一直都是熱鬧的，富有生氣。

透過同學的同學的朋友介紹，我們去宜蘭的包車任務託付給了鄭哥。鄭哥看了看我們自己安排的行程表，大為不滿。

「你們這去的地方也太少了吧，很多空檔，鄭哥幫你們安排的滿一點。」

「你們這住的地方也太偏了吧，比較貴，鄭哥幫你們找一下更好、更便宜的飯店。」

起初我們還擔心會被拐賣，畢竟鄭哥實在熱情，讓我們有點

13

心慌慌。但事實證明，我們確實想太多。

鄭哥今年已年過五十，戴著一副眼鏡，頭髮偏棕黃。有很深的魚尾紋，眼睛裡永遠有一團小火花，他經常都是笑容滿面。

他年輕的時候還在上海做鐵路記錄員，每天坐著車來來回回，看遍世間風景與人生百態。之後回台灣也是個從政大人物，他說那時他的簽名可值錢了，這可關係到一座房子能不能蓋起來。

「不是我吹牛，這都是真的。我還有套別墅，我就是因為很閒，所以才來做包車司機。」鄭哥笑著衝我們說道，期間還輕鬆超過一輛車。

鄭哥自詡人體 Map，想去哪裡玩就來找他，他知道台灣的每一個角落，還去過五十幾個國家，閱歷頗豐。

車開了將近一半，要過一個隧道。遠看黑乎乎的似乎沒有盡頭。

「現在我們進入的是雪山隧道，這是全台灣最長的一條隧道，在亞洲排名第一，世界排名第五。多長你們可以猜猜看。」鄭哥一臉興奮地問我們。

當然我們的答案被一個個否決，然後他隆重地宣布了正確答案：「12.9 公里。」

我們發出了感嘆聲，沒想到隧道可以這麼長。

「在台灣呢，有問題，找鄭哥。」鄭哥抬抬眉，自豪地說出這句話。

14

「好呀。」我們點頭答應。

鄭哥真的是個標準的台文化愛好者，他說每次一接到客人，都會急不可耐的向他們介紹台灣的美文化。他會侃侃而談的說起台灣歷史，每路過一個區域就會講出這裡是泉州人聚集的地方或這裡是漳州人聚集的地方，又或者這裡是泉漳交戰的地方。

「沒想到吧，出來玩還要被我上歷史和地理課。」鄭哥洋洋得意地發出笑聲。

確實沒想到，鄭哥可以這麼博學。

鄭哥說自己一天只吃三餐，其他時間都是不吃東西的。他還對帶殼的海鮮過敏，說吃了會立刻鬧肚子。所以他帶著我們去當地人會去的海鮮市場買海鮮時，他是可憐巴巴地坐在邊上看著我們大口大口的吃著美味，但是也不忘要給家裡帶點海鮮。

「我老婆特別喜歡吃海鮮，每次都要煮一整桌，然後我又不能吃。」鄭哥憤憤不平地似乎在控訴他的老婆。

「有問題，找鄭哥。老婆想吃海鮮，就找我。」鄭哥牢騷過後還不忘加這麼幾句話。

我們笑著看他委屈又大膽的示愛，他會驅車專門從台北跑到台東的海鮮市場，就為了買海鮮回去給他老婆。

鄭哥會在車上向我們講述他的戀愛婚姻心得。

「愛一個人呢，怎麼樣全心全意愛她呢？」鄭哥扭頭問在場唯二的男生—小許。

「照顧關心她吧……你說。」小許似乎放棄了思考。

「當然是所有的財產都寫她的名字呀！」鄭哥一拍方向盤說道：「我房產證啥的都寫我老婆的名字，所以我只能全心全意的愛她，不能離開她，不然我就一無所有諉。」

但鄭哥對他老婆的愛不是形式，是真的。

「我每天都會和我老婆說我愛你。」鄭哥嘿嘿嘿地笑道：「是不是感覺肉麻兮兮的，但是女人就是需要你去肯定你對她的愛。」一瞬間車裡充滿了來自這個情場老手對他老婆的愛意。

在我們吃飯的時候，鄭哥突然向我們詢問：「我老婆待會要和我視訊，想查崗哈哈哈，可以麻煩你們露個臉嗎。」末了還補了一句：「其實我也算是個妻管嚴了。」

我們樂呵著答應了。邊吃著飯邊看著鄭哥突然嚴陣以待，整理了下髮型和衣領，一隻手拿著手機對著自己，另外一隻手鄭重的點下了接通按鈕。

「哈嘍，老婆。」鄭哥笑的嘴角快咧到耳邊：「我現在帶他們吃飯呢，你看。」說著將手機鏡頭對準我們。

我們和在鏡頭裡的鄭哥老婆打招呼，鄭哥老婆也是一個水水的女子，一直在說一定要好好玩喔。

我們確實玩的特別好。在鄭哥的帶領下，我們去了很多計畫裡沒有的地點。比如：外澳海灘、伯朗咖啡館，還有好多好多。鄭哥還會盡全力幫我們省錢，我們原計畫是要去烏石港的海鮮市場吃海鮮，很多網紅達人都是必推烏石港海鮮。然而鄭哥告訴我

們那都是宰客的地方，一隻大閘蟹烏石港要賣 340 元台幣，但是他帶我們去本地人才會去的海鮮市場，那裡的大閘蟹 170 元台幣就可以吃到一隻。

「好喔，那掛啦，愛你麼麼麼麼麼麼。」鄭哥最後把鏡頭對準了自己，噘著嘴對著鏡頭「麼麼麼麼」了起來。我們看著笑開了花，狗糧吃的超級飽。

吃飽喝足我們坐上車，鄭哥要帶我們去夜市。

「其實我真的有遇到阿飄（注：鬼魂），但我的陽氣很足，八字很硬。阿飄不敢對我怎麼樣。」不知道為何鄭哥突然提起這個話題，引起了我們的興趣，除了小陳。

「我和我老婆去住酒店，就有一個阿飄。我們當時睡下了，我老婆就說一直聽到有叩叩叩的敲桌子聲音，還害怕的緊緊抱住我，和無尾熊一樣。」鄭哥模仿了一下被他老婆抱住的神情，嫌棄中又帶著寵溺。

「然後呢！」我激動地問，而小陳瑟瑟發抖。

「然後我們就換邊睡，那個阿飄就不敢敲桌子了。跑到我老婆那邊的浴室敲門，還發出喊聲。還弄了電視機，把電視機開起來了。我老婆一下子拍醒我，說電視機怎麼開了。我為了安慰她就說是我自己遙控按到了。然後我就去把電視的插頭給拔了。但是電視機還亮著……我當時整個人冷汗就下來了，但是為了給我老婆安心，就說是我開著電視。」鄭哥回憶著說道。

「那你能看到那個阿飄嗎？」我特害怕又激動地問道，而小

陳已經開始捂耳朵發抖不想聽了。

「可以呀，只要你一直盯在那裡，聚焦在阿飄身上，就可以看到一個半透明沒有腿的物體。」鄭哥指了指前方，做出盯著一個東西的動作。嚇得我也仔細盯著一個地方許久，慶幸的是沒有什麼阿飄路過被我看到。

我想鄭哥的熱情也許是由內到外的那種強烈，甚至連阿飄也要忌憚他三分。

但是鄭哥這些經歷已經把小陳嚇到了，鄭哥為了賠罪，就說一定要讓他請客吃夜市，不然他良心難安。

而且之前在車上他為了化解無聊，說了一段繞口令。並表明要是我們其中一個人能學會就請我們吃大餐，小王不負眾望挑戰成功。於是鄭哥付費拉著我們去吃了林記肉羹，隊伍排的老長，很少見遊客，都是一些當地人。

事後鄭哥笑著說：「我就是這麼隨性，所以我老婆經常說我賺來的錢就沒了。」

回程的路上，鄭哥故弄玄虛地說：「我老婆經常發訊息來問我幾點了。」

「哈，為什麼。」我們問道。

「對啊，我也覺得她很奇怪誒。我說你可以看手機時間啊，幹麼來問我。」鄭哥開著車皺著眉頭嘟囔著。

我們哈哈哈的笑成一片。

　　「然後我老婆說，你也不看看現在幾點了，明明和客人說好一天十小時的工作制，我就經常超時。」鄭哥感嘆道。「但是我就是喜歡陪你們玩得開心，時間都是沒關係的。」

　　路邊的車一輛輛逆行而過，鄭哥是我來台灣給我印象最深刻的人，他經常說自己是個話癆，是個台灣美文化的愛好者。

　　快下車的時候，鄭哥突然冒出一句：「在台灣有問題怎麼辦？」

　　我們自然而然地接下一句：「找鄭哥！」

「文化創意產業概論」上課向講者吳俊毅提出問題討論。

爸爸

林子豪

關於遇見，可以是遇見某個人、某件事、某個地方、某個事件，我相信每一次的遇見都一定會帶來很新鮮、很刻骨銘心的感受。

關於我的遇見，要從 2015 年的那個秋天憶起。那年十九歲的我，懵懵懂懂不知自己的未來在哪，那時還在讀書的我，過著和一般大學生一樣的生活，上課、打工、交交朋友，有空閒時就是三五好友相約出去找樂子。

有天我一如往常的上課，放學後去打工，當我下班回到家時，爸爸跟我提起他身體最近的狀況，他說：「這幾天喉嚨很不舒服，看了好幾天的醫生了，狀況還是沒有改善，是不是應該到大醫院去做做檢查。」我當時的想法以為，可能只是感冒而已，只是一直都沒有根治，所以好的速度才會那麼慢。我說：「別自己嚇自己，按時吃藥，再過陣子就會自然好了。」

當時根本不在意爸爸怎麼了，隨口噓寒問暖個幾句，以為這樣好像就盡到了關心之意，其實根本沒有要去了解他的狀況怎麼樣。事後我非常後悔那天我的作為，我的無知，我的愚蠢。突然有一天，你突然來電，告訴我有事情要處理，要我下課後直接回家。

我到家後，家裡的氛圍讓我感到異常不舒服。我跟你短短講了幾句話，得到了這個答案，癌症，肺癌末期。當我知道的時候，

我沒什麼太大的情緒，好像跟幾年前媽媽過世時那崩潰的反應有天大的差別。沒什麼情緒，好像訴說著遇到了就遇到了，沒什麼辦法去改變，跟你的談話中，你沒有告訴我要處理什麼事情，但你不用講，我好像也知道了。要處理的事情就是面對。

　　一開始我還是一如往常過著一樣的生活，因為其實我根本不知道要怎麼去當一個重大疾病病患的家屬，只是上網搜尋關鍵字，找找相關資料。那些冷冰冰的資料，告訴我很多很多關於這個病的情況和預後狀況，但當我回到家看到你時，我卻只能跟你說一句：「今天還好嗎？」我好像有很多很多想跟你說的話要跟你說，但我好像找不到該以什麼樣方式去跟你談談，很沉重嗎，還是平淡的帶過，還是應該就像我們平常聊天的樣子去談論這件事。我也一直期待著你可以替我們的談話做一個開端，談談我應該怎麼幫你，怎麼陪伴你，你的感受，甚至是當那天到來時，後面的種種我應該怎麼辦。根本沒有人教我怎麼做，怎麼將我的關心、擔心、煩惱，一個個的告訴你。

　　終於有天我受不了，我說我要跟你去醫院回診一趟看看，在這之前我都沒跟你去醫院過，一直以來你都跟我說不用管你，你就按照正常的作息，該上課就去上課。進到了醫院其實我很緊張，一方面不知道等等醫生會是以什麼樣的態度跟你訴說病情，另一方面是因為我看到我們候診的地方上面寫著血液腫瘤科，以前在醫院時想都沒想到我會在這裡等著等等要看醫生。一進到診間，醫生第一句話就讓我起雞皮疙瘩，醫生說：「你終於願意讓你兒子來了喔，接下來我要說的話，你要聽清楚了喔。從今天開始，你要做好心理準備。年我們不用看，月我們也不看，我們現在是

21

過一天算一天，不要看現在這個樣子好好的，走下坡的速度，是我們都無法預測、無法控制的。」我什麼話也沒講，等著醫生跟你講解接下來的療程。就這樣我結束了第一次的陪伴。那天之後，我休學了。

　　雖然我還是不知道怎麼跟你談論因為這些疾病後面所產生的任何問題，但我知道我只要做好陪伴就好了，就算不談論，只要我在你旁邊，應該就會讓你感受到其實不是只有你一人在打這場戰爭。我可以去幫你買個水果吃，陪你去醫院附近散散步。我曾出過車禍，那時你因為有工作要做沒辦法陪我住院，我知道一個人晚上在醫院那種好像我是被這世界給排除隔離的人的感覺，晚上那醫院異常安靜，反而讓我的心裡更不安靜，更何況是這種已經知道自己日子不多的你。化療一直在進行中，其實一開始醫生並不想替你做任何療程，因為你的病其實在現今的醫療技術裡，並沒有可以有效控制的方法，醫生希望人可走得漂亮光榮，而不是在剩下的日子裡還來跟醫生見面。但一直以來其實你根本不願意去面對你得的是一個現今醫療沒辦法解決的病的事實，你一直認為只是有天醒來喉嚨不舒服，再過幾天講話有點沙啞而已，根本沒有那麼嚴重。一直以為只要經過治療就會好轉。

　　那天令我印象最深刻，我們依舊坐在同一張腫瘤科外的椅子上等待，進到診間時，醫生看了看階段報告，告訴我們：「沒辦法再繼續治療下去，請你接受事實，經過了這幾輪的化療，病情沒辦法明顯的改變，你的身體狀況我已經沒辦法再替你做治療了。」從生病以來我從沒看過你那麼激動的情緒，你說：「不能這樣，怎麼可能，你要替我想想辦法，我不能就這樣離開，不能，

真的不能。之前在網路上看到美國有研發一個專門針對此病的新型療法，我要試，給我試試看，拜託你醫生，多少錢我都試。」醫生突然加大音量說：「療法初發布，尚未成熟，須自費三百萬到五百萬不等，不是錢花了你就能多活三到五年，那是不可能的。」接著舉起手比向我說：「我們應該做的是你身旁的兒子，這筆錢留著能對他有很大的幫助，從一開始我跟你說要有心理準備，我知道你還是沒有準備好，但我真的沒有辦法替你做治療，對不起。」那天醫生只開了止痛藥。

我在診間完全止不住淚水，我不知道原來你是那麼、那麼的想要求一線可以生存的機會，哪怕只是短短的幾個月，你都願意相信真的是會有奇蹟出現。你在我面前的舉動，我這輩子沒見過。平常都跟我說沒事、沒事，什麼事好像有你在我就可以放心。面對到疾病，面對到死亡，面對到絕望，還是露出了一直藏在心裡深處的害怕跟恐懼。那天後我感覺得出來你還是不服輸，所以即使到了這地步，你還是沒有交代什麼事，當我跟你談論，你還是草草帶過，不願多談有關終點之後的一切。終究那天還是到了，你走的當下，我就只是默默地看著你，沒有留下任何一滴眼淚，把後面應該換我替你做的事情都給安排好。出殯的前一天晚上，我在你的靈堂前，看著你的照片，什麼話也沒說，用我的回憶去檢視你的作為。當你還在的時候，做的一切，看似沒有什麼，但此刻我才了解、才知道，你的堅持是什麼，你在捨不得什麼。我默默的一句話也沒說，在靈堂前哭了好久好久。

或許在過程中我所做的一切沒有對你有實質的幫助，到最後也都沒有勇氣將該說的話跟你說，或許我做了，可以告訴你我可

遇見

以照顧好自己，讓你的心態整個改變，讓你安心，以健康的心態
去面對剩下來的日子，但我沒有做到，到現在我還是很後悔，不
過那又能怎麼樣，過去就過去了，對不起。曾在電影裡看到一句
話：「我們做老爸的，不就是要吃點虧嗎？」一個人為了另一個
人無私的奉獻、付出，我覺得那就是愛。雖然就這樣結束了，但
你在我心目中，就跟大家對自己父親的想法一樣，一樣地偉大。
謝謝這一切，謝謝我遇見了你。

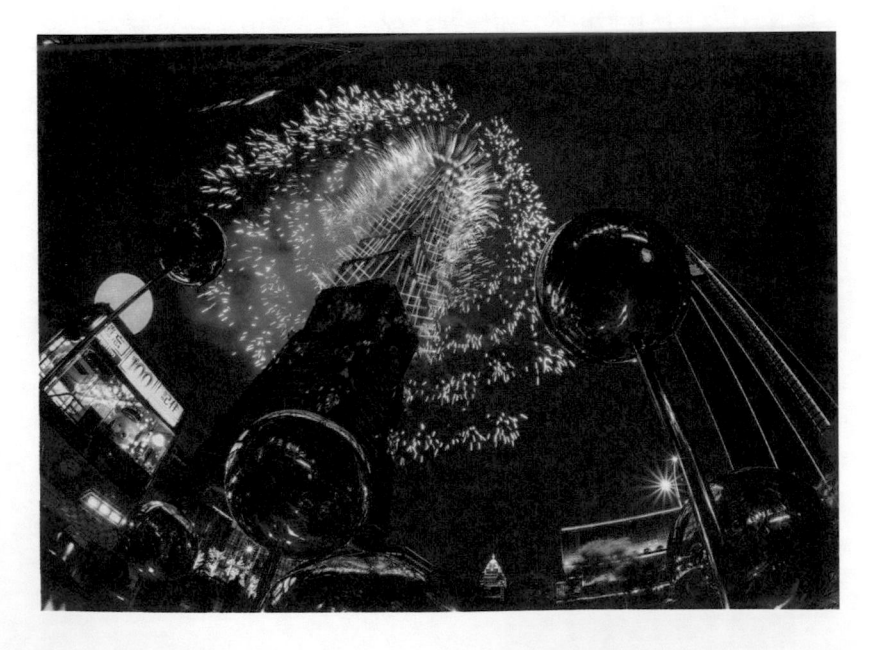

女孩·女孩

謝定原

颱風這天

我試過握著妳手

但故事的最後

妳好像還是

晴天

女孩，妳在我心中很重要，非常重要。

遇見

　　那天走在路上，旁邊老氣的服飾店家音響放著周杰倫的〈晴天〉，把我的記憶拉回了……那年，跟著音響一起哼著，用這種無害的方式想妳，一切都如此的自然。

　　從前只要見到妳，心情不好的我也能和妳一起展開笑顏，就像片刻雨停了，黯淡的天空開了，溫暖的陽光灑了進來，雨過天晴，所以當偷偷想妳的時候、當我不想讓其他人知道妳真名的時候，我會說一個我幫妳取的綽號—晴天。

　　從此，周杰倫的〈晴天〉是屬於妳的歌了。

　　從此，我只要聽到〈晴天〉就會想起妳，雖然，在我的內心，已經不再是晴天。

　　記得我們第一次相遇是高一那年的走廊，彼此陌生的錯身而過，就像之後畢業時回歸陌生人沒有道別的離開一樣。

　　第一眼見到晴天不是傳說中的一見鍾情，但也對她很有印象，我當時被嚇了一大跳，別誤會，不是驚為天人的那種，只是因為她實在黑到太不像話了，我還忍不住懷疑自己的眼睛，回頭再看了一眼，這次無厘頭的邂逅是一個猜不到後面劇情的電影開場。

　　高二那年分班，我跟晴天同班了，班上有六個女生，她的開朗、外向很快就跟大家混熟了。

　　而我也是，在班上擔任開心果角色的我，馬上像旋風般席捲全班，每天班上都是歡笑聲，而我身邊總是少不了簇擁我的、所謂的朋友。

雖然跟晴天也認識，但是我大部分都跟男生混在一起，沒怎麼注意晴天，後來發現她的身邊也總是充滿笑聲，才慢慢去觀察她，不可思議的是我必須很努力地想好多笑話、好多梗，要很努力地把想的笑話用出來，才有辦法贏得身邊的人的笑容，為什麼在她那邊看起來一切都是如此的自然。

好傢伙，讓我來看看妳葫蘆裡賣的是什麼藥，我是這麼想的。

在度過了漫長無趣的上學生活，我們終於迎來第一個中秋連假，同學們也迫不及待地慶祝認識新同學後的第一個中秋節，在同學家頂樓舉辦的烤肉，班上一半的人都來了，整個天台都是同學的嬉笑聲，突然有人搬出了麻將桌，我不假思索的一屁股坐下後叫道：「晴天，妳過來教我打麻將，我不會。」面對半耍流氓的我，她倒也不生氣就來了，慢慢教我怎麼打，說實話，麻將也沒有特別好玩，只是當散場時，我卻眷戀、不想結束。

夜深人靜，回想那時的種種，猛然發現自己那時候笑的好真，似乎只有晴天在，我才能笑的這麼真實，她有的不是我這種強迫自己的幽默，她是令人放鬆的微風，在她身邊就像躺在春天的草地，享受微風輕拂，原來快樂可以是這麼的理所當然。

怎麼辦，我好像開始有點在意她了。

在枯燥的學校生活，捉弄她成為去學校的動力，我每天都在想各種不同的方式去捉弄她、惹她生氣，在晴天身邊可以很放心的開她玩笑，我真的想不到比「故意討你溫柔的罵」更貼切的說法了，或許這句歌詞才能道出笨拙的我無法言語的喜歡。

直到有一天晴天哭了，我才發現我原來可以這麼慌張。

那天玩笑開的有點過火了，善良的她努力不讓淚滑下，直到最後一刻我才發現大事不妙，開朗的她居然哭了，我急得像熱鍋上的螞蟻，坐立難安。

那天一個只會笑的人哭了，一個無賴，慌了。

晴天掉淚後，我回家好好的反省了，我決定以後再也不捉弄她了。

才怪，幾天過後我們的相處又變成有人被捉弄，另一個被罵得很開心的模式，這件事她根本沒有放在心上，我發現自己越來越喜歡跟她相處了。

忘了是哪個契機，或許是上天眷顧我，有個同學約大家去打撞球，重點是晴天也要去，過程不必細說，只要晴天在，別說撞球，撞牆都可以，三個小時後，雖然還意猶未盡，但時間已經晚了，必須散場，「嘿！晴天，我不知道公車站在哪，帶我去。」其實我怎麼會不知道公車站在哪，只是想跟晴天有獨處的時間而已，路上我們天南地北的聊了起來，有個瞬間我們都沒講話，空氣安靜了一下，晴天開口跟我說：「覺得你平常悶悶的，有心事都不跟別人說，以後可以跟我說，我願意做你的超級知心好友。」然後對我露出燦爛的笑容。

我愣住了，一直以來要裝作樂觀、裝作幽默、假裝開心，戴上的面具很重，戴著面具的我好累，而晴天看到面具下的我。

忘記幾年了，終於有人走近我的內心。

那一秒，時間靜止了，那一秒，眼中除了她的一切都模糊了。

美，也美的無與倫比。

可惜這不是童話故事，真實世界中，王子與公主最後不會過著幸福快樂的日子，更遑論美女與野獸呢。

當時稚嫩的我註定要把這段故事變得淒美，而不會完美。

幼稚的我認為只要喜歡上一個人，就要從一開始毫不保留的對她好，我覺得我不完美、沒背景，課業一般，長相一般，身材一般，沒什麼好給她的，我只能給她一個全心全意的我，所以我對她用盡全力的付出，即便她也拒絕我的好意幾次了，長大後才懂得這樣只會讓她壓力很大，直到最後晴天把話明說了，說她不喜歡我，但是我們還是能做普通朋友。

或許是不甘心，或許是想證明自己並不是被拋棄的那個，幼稚的我從那之後也就不理晴天了。

從此，我們成了，陌生人。

晴天之後也有主動來找我聊天，只是冷淡的我，讓她心灰意冷。

可是晴天，妳知道嗎，我好想再好好看看妳的眼睛。

全都怪我，如果我敢放下那個無聊的自尊，如果我敢再次直視妳，如果我敢跟妳說：「我喜歡妳。」

直到畢業我們再也沒有交集，剩下的只是陌生，甚至畢業當天想要好好跟她說珍重再見，也沒有說。

畢業那幾天我都會找一個沒人注意的角落大哭一場，回想兩

年的點點滴滴，就像千刀萬剮一樣凌遲著我，我無法停止想她，我也不想停止，心碎沒關係，只要能想她都沒關係。

痛，也痛的歇斯底里。

畢業後，偶爾會從以前同學那裡聽到晴天的消息，每次聽到她過得很好，我就很開心，真的很開心，即便是聽說她交了男朋友，我也能笑著想像她現在過得有多開心，誰叫她是我的女神呢。

一晃眼三年過去了，也到了我們能選舉的年紀了，到各縣市求學的同學們都回來台北投票了，趁著這次難得的機會我找了幾個以前感情比較好的同學出來吃飯，晴天當然也有來，吃飯的時候想當然我跟她的這段轟轟烈烈的故事絕對會是大家挖苦我的話題，只是我沒想到會來的這麼快、這麼猝不及防，剛開動沒多久，有個欠揍的傢伙看著我碗裡的食物說，你喜歡吃的都跟別人不一樣耶，然後露出了奸笑，還沒來得及等我反應過來，他緊接著又說喜歡的人也跟別人不一樣耶，全場除了我跟晴天面露尷尬外，其他人都笑了，不過這樣也好，我也不必再掩飾，我約大家出來吃飯本來就是想見見晴天，吃飯的過程中氣氛並沒有因為剛剛那個玩笑而變得尷尬，好久不見的大家，都在分享各自精采的大學生活，我趁著大家聊得正起勁時偷偷看向晴天，發現她也在看我，我笑了笑，用脣語跟她說好久不見，我們一起笑了。

吃完飯我們一群人抓緊這次機會拍張大合照，這次之後不知道多久才能再見到面了，「嘿！晴天，過來我跟妳單獨拍一張。」「為什麼我要跟你單獨拍？」「妳沒看到我們穿情侶裝嗎？」我得意的笑了笑，老天保佑，我們那天湊巧的都是上白下黑加上牛

仔外套,拍完照我跟她說:「我這樣也算是當了妳兩分鐘的男朋友了吧!」她笑了笑,沒回答我。

晴天,有些話我想對妳說,我一直很幸運,我運氣好到可以跟妳同班,也幸好我一直到最後對妳都沒有惡言相向,都怪當初我太幼稚了,沒有追到妳,沒能讓妳知道當我女朋友會有多幸福,真是不好意思。

我真的很幸運,每個人都有青春,我比所有人更幸運,因為我的青春裡,有妳。而且我在青春的時候,喜歡過妳,非常非常喜歡妳,謝謝妳在我的生命中留下濃墨重彩的一筆,或許我註定與妳錯過,但我慶幸不是擦肩而過,而是我有停下腳步,好好地、仔細地看看妳。

晴天,我想妳了,妳知道嗎?

淡水英國領事館

遇見那些人

陳俊宏

　　隻身一人來到台北，我遇見了好多東西，看見了許許多多在故鄉不曾看過的人、事、物，但也第一次體會到了自由的滋味，在故鄉每天早上始終是母親的呼喊聲，總是無法在自己想出門的時候就隨心所欲地出門，我看不到真正入夜後的星空，無法遇見深夜行走的人們，感受不到深夜裡在空氣中優遊自如的寒氣，但如今我終於能感受到心裡所渴望的這一切了，這也讓我明白了人的貪心是無止境的一件事，我想要遇到更多我所沒遇見的事情，於是我開始不斷去嘗試，開始在珍貴的大學時期裡不斷嘗試各種東西，我相信這會讓我遇見更多我所不曾體驗過的人生，這讓我做出了許多之前沒想到我會做的事情。

　　原以為上大學後我可能會是個邊緣人，沒人理、也不理人，不在乎周遭的所有事情，但是自從遇到一群熱情的學長姊之後，讓我想要更多，想遇到更多的人、更多的事，這是我第一次真想參加社團，在裡面見到更多的人，也希望能遇見更多不同的自己，或許「遇見」這個詞從來不是等它來，而是自己去尋找跟追求的，離開舒適圈發現更多的東西，才會理解到自己是在多麼小的井底，當你有機會能將洞口開的更大時就會死抓著這個機會不放，方能理解自己有多無知，有多渺小。

　　在進入大學之前我對於大陸人的印象是不太好的，但當我真的遇見他們時，我改觀了，或許真的有少部分的人跟我印象中的一樣。實際上，大陸學生的表現比台灣的學生還要好，而且還占

了大多數。很多的事物當你真正遇到了，才能真正了解它，人的一生能遇見許許多多的事物，即使相似，但每個時間與空間只要稍有不同，所交織出的事物就會不同，但這不能只用眼睛去觀察。

記得一首叫做〈盛夏〉的曲子，裡面的歌詞敘述到，即使是在故鄉遇見了相同的樹，但卻也跟當年不同了，世上所有事物在經過時間的洗禮之後都有所改變，我在思考：「過去我所遇到的所有人，未來再相遇也不會相同，雖然外表相同，但彼此的關係一定會有所不同。」

其實，我很害怕遇到不想碰見的人、事、物，畢竟不是所有的事情都能照著自己意思前進，就像現在的室友並不像高中時所期待的那麼美好，人與人之間的相處需要耐心及時間去磨合與適應。這種失落感我不想再有第二次，暗自在內心裡下決定，以後的日子我不會再有室友了。我放棄未來會有室友的所有機會，因為我很害怕，害怕會再度遇見讓自己失望的人。

大二擔任社團幹部時，也遇到類似的情形，還記得遠遠的看總是讓我覺得做事認真、努力、不輕易放棄的人，當我真的與他實際合作共事後，才發現之前的一切一切只是我的錯覺罷了，事實上並非我所想的完美，我與他發生了許多摩擦，這也讓我心裡相當疲憊，總是想著以後不要再跟不了解的人一起做事了。

剛上大學初到台北時，我用風險愛好者的角度去看待一切以及去對待眼前的所有人，一年過去之後，我不這麼想了，當我發現時就是遇見一個全新的我了，我的想法從風險偏好者轉變成了風險趨避者，不想再跟我所不了解的人有太多接觸，我討厭等我

了解了那個人之後，我才會發現那是一個讓我寧可希望這輩子從來不曾遇見過的人。可是，這也變成了我阻礙自己認識得去交往的人。

當我意識到的時候，我已經浪費了整整半年的時間，有一次因緣際會聽到社團輔導老師在社團幹部訓練時講的一句話，那句話一直迴盪在我耳裡，我還記得那句話是：「你來幹什麼的，你是來走出你的舒適圈的。」當時聽到這句話時，我感覺時間被拉回了我剛上台北時那樣，不怕去嘗試，只想著要做以前所沒做過的事，想遇見更多沒見過的人，雖然不想走出去，也不想去面對。但這對我的人生似乎一點幫助都沒有，眼前的大一學弟妹們都卯足了全力來到幹部訓練營，準備遇見更多在未來會碰上的辛苦及感動，那麼我是不是也該去打破一下，我為了逃避而回歸已久的舒適圈呢？也許在舒適圈內我可以安心度日，但也讓我的日子像一口枯井一樣過得枯燥乏味，缺少了當初不顧一切來到台北的初衷，我在心中告訴自己一切都還來得及，重新打開自己的心，去察覺一切。

在此之後，我所遇見經歷半年歷練的夥伴，他們變得更有責任心、更負責，做事也更用心、更仔細。我以前總是不明白為什麼社團是必修課？社團到底有什麼意義？但我現在似乎了解了，社團彷彿是未來在公司的縮影，在裡面會遇見各式各樣改變你一生的人。

即使都是在台灣，但各個地方的生活步調卻不盡相同，我感覺到台北的步調是很快速的。在升上大三的暑假我去了一趟台東，才剛踏出車站的第一步就感覺到在烈焰的陽光照射下，空曠

的大馬路上卻沒有來來往往的車子，空氣中徐徐吹過的微風傳來了一陣慵懶的氣息，少了高樓林立的灰色建築，反而多出了更多的綠色，在那種地方只會覺得這是我五、六十年後該來迎接老去的場所，而在這沒有忙碌的地區裡，是現在生活在台北的我所渴求的。這裡的人總是很和藹地向我們打招呼，我們需要幫助的時候，連問都還沒問，他們就會主動幫助我們。這是我在台北兩年多不曾見過的，雖然不能全盤否定台北沒有這樣的溫情，但卻是很難得見到的。在台灣這片土地上，我遇見的許多人都擁有著一顆溫暖的心，可能是因為不善表達，也可能是因為太忙碌而無暇注意到周圍的環境，雖然這樣很可惜，我覺得出生在台灣是好的，能在台灣遇見這一切也都是幸福的。之前只將自己局限在南部一個小小的地方故步自封，讓我無法體會這些真的相當可惜。

我覺得如果能在人生中選擇我遇見的最美好的事情，我會毫不猶豫地選擇我所遇見的人們，雖然他們很多人都很善良，但這並不是我所遠離他們的主要原因，真正的原因是因為能從曾遇見的人身上看許多的改變，而那些改變終究會因為各種機緣漸漸地來到自己身上，進而改變我自己，讓我覺得每日睜開眼睛的那一刻就彷彿是遇見一個新的自己，這種互相影響的結果是我認為遇見周圍的人最有價值的事了，我相信生命裡所遇見的每個人，都是上帝賞賜給我們最美好的禮物。在未來的時間洪流裡，你不知道會被沖到哪裡，也不知道會遇到什麼人，但每次的遇見都是一次珍貴的改變，即使非常微小也是未來蛻變的一個資本，也許都不是美好的，但即使這樣，在未來我的視野也能越來越遼闊。

就像我在大學裡遇到的所有人，不管是班級裡的、社團裡的，

35

遇見

還是課堂上接觸到的陸生，這些人以及和他們所發生的點點滴滴慢慢地聚集起來，才讓我變成今日的我，現在回想起來，遇見他們前的我認為社團會很無聊，班級一定會很團結，陸生的素養一定沒有台生好，真的是非常無知又可笑，也是我遇見了他們之後

我才有機會可以改變的，「遇見」是一個相當好的事情，能夠交織出無限未知的可能性，讓生活更加豐富。

上圖：台南奇美博物館藝術廳－穹頂
下圖：同學們爭相取景拍下穹頂最美麗的角度

從小到大對於台灣人的意象建立的過程

王瑞琦

在各種社群媒體上，我們看到不少外國人來到台灣後，聲稱對台灣印象最深刻的記憶是熱情好客的人群，甚至有一句話充分描寫出這種現象：「台灣最美麗的風景是─人。」

在第一次看到這句話時，我內心相當激動的贊成這樣的話，因為根據從小到大的經驗來看，台灣的人真的沒讓我失望過。

我可以從人生經驗中遇見的最深刻的三個例子證實這句話實際不假，分別是國小、高中、大學所遇見的人們，他們的共同點是都擁有著讓人感覺溫暖的力量，令我印象深刻。

第一個例子是國小時候發生的，過去的我是個丟三落四的小孩，經常忘記帶東西出門，總是要到學校才會想起自己又忘記帶了什麼重要的物品，舉凡作業、便當盒、鉛筆盒都是家常便飯，這讓我自己很困擾，也常常要麻煩到家人，奈何如此，卻總是重蹈覆轍。

一天放學，我發現自己忘記帶最重要的物品─家門鑰匙，走在回家的路上，我祈禱著有人比我更早回家，按了電鈴後，卻只有寂靜回應我的期待，很明顯地，我很不走運，而且當時我沒有手機，只好在炎熱的暑氣下等著家人回來。坐在公寓門口的機車上，我等著等著，等到的卻不是家人的身影，眼前一位婦人邊將鑰匙插入鐵門的鑰匙孔，邊轉頭過來用疑惑的眼神打量我，是四樓的阿姨，面對這樣的眼神，我尷尬的向她打了一聲招呼，阿姨

便順勢詢問了我現在的狀況，阿姨了解我回不了家也連絡不到家人的情況後，便讓我到她家坐坐，可以讓我聯絡家人順便等待，當時頂著暑氣的我正感到身心難過，聽到這樣的提議也不疑有他，歡欣鼓舞的就答應了，現在想想當時真是過分天真大膽呢！幸好阿姨只是個單純的好人，到了四樓家中就讓我先打電話，之後再在客廳看電視等待，還給了我一些小點心，印象深刻的是，電話裡爸爸的聲音相當著急，當時我還無法理解，現在是充分了解了，果然過不了多久爸爸就回到家裡了。

　　這次的經驗，我認為是遇到城市生活中很難以遇見的敦親睦鄰的實際例子，其實阿姨大可以無視於我直接回家的，就算退一步說她可能是為了過濾可疑人物才開口詢問我的狀況好了，問完其實也可以直接離開，然而她卻選擇提供我一個舒服的空間並讓我聯絡家人，在冷漠的都市可以說是罕見的古道熱腸了。

　　第二個例子發生在高中升大學的暑假，當時的我正愁著沒有零用錢花用，於是決定要做人生中的新嘗試──去打工！在朋友的介紹下，我到公館的一家餐廳打工，因為是第一次打工，總是笨手笨腳的。

　　一天，冰塊用到見底了，老闆娘要我去便利商店購買十包冰塊回來，拿了錢，我直奔便利商店，打開冰櫃拿出十包冰塊，就在這個當下，寒氣從指尖傳回我的腦袋，當下突然意識到自己忘記一件容易忽略卻相當重要的東西──環保袋，然而雖極度窘迫，我還天真的想著便利商店和餐廳距離不遠，也許抱著十包冰塊走回去不算困難。下定決心後，堅定的用手環抱著十包冰塊到櫃台結帳，店員看我姿勢克難，好心詢問需不需要購買購物袋，然而

我腦筋硬的不行、過分老實，心裡想著店裡的錢不能隨意花用，除了老闆娘吩咐的冰塊以外，額外支出實在不敢妄加決定，於是雖然心下天人交戰，還是拒絕了店員的建議，在櫃檯再次拿起十包冰塊時，店員還熱心的把冰塊堆疊的結構改良了一下，好讓我更好保持冰塊的平衡，於是毅然決然地，我走出便利商店，踏上回到店裡的艱難路程。

　　路途中，每走一步，冰袋堆疊的結構就越來越歪斜，冰袋上的水也讓平衡的維持越發不容易，內心煎熬的我有苦說不出，只能硬著頭皮，走著想快也不能快的艱鉅步伐前進，就在看見快到店裡的十字路口正喜出望外時，終究，冰塊堆疊的結構還是崩塌了，我的心也跟著第一包冰袋下滑的弧度沉了下去，緊張的我蹲下身子想把那一包冰袋迅速堆回冰袋塔頂，然而當我撿起第一包，第二包就接著滑下去，撿了第二包，第三四包就滑下去，陷入窘境的我，一方面擔心耽誤了老闆娘，一方面思考著該怎麼解決這樣的狀況，心裡還真有點想哭的衝動，對自己沒帶環保袋的行為感到無比怨懟。

　　欲哭無淚的當下，低頭忙著撿拾地上的冰袋，我羞於面向公館街上大量走過的路人，這時眼尾卻突然看見十字路口同時有兩位民眾往我這個方向快步走過來，一走到我的身邊，其中一位馬上請我先站直，接著兩位一起幫忙把我滑落的冰袋全部撿了起來，還把冰袋的堆疊結構重新還原，疊完最後一個，他們用燦爛的笑容向我寒暄了幾句，還開了幾個玩笑，窘境被迅速解決的時刻讓我彷彿看到了兩位天使，台灣的人情味撲面而來，在我最窘迫的時候，沒有被忽視，而是有兩位完全陌生的熱心民眾義不容

辭、及時的過來幫助我，成功回到店裡後，心理裡的暖意久久沒有消散，甚至也在心裡種下了一個希望助人的意念種子。

縱使這看起來只是非常微小的舉動，對我來說實在是暖心的不行了，畢竟在那個當下，確實是幫了我一個大忙啊！

最後一個例子是大學的暑假，我和朋友相約一起到台中遊玩時發生的，從台北下台中時，我們選擇搭乘火車，提早到達火車站的我們，在月台的座椅上邊聊天邊等待，出遊的興奮感充斥著腦袋，我們全心的投入聊天，耳朵專注在彼此的話語內容，隔絕了外界的所有聲音。

當有點不對勁的感覺油然而生，已經過了火車應該到達的時間，疑惑的我們，看著牆上的螢幕，渴望看見火車誤點的消息，然而上面卻沒有顯示我們的車次號碼，當下的我們簡直不敢相信，慌張地想找出是哪裡出了錯，明明一直都有在注意經過的火車，怎麼可能錯過？我們向彼此確認是否有看漏了什麼，結果我們都十分確信剛剛靠站月台的火車裡沒有一台是我們的車，然而螢幕不會騙人，我們的火車很明顯是已經過站了，接受現實後，我們商討著接下來該怎麼做，最後決定去車站的服務窗口看看能不能有什麼折衷的辦法。

懷著滿心疑問，我們到了火車站的詢問窗口，告訴工作人員我們的狀況後，他們才告訴我們，這台車是臨時更改了靠站的月台，剛剛已經廣播過很多次了，得知此事，我們感到相當難過，這是否意味我們必須重新買票呢？是否意味我們這次計畫的台中行有可能泡湯呢？這時我們才懊悔剛才的心不在焉，搭火車怎麼

不注意聽廣播，就算現在懊悔也來不及了。

　　然而對於我們的不注意，工作人員沒有置之不理，即便並非他們的責任，他們二話不說地幫助無助的我們，站長馬上從下面的月台跑了上來，並帶我們到一間工作人員監控火車的像是監控室的地方，那裡有很多儀器，裡面的員工看起來都非常專業，忙著用電話聯絡各個車長的樣子，詢問過我們的目的地之後，他們很快擬定了新的乘車路線，還把新的路線要到哪個車站轉車，轉車時要在哪裡上車，再到哪兒下車都寫在紙上讓我們看得清清楚楚，甚至還幫我們把時間都畫上了螢光筆，深怕我們再錯過。

　　接著親自帶領我們到火車靠站的月台，動作非常有效率，整個過程也是笑臉迎人，完全沒有一絲不耐的情緒，我們的不安馬上被沖散，對於剛剛錯過火車的擔心與害怕立即消失了，取而代之的是第一次看到火車工作室的新奇感，和找到解決辦法的安心感以及充滿感激的快樂感。上車之後，我們一致認同也許錯過那班車還是一件好事呢，不然我們怎麼有機會參觀到一般人非請勿進的監控室呢？這樣的插曲以溫暖的事件結束，為我們的自由行添上了一筆溫暖的顏色。

　　這樣的三個事件不過是我印象最深刻的三件事而已，其實生活中還有更多小事是受過別人的幫助的，這些溫暖我都銘記在心，並期許自己在遇見別人有難時，不要忘記即便是一個微小的詢問、舉動，都可以為他人帶來難忘的溫暖。因為也許在你面前的那個人心裡都快哭了呢。這些經驗也讓我期許能讓未來遇見我的每個人，感受到像我遇見的每個人幫助我時一樣的感受，並且守護台灣這道最美麗的風景。

澎湖

許雅媛

起—原來你們不只是人影

國高中時期的我，無論晴雨，我都會在課堂間無聊之際，撐著頭（也可能沒有）望向窗外，不添加任何思緒的從天空到地面，只要是眼睛能觸碰到的地方，都無意識的環視多遍，所以我一向很喜歡位於窗邊的座位（當然現在也不例外），這類的位子總能帶給我一種忙裡偷閒的感覺，既使是再沉重、再無趣的課程，有了這種位子都能變得不那麼身體僵硬、神經緊繃。

說起窗外的景致，有時豔陽高照，陽光從樹葉與樹葉間無情穿透，用力地打向地面，伴隨著蟬聲唧唧；有時天氣和煦，陽光便從樹葉間緩緩流出，如同細水般慢慢流向地面；有時則下著雨，樹葉隨著雨滴的輕點，甚至是重擊，持續的低著頭，望向早已濕盡的地面。但這些都不及於最能使我陶醉的那沒有多餘陽光的微風天，高掛的樹葉、地面的細砂，所有事物都隨著風輕輕起舞，能帶來一種不知從何處而來的莫名愉悅。

在這些無數的窗外景色中，偶爾能看見人影，雖然說是能看見人影，但真正有印象的臉蛋大概連一個都說不上來，絕對不是因為那人影過小，而是因為我打從心底就從未企圖去仔細留意畫面中任何一張面容，畢竟對那時的我來說，那一個個的人影，也只不過是整個畫面的一小部分剪影，那時，怎麼會想到那些人影中，有部分的人不久後會進入我的人生，甚至是大大的豐富了我所過的日子……。

　　現在回想起來，人生似乎充滿了各種不可置信的荒謬離奇。眾多的偶然漸漸累積形成每個現實，在這過程中，不管用盡多少心思去仔細觀察都無法準確預測這些偶然的發生，更別說是阻止它的發生，或許只有「命運」這兩個字能解釋其中的道理，排除這兩個字的話，我大概這輩子都找不到這問題的答案了，雖然不能很篤定的這樣解釋，至少從目前看來是如此。

　　「命運」，就是這兩個字，如鑰匙般的開啟了我的大學生活。

承──人影們，你們好！

　　得知考上淡江大學後，首先感受到的情感主要都是喜悅遠大於恐懼，一方面由於家裡對我期望較大，而淡江是他們唯一能接受的私校，所以能如大家所願的進到淡江，我一直以來都覺得是老天爺給我的莫大祝福；另一方面，就如同其他一般的高三生般，我也對大學生活抱有無涯的憧憬，自由無拘束的生活、無從計數的「各地」新朋友，重點是，終於能脫離這待了十八年的小島了！或許本島人無法想像，但對於十八歲以前的我（可能可以擴及到所有十八歲以前的澎湖人）來說，每次提到要去台北、高雄……，心情就會像是要出國般愉快，甚至是興奮，雖然只是個用不到護照的兩地往返，比照起來，就更不用說直接在台北生活了，我想要不是上了大學，這應該是我這輩子都不敢去幻想的場景。

　　隨著時間的推移，來學校報到的日子也慢慢逼近，最一開始原以為日子近了，期待感也會翻倍增加，但真正快速成長的卻是內心無止盡的恐懼，要具體的說出恐懼什麼，其實也說不上來，可就是無法想像沒有爸爸媽媽的獨自生活會是什麼樣的生活，總結來說，應該就是害怕那個「什麼」。

遇見

「沒有爸爸媽媽的家，那就只不過是供人休憩的住所。」這是我來台北生活後第一個體悟到的人生啟示，人潮不斷的從身邊擦過，但從中感受到的卻是無盡的孤獨，這份孤獨從未消失，不論是走在多繁華的大街，抑或是回到純粹的住所。得到自由的瞬間同時也會失去自由，澎湖人不像台北人，也不像高雄人，不是一班捷運、一班公車、一班高鐵，就能輕易地回到「真正的」家，我們只有每天固定班次的飛機，只要沒搶到機票，那麼回家就永遠都是明天的事了，在上大學以前從未想過所謂「自由」會是以這種型態出現在我的生命中。

一直到我遇見了這一群人，這群澎湖人。生命中能遇見的每一個人，沒有一個會是老早就預先知道的，能遇見他們就只不過像是日常瑣事普普通通的發生般，就這樣巧妙無預警的相遇了，明明前一秒他還是生命中可能短暫出現的人影，但下一秒他就能毫無理由的變成可以隨意打招呼的熟人：「人影們，你們好！你們好，澎友們！」

早在開學前的暑假在澎湖時就已經見過他們，或更早以前以人影的身分在我的意識中無意識的待過一陣子（澎湖只有一間普高），但當時的我把他們的存在定義為：「一群讀淡江的澎友會學長姊和同屆同學。」不以為意的沒有多放任何一點感情就這樣定義（澎友會是淡江大學中將所有澎湖人聚集在一塊的聯誼性社團），直到開學後，我才逐漸意識到他們的重要性，他們能給的就是異鄉遊子最需要，且不可或缺的「家的溫馨」。

在大一的生活中，澎友會不定時舉行的活動，無論喝茶聊天的茶會類型，或是能體驗人情冷暖的擺攤活動，在無數的活動中，

永遠不會缺少的就是彼此間的噓寒問暖，我們就像個大家庭般，沒有顧忌的談心說笑，你生病了我來照顧你，我陷入困境時，你也義無反顧地來幫助我，相處起來就像親人一樣，再冷的天，只要能有彼此，空氣中也始終瀰漫著溫暖的氣息。

轉──在無止盡的痛苦中微笑這件事

大一時，同樣跟我都是大一的澎友會成員們，跟著學長姊，我們一起度過了無數瘋狂的夜晚，無論是夜衝、夜唱，所有被認為是大學生會做的事，學長姊都帶著我們體驗了一遍，我們就像月亮的孩子，能輕易直視的月光，比刺眼的陽光，帶給我們更多的能量，就衝著這股熱血，即將要升上大二的我們也二話不說的接下所有幹部的職位，起初我們以為憑著這股熱血，我們一定也能經營好這個帶給澎湖人溫暖的社團，但那就只是以為。

滿腔熱血的我們，就真的只帶著熱血開始籌辦各類活動，其實對於聯誼性社團的經營，我們每個人都是初學者，設計活動、打企劃書、經費籌算這些工作是我們在接幹部前從未設想到的。如同前述，我們只帶著熱血，而沒有任何技術，甚至是想法的就這樣開始了幹部的生活，但其實這些都還不是最讓我們痛苦的部分，技術上、知識上、經驗上的不足，透過學長姊就能逐漸摸透這其中的技巧，最痛苦的是每次籌辦時，無止盡的意見不合。最初我們都能透過真心的微笑妥協，去完成每一項任務，只是時間久了，就連微笑妥協這件事都漸漸變得困難，所有的熱血和耐心都和時間一起悄悄流逝了，微笑不再真心，妥協轉成放棄，我們之間僅僅剩下責任這條暫且斷不了的聯繫，每次見面就只為了開一定要開的會，不然就是活動當日的逢場作戲。

　　所謂的「家的溫馨」，不知道從何時開始又默默的銷聲匿跡，一日復一日的睜開眼睛，欲拒還迎的生活依舊不斷的持續著，談心說笑依然流竄在耳裡，人群嬉鬧依然穿梭在眼裡，在以往看來是再和諧不過的場景，如今變得這般刺眼而令人厭倦。

合──即使說要走，也從來不曾離開

　　撐著撐著也慢慢地撐過了令人厭倦的大二生活，卸下了沉重的幹部職位，我們之間任何人在前段日子裡一定都有無心，甚至是有意的說出自己大三不會出現在澎友會這類的話，但說歸說，一直到目前為止，沒有人付諸施行，每個活動都一樣能看見所有人出席，不一樣的是，談心說笑、人群嬉鬧變得不再冰冷，所有的場景又再次回到最初那樣充斥著滿滿的暖意、真心、溫情。在沒有任何縫隙的日子裡，是什麼樣的契機，能讓所有的氛圍有這般大的轉變，我目前也還沒察覺出來，但任何結果都是有原因的，或許過些時日再往回看就會有些頭緒了。

　　從人影、家人、仇人，再回到家人，沒理由的，就因命運讓我們相互牽連，或許在更遙遠的未來，我們又將成為彼此世界中的人影，但又如何，在這之前彼此也早已變成彼此生命中不可缺少的一部分，過客不僅是過客，更是成就了現在的我的貴人，無論好壞。

我的家人

張耿峰

　　首先，我想先寫寫遇見我的家人，對於在這麼多家庭中可以生在這個家庭，肯定是命運的安排，而我也很幸運的可以生在這個家庭。

　　我的父親，是位嚴父，在我小時候，每當我做錯事，他總是會拿他那愛的小手抽打我，因此小時候的我深怕會犯錯。但當我越來越大的時候，在我犯錯時，我的父親便開始選擇用說教的方式來跟我溝通，而不再只是用打的方式來教育我，這讓我很納悶，於是我就問了我父親，而他說：「之前是因為怕你不懂，現在你長大了，會想了，不需要再用這種方式鞭策你了。」這句話深深的影響了我，現在想想，以前即使我犯錯了，也會因為怕被打而將犯錯的事銘記在心，下次絕不再犯，而在無形中我也開始學會判斷什麼事是對的、什麼事是錯的，小時候我會覺得我父親很討厭，但是現在的我反而很感謝他。

　　而我的母親是位慈母，從小到大很多事情都是她先跳出來幫我的，很多時候她都會給予我鼓勵，以前被父親罵時，她都會跳出來鼓勵我，告訴我是哪裡做錯需要改進，如果說父親是使我前進的人，那麼母親就是教我如何前進的人了，他們對我而言是相輔相成缺一不可。

　　我的奶奶在我國中的時候就去世了，還記得我在國小的時候，寒暑假都跟她一起去田裡趴趴走，學著怎麼種菜，無意間也

47

認識了左鄰右舍，見識到鄉下的純樸，大家互相幫忙，互相分享著彼此種出來的農作物，分享著彼此的生活，無憂無慮。現在看來，鄉下的純樸對於現在在都市生活的我對比很大。

我的姊姊，從小就是個資優生，父母所交代的事情她總是能很快速地做好，而且做得都比我好，我總是很羨慕她，一直把她當成是我的目標一步步的向前進。曾經我以為我跟她離得很近，只有幾步的距離而已，但越長越大後，才發現她前進的速度比我快很多，不過這也激發了我要更認真的動力，而她也都會給予我課業上的建議，希望我可以變得更好更好。

人生導師

國小時候的我，讀的是社區小學，裡面很多同學都是因為九年一貫才被迫唸書的，所以我的成績隨便考都前幾名，因此產生了自負感，覺得自己很厲害。升上國中時，我選擇了升學學校，就讀學校中最頂尖的菁英班，進去就讀之後，我還是抱持著一樣的自負想法，認為書隨便唸就會有很好的成績，可事與願違，第一次期中考出來之後，我徹底的崩潰了，我考了倒數幾名，這是我第一次感到這樣挫敗，而老師把倒數幾名叫過去一個一個談話，她跟我說：「就算這次考不好，也不要太喪氣，越後面代表進步空間越大，最重要的是要努力過。」雖然接下來我很努力很努力地唸書，可成績卻還是不如預期，依舊在中後段徘徊著，第一學期就這麼過了。

而在寒假時，我接到了老師的電話，她說：「耿峰，雖然你成績一直都沒有起色，但我知道你一直都很努力，現在學校要把你降轉到下一階層的班，但老師還是把你留住了，希望你可以留

在我們班跟著我們一起前進，因為我看你也是有潛力的，千萬不要因為幾次失敗就自甘墮落，還是要好好努力，重要的是那努力的過程，只要不要什麼都不願嘗試就放棄就好。」這番話讓我有很深的體會，在聽的同時覺得有點眼眶泛淚，覺得這導師人怎麼這麼好，跟我以往所遇到的導師都不一樣，這是我第一次覺得學校老師是真的想要真心為我們好，雖然到最後我都還是沒能夠證明給她看我的潛力，但她跟我說的那番話我會一直當成是金句，一直記到現在，而直到現在，我還是會跟這位導師聯絡問安，也會告訴她我的近況，寒暑假也會固定回學校跟老師請安、聊天、吃飯，這不只是一份師生情，還是友情。

一輩子的朋友

常常聽到人家說：「高中的朋友會是一輩子的朋友。」這句話在以往常常聽到，並沒什麼感覺，但當自己體會過了以後，才發現這是真的，在經歷國中、國小對於人與人相處間懵懂無知的歷練與大學這自由社會中，人們漸漸失去凝聚力，不再像以前一樣什麼都一起做，甚至連課都可以不要去上。高中恰巧位在這之間，而我也很幸運的擁有了一群值得深交的朋友，因為有他們才能豐富了我的高中生活。

在高中戶外教學時，最期待的永遠是晚上的時候，因為我們都有所謂的門禁，超過規定時間之後就只能在自己的房間玩耍，但對於還在叛逆期的我們來說，怎麼可以放過這個可以叛逆的機會，那次我們住的是一個小木屋，因此我在高中時最要好的一群朋友，就相約一起出去冒險，當我們冒險到一半時，就看到我們的領隊跟老師一起走了過來，我們嚇得立刻展開了逃跑計畫，在

確認老師不見之後，馬上狂奔回房間，其實我們所追求的不外乎就是這種刺激感，這種體驗也只有高中才會有了。

高中上課時最開心的就是可以抽座位，因為你必須跟大家一起坐在同一個空間裡，可以看看這次坐到誰的旁邊，看是可以跟老朋友敘舊或者是可以認識新朋友，位置的前後左右不僅是你可以問功課的好夥伴，甚至是上課無聊時可以聊天嬉鬧的好對象，到了最後一堂課還會傳菜單看明天早上要吃什麼，大家一起團購再看由誰去拿，每天周而復始，跟大家在一起的時間都會過得特別的快。

大學室友

常常在電視上看到有關於大學宿舍生活的故事及介紹，總是說著大學一定要住宿過才行，體驗一下集體生活的感覺，因此我就一直嚮往著大學宿舍的生活，而到了大學後，由於第一次離家出去住，頓時感覺到解放了，什麼事都自己來了，而我一直期待的宿舍生活終於要來了。

報到之後，見到三個跟我同系的室友，在簡單的寒暄並自我介紹後，開始各自做各自的事，感覺好像沒有我想像的那麼熱烈。經過了一段時間的相處之後，我發現其中有一個室友很吵，很喜歡在房間裡面彈吉他，發表著自以為是的意見，當時的我覺得他真的好煩，我跟另外兩個室友也都深有同感，甚至找他溝通，但卻還是無效，這時讓我覺得到底為啥要住宿，原本是為了要體驗美好的宿舍生活，卻變成了一場悲劇。幸好他到後來終於知難而退，跑去跟他校友會的朋友一起住後，才得到了一點救贖，但卻也因為他，讓我跟另外兩個室友的感情變得急速升溫，從原本在

宿舍裡都只會各自做各自的事，到後來會一起想著要去哪裡玩，要吃什麼宵夜，如果我們在寢室內聊天到一半，原本那個室友回來拿東西時，我們房間就會突然安靜下來，隻字不提，場面一度尷尬，如果沒有他，我的宿舍生活一定是很精彩的。

　　住我隔壁跟我同系的人，因為我們同為系男籃球隊的，因此都會一起去打球，新生盃前的晨練也都會一起起床去練球，也因此跟他熟了起來。在認識了一段時間之後，我發現他是一個很負責的人，而且人很好相處，是我會想去深交的朋友，原本我以為這種朋友只會出現在高中，沒想到會讓我在大學遇到了。我跟他很多事的想法都很像，他人也很大方，在課業上也會給予我幫助，那時候真希望他可以取代我那室友，這樣的話不知道該有多好。

結論

　　在這短短的二十年當中，遇見了許許多多的人，無論是好的還是不好的，都會讓我成長，因此我相信在我的生命中所遇見的每個人都會有獨特的意義，每次的遇見都使我學到了很多，無論是人與人之間的相處抑或是如何與人有效的溝通，這些都將成為我踏入社會前的養分。

溫暖的避風港

徐婉瑄

　　世界上億萬多的人口，在浩瀚無垠的宇宙，在人聲鼎沸的街頭，在空曠且安靜的草原上，人們每天從眼前來來去去，恍若浮雲，有的索性得以短暫停留，有的至今仍在我的生命中，有的已在我的心中成為最美麗的回憶，而我無法得知遇見誰會有怎樣的對白，無法抹滅認識誰會有怎樣的奇遇，也無法改變遇見彼此的事實，更無法確定彼此在生命所停留的時間，即使有如此多無法掌控的事情，但我們仍想好好把握每次珍貴的遇見。

　　在日常生活中，我們會遇見不同的人、事、時、地、物，正因為如此，當我們每天醒來，總會期待每一天即將發生的驚喜，所以我們都在期待每分每秒不同的遇見，而每次的遇見都有著不同的心情，例如：期待、憤怒、驚喜、悲傷等，像一個女孩遇見了她的畢生真愛，女孩覺得只要跟另一半在一起，自己就是全世界最幸福的人；一個老人即將走到生命盡頭，在最後一刻遇見了生命中令他最暖心的風景，讓他覺得整個生命因它毫無遺憾；一個男人因工作關係，遇見了令他厭惡至極的人等，這些人生的遇見而感受到的心情，替我們的人生故事添了許多繽紛的色彩，也讓我們生命又多了幾分意義，讓我們不得不珍惜每一次的遇見，使它深深烙印在腦海中。

　　還記得幼稚園小班開始，父母親因為工作不能時常陪伴在我身邊，久久才能看我一次。從小住在外婆家，那時的我，所做的事是去上小學、安親班，然後回家就是洗澡、寫功課和看電視，

再來就睡覺，過著和平常學生一樣的生活，只是，多了一份例行工作—想父母親，或許是因為在白天裡被繁忙的課業和與朋友們的嘻笑打鬧給占據，所以沒有多餘的時間讓我想念我的父母親，但是每到晚上，我的腦海所想的就是父母親的臉龐，並且在腦海裡反覆的想，為什麼別人的父母親能每天接他們的寶貝小孩上課，我的父母親就不行？為什麼學校一有活動，他們的父母親都會參與？為什麼在假日時，他們能出門去親近大自然，我卻很少有這個機會？我的父母親到底在忙什麼？為什麼不能讓我體會父母親接我上下課那種溫暖的心情、與我一起參與學校活動是多麼快樂的事情，和假日全家一起出遊是多麼愉快且放鬆心情的感覺？每次想到這裡眼淚就像洪水潰堤一發不可收拾，只能哭到我入睡才能停止，唯一能安慰我的也只有我身旁的外婆。

直到現在我還是非常感謝外婆陪我度過了許多孤單的夜晚，安慰我的小小心靈，因為外婆，讓我沒有父母親的陪伴也不會感到自卑、不安，只要我有任何挫折、困難或傷心難過的事，她總會無微不至的在我身旁照顧我、安慰我，這樣的外婆使我感覺父母親不在身旁照顧我不是一件丟臉的事，因為我有外婆，也因此這樣，我有了與外婆一起度過的特別童年，例如：和外婆一起去田裡摘水果、種蔬菜，每天與外婆一起快樂的看電視，當我生病時，無微不至地在身旁照顧我等，專屬於我跟外婆的小回憶，現在想起還是感恩在心頭。

但在我國小五年級時，妹妹的出生使我開始多了父母親的陪伴，因為父母親錯過我一輩子只能有一段的珍貴童年，而父母親為了不要讓妹妹懷有遺憾，便搬回家一起同享一家四口所擁有的

天倫之樂，參加學校任何一場活動、一起見證妹妹所跨出的第一步、一起參與我和妹妹生活的每一分一秒，那時，突然覺得我的生活多了好多樂趣，也突然為我的生命樂章添了幾調歡樂且輕快的節奏，突然多了父母親在身旁照顧，覺得自己是全世界最幸福的小孩。有了他們的陪伴，世界的一景一物都是美好的存在。

還記得有一次的出遊使我印象深刻，在元旦時，我們到了嘉義阿里山去看一年之中最特別的日出，遠方的山脈，大樹擎天，群山環繞，遠方的天空因太陽的羞澀還未給漆黑的他，妝點一些色彩，但不過一會兒，太陽因為我們的熱情而開始漸漸探出頭，朝霞把蔚藍的天空塗抹得五彩斑斕，像一幅美麗的油彩畫布，太陽羞答答地從巍峨的山巒中探出頭來，到處洋溢新年的快樂氣息，這時候的我心裡充斥著許多感動與悸動。能在這一年的第一天與家人看如此美妙的景色，且能有這樣與家人團聚的機會實屬不易，或許也因為我生命中最美好的人都在我身旁，讓我覺得眼前這個團聚機會得來不易，讓我想好好珍惜，並且永遠停在這美麗且對我來說意義非凡的這一瞬間，而當時眼前的風景是目前我看過最美的風景，這一次的出遊讓我更加珍惜與家人一起相聚的時間，儘管現在在大學與遠方的家人只是透過行動裝置噓寒問暖，但我覺得也是非常滿足，也非常高興能有妹妹，是她的出現讓我也能體會更多被父母親關懷與照顧的感覺。

我懷著無限的感恩，謝謝能讓我遇見如此美妙的家人，如果沒有遇見他們，我的生活不會過得如此特別與充實，如果沒有遇見他們，也不會有現在的我，如果沒有遇見他們，我也不會接觸到這世界如此美妙的人、事、時、地、物，如果能有再次選擇的

機會，我還是會再選擇遇見這些愛我的家人們，因為有了他們的陪伴、加油與鼓勵，我所遇見的一切，都是美好且珍貴，值得我去珍惜我所遇見的每分每秒，畢竟能遇見實屬得來不易，對於我的家人，我已經沒辦法說出我對他們的愛及感謝。

能遇見他們，我，很幸運——家，溫暖的避風港。

人生就像一趟列車，在沿途會有許多車站，來來往往的人會在這裡上車或下車，你不會知道是否有人可以陪著我們到人生的盡頭，如果走在人生道路中遇見你愛的人，一定要愛惜你與她共同擁有的時間，並且爭取與他一生相伴的機會，儘管只是片刻溫存。因為當他離去時，一切都來不及了，如果遇見可信的朋友時，要好好的與他相處下去，畢竟在人的一生中，可遇見知己真的不容易，我們像世界裡的一粒灰塵漂浮在茫茫人海中，與他相識、相知、相容。

席慕容：「生命是一條奔流不息的河流，我們都只是那個過河的人。」行走在人生的路上，我們會遇見很多人，那些開心的、難過的旋律在心間蕩漾，用淚水與笑顏盛開出朵朵素雅的白蓮，綻放著屬於它們的清香，然而走過了彎彎曲曲的一段路，又回到了起點，一切都曾那麼美麗，可一切卻又似無痕的在我們生命中劃過，靜靜的相望，在茫茫的人海中，遇見匆匆離開你的人生的人時，要謝謝他陪你走過的這一段路程，因 他是你人生精彩回憶的一部分，然而我們無法預料下一秒的人生我們會遇見誰，又會發生什麼？有了遇見，我們的人生才會多彩多姿；感謝遇見，正因為有了遇見，才有美麗、幸福、快樂，並且使我發覺生活的明媚。偶然的相遇，必然會分別，如果遇見，但請記得珍惜。

重要的人

楊履心

遇見─父母

　　穿行在歲月的縮影裡，青春的年華轉眼即逝，來不及細細體味，來不及傾聽訴語，時光已開始在下一個驛站裡繼續。母親像黑夜裡的油燈，更像山間的溪水，一點一滴的支流匯流成潺潺的溪流，一點一滴的關懷化成濃濃的母愛。父親像是一縷陽光，讓我即使在寒冷的冬天也能感受到溫暖如春；父親更像一本厚重的書，耐人尋味。

　　2000 年 4 月 29 日，還記得來到世上後，第一眼張開眼睛要探索這個世界時，看到的是你們的笑容。你們帶著期待的心情迎接我和弟弟來到這個世上，來到這個大家庭，我不禁問自己到底是上輩子擁有了多少的福氣才能在這輩子遇見你們─我的父母。

　　母愛無私無聲，無邊無價。母愛如泉，涵蓄靜默而不張揚，點點滴滴都是對兒女的細心呵護；母愛猶如澎湃洶湧的大海，滾滾波濤充溢著對兒女的深情厚愛。親愛的媽媽，還記得小時候您總是細心的呵護著我和弟弟，不僅辭去了自己的工作成為全職的家庭主婦，放棄了自己事業上的升遷機會，還日以繼夜，廢寢忘食的照顧我們。在我們還懵懵懂懂時，看著我們從一次次的跌倒中，學會站起進而學會成長，總是有耐心的從旁扶助並且包容我們，讓我們學著慢慢分辨事情的對錯，讓我們了解如何被愛與如何愛別人，教我們如何真誠待人。您總是支持我做任何對的事情，帶我一起吃遍各國美食，跟我一同參加各式各樣的活動，生怕錯

過我們的成長過程。遇見您，我很感恩，很幸福。

　　父愛如山，它沒有修飾，沒有言語，卻始終聳立在你的生命之源，伴隨著你走過每一條坎坷艱辛的旅程。親愛的爸爸，謝謝您總是努力地給我們全家最好的東西和資源，雖然您常常要跑遍世界各國工作，但一有時間您就帶著我們全家一起出去玩，即便是吃一頓飯，你也總是盡力的趕回家陪我們一同享用。

　　隨著我們年紀的增長，你們也很花了很多時間和金錢，讓我們能有更多機會去探索自己和這個世界，讓我擁有很多相較於其他人沒有的生活體驗！從小到大都讓我和弟弟去學習自己有興趣的課外社團，讓我們有機會看到不一樣的自己！親愛的父母，無情的歲月在你們臉上刻下了痕跡，你們逝去的青春都是滋養我們成長的養分，因為遇見你們，才讓我有其他機會去遇見更多不同的人事物，一切就是從遇見你們的那一刻起，開始，遇見……

遇見—朋友

　　如果說友誼是一棵常青樹，那麼，澆灌它的必定是出自清甜的湧泉；如果說友誼是一朵開不敗的鮮花，那麼照耀它的必定是心中升起的太陽。

　　「相識滿天下，知心有幾人」，在人生的每個階段我們都會認識不同的人，有些人可能是你生命中的過客，有些人會是你一生的知音，而在高中我遇見了一群 GAY 蜜。剛開始我們對彼此都還很不熟悉，只因為有共同的興趣和人格特質，便透過一次次的班級團體活動結交了起來。不管發生什麼事情，我們一直以來都會以尊重為前提一起分享，一起討論對策與方針，一起在彼此失落時給予陪伴，一起在犯錯時勇於面對並且共同承擔，還有什

麼比這些人更值得深交呢？即便現在大家上了不同的大學，有了自己要努力的目標，甚至有了新的交友圈，但我們總還會保持連絡，分享彼此的趣事。友誼就像是我們哀傷時的緩和劑，激情的抒解劑，是我們壓力的流瀉口，我們災難的庇護所，是我們猶疑時的商議者，是我們思想的散發口，也是我們沉思的鍛煉和改進。

遇見─舊情人

　　眾裡尋他千百度，驀然回首，那人卻在燈火闌珊處。在人生的每個階段我們都會遇見，欣賞擁有不同個性的人，我在初三那夢漾的春天遇見了像太陽一樣溫暖的他，我曾以為彼此是最適合對方的那個人，但在三年後我才發現，原來我們只是對方生命中的一位熟悉的過客。曾經無所不談的我們，再次見面也只是輕輕的向對方點個頭，打個招呼。我從未想過這段感情的結束，到底是歸咎於誰的原因或是誰的責任，因為這從不是誰的責任。一段感情的維持需要兩個人一同付出，就像走鋼索一樣，只要一不小心走錯步或是有些許的重心偏移，就必須重頭再來。然而感情這種事情往往不會有第二次重頭來過的機會，時間一久，慢慢妳就會了解對方是否是你在找尋的那個人，如果不是，那麼彼此就各退回朋友的位置，或許也比較合適。有時候我們想要刻意忘記的，卻又會不自禁的想起；想要放棄的，卻又沒辦法做到灑脫的放手；有些感情，明明知道不會有結果；有些人明明知道他不懂得珍惜；但我們往往都是在思考這些問題時，先犧牲了自己。女孩啊，學著多愛自己一點！我很慶幸，在這跌宕的青春裡，有你來過，可現在的我，也已不遺憾你離去。人的一生中也要經歷過幾次感情上的失敗，才能在下一次遇見對的人之前，成為更好的自己。

遇見—生命中的恩師

「師者,所以傳道,授業,解惑也。」老師成為了我們求學階段不可或缺的一個重要角色。在初二時,我遇到了我未來高中三年的班導師,同時他也是我當時的數學老師,他總是教我們課堂上以外的事情,和我們分享很多他經歷過的故事,總是在我們困惑時給我們很多人生建議。

當時在面臨選社會組還是自然組,因為我無法決定而情緒上有點起伏,那時我三不五時就給自己很大的壓力,導致我情緒上有些不穩定,是老師您指引我去選擇適合自己的路,是您給予我很大的肯定,跟我說我到哪裡都可以把事情做的很好,即使我選錯了組,我也能積極去爭取轉組的機會,他對我很有信心。

因為這句話,讓我有更多的勇氣,即使還存在著那麼多的不確定性……在高二那年,大家都開始為取得「大學繁星入學」的機會而開始準備衝刺,我也不例外。到了下學期,因為接觸到不同領域方面的學長姊和資訊,讓我選擇了另一條完全不同的道路—出國留學。

自從那時候起,我就開始準備語言能力檢定考試以及外國的留學考試,老師得知這樣的消息後,一開始是支持我的決定,並要我好好的準備留學考試,遇到學校段考前,再以學校課業為主就好,但因為我對自己的要求比較高,沒有辦法放棄學校的課業,這代表著我不僅要準備學校的課業,還要在有限的時間內兼顧申請國外大學的資料,那段時間我曾經壓力大到每天回家都情緒崩潰。但我知道這是我自己的選擇,我也該為自己的選擇負責。

申請完國外大學後，也到了班上同學學測倒數一個月的時間點，老師希望我可以不要放棄這幾年在課業上的努力，要我跟班上同學一同奮戰到最後，而我也答應了。之後我拿到了美國大學的入學通知和繁星入學的入學通知後，更是面臨到更深層的現實面，我到底該如何選擇呢？經過和老師一連串的分析討論後，最後我決定先留在台灣，留在我熟悉的環境和熟悉的人身邊。謝謝您，老師，總是在我心情面臨低潮時，給予我很大的能量和勇氣。因為有您，才有現在有自信的我。

淡水情人橋夜景

遇見青春

尚光一

青春遇見過
那天邂逅的好人
那晚宿營的篝火
也遇見過
有只狗跑出了極短篇
有只貓悄悄走入了生活
還有寒窗獨坐
眺望遠方避風港時
鄉愁縈繞的落寞

完全飛行

秦鷺莎

以前我就決定，不要為了旅遊去任何地方，不做過客，我希望的是停留下來，認真地感受一個地方。這一次來台灣學習，算實踐了我一直以來的想法。走過的路並不特別，地方永遠在那裡，想來隨時都可以，如果說真有什麼值得記錄的，應該就是生命的分秒中那些真實的喜怒哀樂吧。

01/ 在天空中變得自由

二十歲我不疾不徐地迎來第一次飛行，在此之前我也有過諸多幻想，要去哪裡呢？和誰一起？穿越雲層是什麼感覺？那麼天呢，會是個好天嗎？可事情發生的時候，並沒有那麼多驚奇和疑問。有的只是早上五點起床趕往機場的疲憊……不久之後，又聽說學期的回程航班在早上七點多，意味著要凌晨四點趕去……一群人彷彿偷渡客……。

總之，當首次飛行真正來臨，我只是很自然地經歷了整個過程。然而不得不承認，從窗口望出去，薄霧輕籠綠洲和深深的海面，那種暢快感是不同於以往的。

兩百多公里的旅程結束得很快，至於落地松山機場的時候，我還有些恍惚。乘著大巴來到淡水，裡裡外外安頓好，已經是下午兩點。一行人跑到全家填肚子，隔一條街就是 7-11，我一進去就不得不感嘆麻雀雖小，五臟俱全。尤其收銀員實在禮貌，我這麼個粗礦慣了的人也跟著輕聲細語起來。

璐瑤笑說，就是因為便利商店裡什麼都有，台灣的網購才不發達吧。我點點頭：台灣人也太幸福了！後來我才知道原來這兩家店在大陸也是遍地開花，只不過沒開在廈門，害得我以為它們是台灣人的專享，替廈門人不服！

我們初來乍到，選便當的時候，拿起又放下，一個個價格看過去，點開計算機除了又除，樣子很滑稽。面對陌生的貨幣物價，大家新鮮又緊慎。耐不住餓，我趕緊挑了一份餐點去結帳，閃過冰箱的時候，驚喜地發現常在高中喝到的瓶裝奶茶，某種妙微的別處感在一瞬間忽地消失了。

那個下午的全家、店外的街巷、淡藍色天幕上大朵大朵的白雲結出略略的新奇和輕快，真正構成我對這片土地的第一印象。直到現在，踏進這些便利商店，還是會忍不住感慨，台灣這種小而精細的美感真是得益於每一處，這裡的人們一定也因為這些開滿街頭巷尾的商店平添了許多幸福感吧。

02/ 愛恍神的我

來了幾天就發現，這邊的餐館特別喜歡放新聞，而且我懷疑這邊的電視台全部只播新聞，因為無論什麼時候去，都有新聞可看。而新聞範圍之廣令我咋舌，電視台不怎麼分類，雞毛蒜皮小事要報導，就連經濟政治文化的大事也一起出現。也許是人們認為這些不過都是見聞的一種，真實才是最要緊的。

吃飽以後，就容易發散──想起世界上實在還有很多我沒搞清楚的事情，這些我沒弄明白的事，有大有小，其中甚至包括我本該明白的，比如說為什麼上大學，怎麼了選這樣一個專業，以及

到這裡來，做些什麼。其實也可以選擇不去追究，畢竟糊塗是一項權利，放在對的人身上還是一種可愛，那種糊塗無傷大雅，還很難得。可惜放在我身上就顯得愚鈍。

自己無法解答，就只好指望老師。我們上課，大家都是很放鬆的，但不代表沒聽課，不過是抓重點聽……。我尤其記得老師說的一句：「你們要去發現這個世界的真相。」我記住這話，倒不是有什麼感慨，瞎貓碰上死耗子而已。一句話嘛！聽著也很莫名其妙，我們去發現，我們能發現什麼？我們連菜裡有頭髮絲都很難發現。有事還輪得到我們去發現嗎？再說世界有什麼真相呢？人無非吃喝拉撒睡，看到的景色、聽到的聲音已經真真切切，還有什麼真相要我們去發現？

一句莫名其妙的話我卻記了很久。後來在餐館裡，新聞依然從早播到晚，淡水的雨也從白天下到黑夜。摩斯漢堡因為連續的陰雨天氣，食材發霉導致客人消費後食物中毒，記者前去採訪，經理人出面道歉、給出解決方法、請求公眾諒解。我坐在餐桌前囫圇聽著。這家店我在廈門吃過，沒什麼問題。它的規格斷斷不如肯德基、麥當勞，其實連衛生程度也不如，看了新聞我心說，也沒吃過幾次，要麼以後再也別吃了。

這件事像生活裡其他小片段一樣過去，我繼續做上一分鐘課偷半分鐘懶的學生。很多東西都有它的潛伏期，話語也一樣，直到某刻的靈光乍現，才能真正意識到它本身暗藏的意義。我本就不夠專注，在長達四個小時的管理課中，簡直不得不走神。於是上著上著，又想起倒楣的漢堡店。

小時候，人人都明白知錯就改的道理。是的，犯錯要認錯改錯，是該有的邏輯，當漢堡店願意給出真相，我作為消費者中的一員已不願接受，那麼下一次還要給出真相嗎？還會給出嗎？未可知的是，因為害怕後果而掩埋真相的例子究竟有多少。

然而世界總有它的運行規律，或好或壞，一代又一代的人摸著石頭過河，輪到我們，在無人帶領的路上，我們會創造出怎樣的規律？我們會努力地還原世界的真相嗎？

03/ 在台灣吃火鍋

我這個人沒別的特點，就兩個：又懶、又摳門。懶主要表現在，人都來到旅遊勝地了，也懶得走遠，成天就在樓底下吃吃便當、炸雞，偶爾再來杯奶茶。摳表現在 100 塊錢新台幣以上的活動基本上沒有我。

說起來也好笑，原來在福州，邊吃食堂邊嫌棄，現在到台灣了，天天奶茶、披薩的按說應該很逍遙，卻想起食堂來了。有一回坐在燒臘店裡，同學不自覺地想起食堂的酸辣土豆絲，我禮貌地表示了驚訝，隨即很自然地和她一起回味起來。

週五不上課，我們宿舍幾個人商量著改善伙食，去吃自助火鍋，600 元台幣，我好不容易決定要去，結果臨去就智齒發炎，第二天猶豫再三，終於在最後一刻爬起來拖著殘軀奔向馬辣——為了哈根達斯——身殘志堅！

在台灣吃火鍋有種詭異感，倒不是不好吃，這就好比去了北京不吃烤鴨，非點個沙茶麵，況且我還是為了冰淇淋去的……。我們仨明顯戰略有誤，連零頭都沒吃回來，喝了一肚子茶水，不

知道的以為我們是跑去自助店吃減肥餐的，即便如此還是帶著沒由來的滿足離開了，後來餓起來才捶胸頓足！

出了馬辣，我們就繞著西門町晃悠。別的不說，西門町這個名字就起的小情小調的，據說是以前人們休憩的場所，第一家戲院「東京亭」也落在此地，頗有點兒風花雪月的浪漫氣息。

繞著西門町東逛西逛，不知鬼覺走到了媽祖廟前，廟並不大，但香火足得很，還有池裡的錦鯉，一頭足有兩三隻普通錦鯉的大小。商圈搭配傳統的廟宇，尤其這廟還很熱鬧，真的別有一番風情。台灣的廟宇之多，恐怕是別處不可想像的。有句話叫人無癖不可與，想必信神佛、尊傳統的風氣也令寶島人民心中更加有所敬畏，或許一直在庇佑著這個小島的，不是神靈，是這些誠虔的人們本身。

04/ 真的不是本地人

我們 90 後也算是從小看台灣偶像劇、台灣綜藝長大的。我從小就是電視劇迷，記得自己常常三更半夜不睡覺窩在電視機前看《王子變青蛙》，實在著迷。到初二一整個暑假都在播放《惡作劇之吻》，我跑到好朋友家裡去，兩個人歡歡喜喜看了整個暑假，友情越看越堅固。

台灣和福建大部分地區一樣都說閩南語，我是貴州人，但從小長在廈門，又長期耳濡目染台灣節目，只要願意，普通話就能迅速切換成半吊子的台灣腔，欺騙性還挺高。但我不是真的要騙人，在這邊待上一段時間，除了北方人和鄉音之霸東北人能招架得住台灣腔以外，我看多多少少是會被帶偏一點。我就更容易受

影響，店老闆上菜的時候偶爾聊兩句，我立刻給帶成本地人。

有一回去吃咖哩飯，跟老闆娘聊了好幾個來回，一說自己是大陸人，老闆娘立刻瞪圓了眼，問：「還以為你們都是台南的呢！」我想，要是給本地人打折，那我就繼續裝下去。可老闆過於一視同仁，沒什麼必要。

其實我本來就生活在對岸，再加上從小就看著台灣電視節目長大，來這裡並沒感覺到多大差異，人都是一樣的熱情溫善，我們有著共同的文化根源，本就是親人。生活在這裡，真切地感覺到人們的友善和溫柔以後，我更堅定，融入才是最好的旅行。更希望我們兩岸的人們能不再因為不了解而產生偏見，不如親眼一見、親自體會，畢竟這也是世界真相的一部分。

願人們都有能力去還原事物的本真，也有能力找到自己。

松山機場正在降落飛機

謂之涅槃，是我心言

黃安然

大學第三年在台灣遊學，對我來說真的是一個充滿未知的挑戰。過往十二載求學歲月，我從未離開過父母身邊。三年前考上了大學，當時我的想法是降分報志願，以求留在本地讀書，為的也只是不遠離家庭。這也就是說在過去的二十年裡，我幾乎沒有半點獨立生活的經驗。

像班上的很多人一樣，初到台灣時，我也會用手機日曆的提醒功能來告訴自己還有多少天回到福州。儘管這樣的做法在很多人眼裡覺得很奇怪，甚至有些可笑。但它的確是我所抑制不住對家鄉思念的一種真實表現。

但想家的念頭其實還不算最可怕，因為這種情況在我來台灣之前便早已預想到。真正讓我感到恐懼的，是接踵而至的孤獨。由於宿舍分配的問題，大學前兩年我是和來自其他專業的同學一起生活。課外大部分的時間我呆在家中，再加上自己性格稍微有些內向，我與本專業大部分的同學可以說幾乎是沒有什麼交流的。現在又來到台灣這樣一個全新的環境，人生地不熟，這使我的孤獨感與焦慮感進一步地加劇。這不，才剛到台灣，生活的狀況與麻煩就接連不斷地出現。

一、放下面子

打從我學會洗衣服開始，我就只使用過手洗與全自動洗衣機兩種方式。至於脫水機是什麼樣的機器，我根本就從來沒聽說過。

偏偏從小到大，我一直都是那種很要面子的人。即便我有什麼不知道的東西，我也不想去承認。

來到台灣的第一個晚上，洗衣房異常爆滿，當我上去洗衣服時，並沒有多餘的洗衣機留給我使用。萬般無奈之下，我只能用手洗的方式來洗衣服。手洗之後我也嘗試過用雙手很努力地將衣服擰乾，可是效果真的是出乎意料的差。毫不誇張地講，我手上拿著衣服下樓梯回宿舍的這一路上，走到哪水就滴到哪。

回到宿舍，我只能拿衣架將濕漉漉的衣服掛在床頭的欄杆上，在衣服的下面放個臉盆接水，等著晚上空調的風將其慢慢吹乾。可偏偏這一幕，就讓我室友小 R 目睹了。

「你能不能把衣服甩乾了再拿下來，我的皮膚很怕潮濕的環境哎？」他開始不斷地發話質問我。

過往與他相處甚少的我，自然認為他是帶有敵意地在針對我。本來心情就糟糕透了的我，自然不會選擇忍氣吞聲，我要維護我自己最後的那點自尊心與面子。

「我就喜歡這樣晒。這是我的自由，你管不著我吧？」而後我們雙方便陷入了一陣沉默。

正當我想要上床睡覺來忘掉這件事，就此不理他的時候。他從椅子上走過來拍了我一下，對我說出了這樣一句話。「我跟你上去吧，我教你用脫水機，很簡單的。」那一刻我愣了一下，而後更多的，其實是一種羞愧感湧上心頭。

我將他的言辭，誤會成了沒事找事與嘲笑。後來誠如他所言，

我很快便學會了使用脫水機。

現在回頭看看，這件事對我的影響其實挺深的。小 R 成為了我在台灣第一個有著密切交流的朋友。我學會了應該在別人有困難時理解他，向他伸出援手。而不是袖手旁觀地看笑話。

當然更多的，是我逐漸開始面對了不再抱有過深的執念，我變得有勇氣去直面自己所犯下的錯誤，有決心去學習新的能力，有意識去彌補自己的缺陷。

二、收穫感動

開學的第一週，也是我初到淡水的第二週。由於受到颱風的影響，這週淡水的天氣一直是陰雨綿綿。而恰好，我又極度討厭陰雨天。往常的人生經歷告訴我，在煩躁鬱悶乃至呆滯的狀態下，我經常會在陰雨天做出一些出乎意料的舉動。果不出其然，在這週我做出了一件人生中從來沒有做過的事情。

週二下午第九節下課的晚上，我先是獨自一人在學校附近的燦坤購置了一個路由器，打算之後順路吃個晚餐再返回宿舍。當時的雨勢很大，儘管撐著雨傘，等我到宿舍對面的一九八餐廳時已經渾身濕透。可以想像討厭雨天的我，當時左手拿著路由器的盒子，右手又拎著雨傘，是有多煩躁。匆匆忙忙地點完餐，我只想盡快吃完飯，回到宿舍沖個熱水澡冷靜一下自己的情緒。

當我吃完飯，起身拿好雨傘和路由器盒子，走出餐廳，過馬路進到宿舍樓，乘電梯到宿舍的樓層，從錢包拿出房卡準備開門的那一刻，我才突然意識到一個嚴重的問題。是的，我忘記結帳了。

這是我人生中吃的第一頓「霸王餐」。

一種尷尬以及無可奈何的感覺湧上心頭。

作為一個愛面子的人，其實我苦惱了很久。我想在下次去吃飯時再向老闆說明這件事，再補上這頓飯的錢。

其實我的真實想法是：拖一拖時間，我的罪惡感就不會那麼重，也許我還會忘掉這件事。

但可能是受到了之前脫水機事件的影響，使我做出了改變自己的決定。我想要直接承認一次自己的錯誤。

因此我選擇了立刻返回餐廳結帳。出乎我意料的是，當我解釋完為什麼沒有結帳就離開的原委後，一九八的店員並沒有表現出一絲責怪的意思，反而是笑臉盈盈地對我說了這樣一句話。

「謝謝你，謝謝你還記得。」

儘管在後來的生活中，我發現大部分台灣人都是這樣的溫和，富有包容心，甚至很多店家是容許賒帳的。

但我還是要謝謝她，謝謝她用禮貌與理解，給予了我這樣的意外與感動。

三、直面過去

其實來到台灣這一兩個月，我很明顯地感覺到自己在一點一點發生變化。

這學期台灣的劉中薇老師給我們開了「說故事與創意」這門課。在開學初她便宣布了自己的教學計畫：在期中的時候我們要

寫一篇故事，故事的內容是對自己影響最深的人或物。

自從她宣布了這項作業後，我便一直在猶豫要不要講過去的故事。其實眾人眼中品學兼優的我，只是現在的我的模樣。可曾經的我，還有著這樣一幅魔鬼般的面容。

我是老師眼中頭痛不已的社會青年。打架、抽菸、蹺課，我做過太多的壞事。大一、大二兩年，我不敢與周圍的人說起自己的過去。我害怕一旦我說了，大家又會像我以前初中、高中的同學一樣，對我抱有嫌棄的眼光，甚至避而遠之。

雖然我以自己黑暗的過去為題材，寫完了這份期中作業，但我並沒有想好是否要在這樣的舞台面對自己。並不是所有人都有機會在期中的課堂上分享自己的故事，所以當時我的做法是提前準備好兩個故事，如果抽到了我，我就講述之前準備的另外一個平淡些的故事。

然而有的時候我的運氣就是這麼好。是的，我被老師抽中了。上台之後，在黑板上寫下自己名字的幾十秒裡，我的眼前浮現出的是這段時間在台灣的種種畫面：我交到了比以前更多的朋友，我已經不再是以往那個孤單的自己，我從我身邊的人感受到了太多的理解與溫暖。

我決定要將我自己醜陋的一面展示出來。

我決定要與我自己的過去做個了斷。

一切都如我所料一般。當我開始講述故事，告訴大家我曾經是一個社會混混時，大家的反應基本是一片驚訝。在台上的我看

到，有的人臉上的表情，寫滿了無法想像與怎麼可能。以後別人會用什麼樣的眼光看我，其實我心裡也沒底。但我只是希望用我自己的真實和坦誠，換來周圍人等價的理解與認可。

當我全程強壓著自己悲傷的情緒，用平靜的態度訴說完我的故事後，台下沒有掌聲雷動，也沒有噓聲一片。我的朋友，在日常生活中還是像往常一樣對待我。甚至還有一些同學透過微信私聊的方式來鼓勵我。我便知道我已經成功了。

我要感謝這門課程所提供的舞台；我要感謝劉中薇老師給予的機會；當然我還要感謝的，是一切在知道我的過去後，還依然理解我，願意陪伴我走下去的人們。

是他們，讓我與過去那個懦弱膽怯，愛要面子的我，徹底做了告別。是他們，讓我遇見了一個全新的、成熟的自我。我相信再過不久後回到大陸，肯定會有人問我在台灣遇見了什麼。也許我會回答他，我遇見了許多從前我未曾涉獵的學科知識，我遇見了傾城旖旎，我遇見了滿目珍饈，我遇見了良朋知己。

可是我明白這些都不是最重要的。

因為我真正遇見的，是一個少年從富家嬌生慣養的環境中走出來。逐漸在朋友的理解與幫助下學會放下面子，開始適應新生活。再到後來鼓起勇氣，不再逃避過去，學會獨自直面困難，直面自己的整個過程。

我遇見的，是一個少年的成長，是一個少年的蛻變。

遇見台灣，遇見成長，遇見更優秀的自己。

夢於一念生

陳芷媛

綺羅是大三的學生，她來台灣不久，也無心於遊玩，但也不像一些同學致力於考研，天天泡在圖書館。她只喜歡做自己想做的事情，前提是她想做的事情從來都不荒唐。用朋友的話來說她是一個十分隨性的人。她可以和朋友去酒吧熱火朝天蹦迪，結識各方的好友。也可以一個人靜靜地去圖書館讀書，閱覽各種不同的文化古籍。這些都是她的愛好，她從來不會去計較太多事情。

週日的一個午後，綺羅的舍友小洛拉著綺羅去陽明山。綺羅並沒有別的事想做，見小洛一臉期待描繪著從攻略上看到的陽明山紅楓飄落的場景，說它們似一片火紅雲霞，便微笑應允了。她們搭上捷運，轉了巴士，一路平坦來到了陽明山上。剛下捷運時氣候是非常好的，不知為何當她們上了陽明山後便是一片烏雲密布的氣候，天上還飄起了綿綿的小雨。在這個應是紅楓滿山的季節，陽明山上卻是一片綠油油，一絲紅色都沒有，綠的甚至令人覺得有些孤寂。有些樹上還掛著幾片孤零零的黃葉，一副秋風蕭颯的感覺。

小洛和綺羅一蹙眉，覺得事情並不太對。但來陽明山已經花了兩個小時左右，再回到宿舍這樣無功而返未免也太可惜了。於是她們下定決心向陽明山上幾個出名的景點出發，不要辜負了好時光。乘上公車她們期待著前方會有什麼，但是出乎意料的公車彷彿帶著她們進入了另一個世界。窗外看去霧濛濛的一片，能見度不到五公尺。她們到了景點下車後更是驚訝，寒氣將她們包圍

了，綺羅與小洛的頭髮已因為濃厚的霧氣而濕了。霧氣很濃，氣溫很低，她們面面相覷，不知山下的陽光明媚是否是自己的幻覺。

「綺羅，你在這等我一下，我再去問問路。」正在恍神中，小洛打斷了綺羅的思考道。

「好，你去吧……」綺羅還沉浸在恍惚中，沒有太注意小洛。

小洛離去後，綺羅疑惑地看向前方已被大霧遮蓋的公路，一輛車也沒有，樹藤垂在路邊，濕答答的滴著水。她及腰的黑色長髮表面已經濕透，她撥了撥額前細碎的髮絲。突然回想起曾經在谷歌上看到的關於陽明山的鬼故事。

據說曾有四個大學生在夜晚相約去陽明山上遊玩，其中平日精神的 A 學生卻精神不振，被同伴拖著行走，還賴在石桌上睡覺。好不容易在半夜將他帶回了家，A 姊姊卻說他並沒有回家，第二天警方才找到 A 依舊趴在那晚的石桌上，卻沒了呼吸。

綺羅抖了抖，這侵骨的寒氣越來越濃厚，彷彿要將她吞噬了去。

但是冥冥中卻好像有個聲音在呼喚她：「綺羅……」

綺羅迷迷糊糊地朝前走了過去，彷彿這樣走就可以撥開這一片濃霧。就在她恍惚行走的時候，眼前突然明亮了許多。她用手遮住了刺眼的光，從指縫裡看到一棟瓊樓玉宇。山中還會有海市蜃樓嗎？她心中暗暗嘲笑自己是不是冷得失去了理智。

這時在這一片華美之境中，一個身影翩然出現。他有著一雙湛藍的眸子，彷彿是一塊沉璧靜靜地躺在蔚藍的大海之中。他穿

著古色古香的服飾，一頭青絲隨意紮起，白袍比那光更加刺眼。那俊美的臉龐勾起一絲笑容道：「小妹妹，你怎麼來的本尊這？」

綺羅默默退了一步，盯著他，眼中充滿了戒備。

「世人皆會被本尊這副皮相迷惑，怎麼的，小妹妹，你竟然怕本尊？」他輕蔑一笑，躍到樹枝上坐著，用狹長的丹鳳眼打量著綺羅。

綺羅緊緊攥著拳頭，手心出了些汗；「你是誰？」

「都說陽明山是狐仙修煉之地，既然你聽過那些傳聞，你說本尊是誰？」狐仙露出了打趣的一笑，繼續盯著綺羅。

綺羅被盯著渾身有些不舒服，道：「既然你是狐仙，你必定知道我要怎麼下山吧？怎麼找到小洛？」

「嘻，有點意思！」狐仙從樹上一躍而下，站在綺羅面前打量著她，「你都見到了本尊不求些什麼，就算你只是學生，不求榮華富貴，也可求學業有成？可你為何腦子裡只尋思著怎麼下山呢？」

「綺羅當然不求這些，這些自有自身努力可完成，不需求神拜佛。」

「是麼？」狐仙看著綺羅：「難道你不求你奶奶身體健康，前幾天寫錯的期中考可以及格，甚至於雙十一捨不得的那條輕奢品牌的項鍊可以得到？呵，誰能做到無欲無求呢？」

「我想要⋯⋯」綺羅深深的眸子盯著狐仙，竟讓輕佻出言的他有些不自在。

「那你……」

「但是不求於你……」

「哦？」

「雖然綺羅只是洪荒中的一粒微小塵埃，我也相信禍兮福所倚，福兮禍所伏。我也只能做到不去求天上掉餡餅的事在自己身上發生。我也無知過去相信那些各種抽獎，去貪便宜過，但最後我發現這些途徑終不是最好的途徑……」

「哦？你倒與別人有些不同，讓本尊願意和你坐下來聊聊。」狐仙收斂起輕浮的表情，深藍的眼中洩露出了一絲絲困惑。綺羅沒有說什麼，只是看著他，眼裡倒多出了些釋然。

剎那眼前便出現了亭台樓閣，雕梁畫棟美輪美奐，一座小橋靜靜躺在水波上。隱約還有飄渺的絲竹之聲傳入耳畔。霎時所有秋冬的寒意都被驅散了，一副春意融融的現實靜好景象。

「沒想到一個狐仙還會喜歡這般景觀？」綺羅本以為狐仙的居所應如神話中所描寫的廣寒宮一般寂寥清冷，不帶人煙的味道。沒想到自己卻彷彿回到了古代繁華的院落，似乎下一秒就會有一個俊俏的嬌小姐帶著丫鬟來這裡賞花。

「因為我不曾到過人世。」狐仙遞給綺羅一杯清茶。

綺羅接過，茶香跟著煙霧裊裊升起，她輕啜了一口，入口回味有股甘甜的香味。

「我原以為狐仙會喜歡那種苦澀的茶，而不是這種清甜的茶。」

「你莫要把我當成土地公或者山神那些古板無趣，嘗過人世悲歡離合的人來看，我只是一隻小小的狐狸，或者你喚我本名阿尋就好。」

「阿尋？」這名字真近人情味呢，綺羅暗暗綻開一抹微笑，「可為何你活了這麼久卻只待在陽明山呢？你不想去人世間看看嗎？就算僅僅是台灣這個小小的島嶼，就算我去的地方並不多，也令我流連忘返。我去過九份看過天燈遙遙消逝，帶走了我最美好的祈願；我去過台北街頭感受過大城市的氣息，各種商品琳琅滿目；我也去過夜市品嘗各種小吃，心滿意足地拿著便宜的小吃，笑的像個不諳世事的孩子。這人世間這麼美好，你為什麼不去看看呢？」

「我曾聽過太多戲文裡的悲歡離合，彷彿這個人世總是讓人不能理解的。壞人總是高高在上的去羞辱好人，富二代雖品行不正卻什麼都有，非法商家遍地販賣假貨欺騙顧客。甚至有時候父母還家暴孩子。我有時覺得連血脈都不可信任，那麼我又何必去這個無情的人世看看呢？在我還是一隻狐狸的時候，我認識了一個小女孩，她很善良的撫摸我還餵我吃食。但十幾年後我再見到她，雀躍的上前去時卻發現她變了，不僅僅為了自己的利益陷害自己最好的朋友，還妄圖將我抓走賣錢……」阿尋說著眼中有些不知名的光亮，卻灰暗了許多。

「或許這個人世間是真的不公平的，但是你沒看到嗎？雖然有好人被欺辱，但會有更多人站出來為他打抱不平，多年後史書也會為他平反。或許這個世界沒你想像的那麼好，但你不去看看，你永遠體會的都是他人的悲歡離合，又怎麼能有領悟呢？不

78

是自己經歷過的事，永遠沒資格去評斷。如人飲水冷暖自知，或許有些人吃得苦中苦卻甘之如飴。人們在自己的悲歡離合中，但大部分人回憶往事總是笑著的。阿尋，你應該去看看，自己去感受……」綺羅的眼眸中盡是真摯，阿尋看著她突然覺得這個女孩雖然是如此渺小，可在這一刻她的眼神是如此堅定，彷彿可以穿透時間，一直透到自己還是那隻小狐狸的時候。

「或許真的是這樣的呢……」阿尋彷彿陷入了沉思，轉而微笑道：「我本以為我可以為你指引未來的方向，可以為你透露你人生的軌跡，看來不需要呢。你看的比我通透的多，多謝你了！」

「綺羅！」小洛生氣的聲音彷彿在耳畔炸開了。

「啊！」綺羅睜開眼，迷糊間看到眼前小洛一張生氣的臉。

「我都快冷死了，你不冷嗎？我問到下山的路了，你還在幹麼！你竟然瞞著我在這裡睡覺，我辛辛苦苦地去問路……」小洛不停止的聲音在綺羅耳畔絮叨，然而綺羅卻沉浸在剛剛遇見阿尋的事情裡。

這，是一個夢嗎？

「唉，算了……你這不是中邪魔怔了嗎？」小洛拉起綺羅的手，就開始走向下山的路。

「咦？綺羅你這條項鍊哪來的？這不是前段時間你告訴我你很想攢錢買的嗎？」小洛的聲音又將沉思中的綺羅拉回現實。

她愣愣地看著脖子上的項鍊，轉瞬莞爾一笑：「這是一個剛認識的好朋友送的呢……」

樣子

陳雨蒙

我是誰？我從哪裡來？我要到哪裡去呢？

有些人跑得太快，而有些人卻慢了半拍，哪個是我呢？

我是勇敢的人嗎？或許是吧。當我提著兩個行李箱從宿舍樓出來，告別了凌晨六點的倉山校園，踏上了跨越海峽的學習之旅。當飛機降落在台灣的土地上、入台證被敲上章，意味著我將要跳出原先的舒適圈，在陌生環境中，尋找自己。那一刻，心情有些低落，迷茫不知道我將要面對的，是什麼。那一刻，我想退卻，想退回舒適圈裡，搖搖頭，這是不可能的事啊。

我是歡愉的自己嗎？肯定是的。

剛到宿舍便被四人房上床下桌的格局給吸引，寬敞的桌子和巨大的衣櫃，頓然有種回到高中的錯覺，那刻的興奮似又開始新的探索。坐在書桌前發呆，看著之前的兩本書《梧葉食單》和《大三那年，我在台灣》，期待著、內心雀躍著新生活的開始。

初到台灣便出遊至墾丁，去的時候是坐台鐵，一上車「舊」的氣息撲面而來，很有小時候坐綠皮火車的記憶。坐著台鐵，吃著台鐵便當，看著窗外的風景，突然間覺得自己是日本電影裡的主人翁，那一瞬間內心歡愉，好似圓了少年時的夢。那是在夜裡十一點多，大雨滂沱過後的街道是濕滑的，而我坐在第一次騎車的人的身後。還未有心理準備，突然油門一加，四輛電動機車就開始在道路上一前一後行駛著，而我竟覺得有些驚喜又有些刺

激，一路上尖叫著充當「喇叭」，可那時並沒有害怕心理，是歡愉吧。

後來我們在東海岸線的路上騎著電動機車，看著藍天大海和沙灘，感受著海風吹過的清涼，聽著陣陣的海浪聲，那一刻是享受的，終於有在寬敞馬路上放飛自我靈魂的感覺。我們在沙灘上看海，在礁石上看海，在燈塔下看海，在最南端看海⋯⋯不同的海景，不同的波浪起伏，浪花湧上，帶走泥沙退卻，殊不知也將心裡念家的煩惱和惆悵帶去，只留下許久的歡愉和海給予的平靜與勇敢，讓我能夠從容的面對現在的生活。

低落的情緒和想家的情感總是一陣一陣的，離家那跨越海峽的距離，給予的是孤獨、是徬徨和無措，三年未見的高中同學殊不知能在開學近兩個月後的淡江相遇，是驚喜也有他鄉遇故知的感動。在樹下，見到了許多福建同學，甚至五中人，我們小酌一杯，聊著在那邊的生活或是回憶起高中的那些時光：在操場上的相遇、在頂樓看夕陽和食堂的飯菜⋯⋯這些點點滴滴碰撞許久未見有人的親切感，感動難以言表，那刻有回到五中人暖暖的集體感，念家想家的情緒在淡化，直至消失在歡聲笑語中。當我跳出班級同學的圈子，見到高中同學和朋友們，從他們身上看到的是更多台灣生活的真實寫照。每一個人都有自己的故事，我拿著一杯酒，和他們換好多個故事，感受不一樣的人生體驗，這也許就是五中人的開朗和熟悉感，也是讓我真正不後悔來台灣的唯一理由。那天夜裡我不曾想家，滿滿的歡愉在心中久久不能散去。

我是勇敢的自己嗎？也許是吧。

遇見

　　來前家長們總是擔心著出行問題，都說要結伴出行。但我悄悄選擇不聽家長們的話，鼓起勇氣，邁出獨自去台北的第一步：體驗著自己一個人坐捷運到台北，在綿綿的、被風吹到飄落零亂的細雨中，晃蕩在台北的街頭。在華山文創園區裡感受著創意思維的激蕩，在一孔一孔的音樂譜中，獨自聽著自己創作的微弱音樂聲。最有意思的便是，從華山文創園區走到當代藝術館的路上，看著窄窄的街，街兩旁的立式招牌，層層疊疊，一大一小，殊不知有種重回80年代電影的畫面。周圍的水產店、銀行、百貨商行、布店……看似很雜的店鋪聚合在一起，卻沒有雜亂，透露著滿滿而又緩慢的生活氣息。當你走在一座城市的街頭，毫無目的的閒逛卻能真正感受到一座城市內斂的文化氛圍。突然有些慶幸自己一個人從淡水到台北，能夠不為趕路匆匆而過，也許因為自己勇敢了這麼一回，才能真正體驗到台北的不一樣風情。

　　週五的台北當代藝術館是清冷的。藝術館運用視覺和鏡像效果，在鏡子裡看見了無數的自己，而到底哪個是真正的我呢？有些恍惚，有點迷茫，帶著問題的探究走進了一間房，森森冷冷的氛圍撲面而來，穿著夏裝裙子的我有些不寒而慄。一抬頭，便看見：自殺技術基金會，頓時頭有些暈，硬著頭皮看了幾眼被稱為的「自殺技術」，便匆忙奪門而出。隨著技術的進步，種族壓迫下，透過「小黑屋」裡的影片播放，觸目驚心的鏡頭展現了在分屬於不同時代背景下的社會情境和生命寫照，在這些歷史動盪中，促使這些人去思考「生」的不同面向。硬著頭皮帶著匆忙看完了藝術館裡的展覽。情緒有些壓抑地問自己我是勇敢的嗎？或許是吧，在陌生環境獨自跨出恐懼的一步，一個人出行、一個人吃飯，是自我的勇敢。

　　我是悲觀迷茫的自己嗎？可能對吧。

　　脫離了師大熟悉的長安路，圖書館的小道，再來到淡江，面對陌生的老師，上課的環境，一切都是未知的。在這未知中，我帶著心中仍然對於文化產業到底是什麼的迷茫來尋求答案。文化產業到底是什麼呢？我們什麼都學，像經濟、文學、傳播等涉及的範圍特別廣，每個都可以獨立成單獨的學科，而我們卻好似學而不精。第一週上課就被轟炸了企業管理、說故事、娛樂產業概論等等課，突如轉換的課程設計，老師自我獨到的見解，再輸向我們的時候，便覺得不太完整，好像少了些背景的了解。再加上不一樣的上課時間安排，下課便七點了，吃晚飯回宿舍也要八點多。突然間夜裡的時間變短了，一下子又要睡覺了。而我做了什麼呢？日復一日，焦慮和迷茫，來台灣我到底在做什麼？上課時間上課，下課時間跑出去玩。而我是來玩的嗎？有點不知所措，甚至有點迷茫。每天都在浪費著時間，浪費著生命，而我卻不知道在做些什麼，猶如一個機器人單純的接受和輸出，失去了自我思考的能力，甚至有些忘記我一直困惑的問題：文化產業是什麼？

　　慌亂的我，開始尋找來此的目的和意義。到圖書館的六樓，穿過一個個書架—大眾傳媒、宗教文化、心理學，觸碰到這些實體的書後，心才有所平靜，在書中尋找著答案。當我真實的拿起一本書，感受著向左翻頁的書面，一排排豎排的繁體文字，才覺得我不是在雲端中過著虛無縹緲的日子。《心靈寫作》觸及靈魂，一下我好像明白了「行吟」的意義，其實行走的過程中，時間一直都在唱歌，只是我忘了去聽，被紛繁的新生活給衝擊著，忘卻了我是誰。我悲觀著、迷茫著，覺得知識接收後並無內化，當觸

及到書和每晚聆聽英文外刊時，我才覺得唯有安靜地讀書並自我思考，才充實且有意義。自己的悲觀和迷茫促使著去尋找自己，所覺得歡愉和充實可能都是自欺欺人的讀書吧。

我是孤獨的自己嗎？必然的。

人生而孤獨。夜裡的黑暗使離家的愁緒更加濃烈，窗外轟鳴的機車聲下失眠的我，便會直擊靈魂，想著自我，問著自己。我又獨處，又是空落落的，又是大大的房間和小小的我。我現在所做的任何一件事情的最大驅動力都是來自於其他人。我想成為某個人，而我會努力向前。遠離了朋友，獨自一人就會容易想起從前，而我在想有些人，一個一個地在腦中數過去，在想他們但他們會不會想我。大家都很忙，他們也有自己的朋友要聯繫。

我不會被他們所想起呢？闊別三年了，曾經一起在高三時光裡奮鬥的人們如何了？但我清楚著、明白著，人作為群居動物，自己離不開其他人，但我也沒感覺到別人需要我，沒有人在意我。夜深了，便漸漸睡著了。醒來又是新的一天，看著淡水的夕陽，橙紅的霞光，在這溫柔的天之下，是被治癒的自己，我心裡歡喜雀躍，但沒有人知道我在雀躍些什麼，而我也不知道為什麼別人看到夕陽會感傷。

我聽著陳綺貞的歌，緩慢的調子，空靈的歌聲，煩躁被撫平，我內心安靜而又歡愉，別人不解我為何喜歡她，就如同我不解他人為什麼會喜歡聽電子音樂。我就是我，獨孤的一個人，不會被理解，也不需要被理解，孤獨並不是一種負能量，而是必然所需經歷的吧。人生而孤獨，但又因孤獨中不斷刷新著對自我的認識。

我是怎樣的我呢？不同的自己組成了我，他們都是我，我也是他們。我是我自己，我從過去的自己拼湊而來，我要去更好的自己那裡，遇見最美的自己。但是人生啊，真不是你能隨便吧啦吧啦就能說清楚、寫清楚的事兒。正如「我問生命要些答案，可是生命便如同沒有聽見一般」，其實每天都在和自己相處，但我是誰，我從哪裡來，我要到何處去？哲思般的問題困擾著我，我還沒找到自己，這些答案是什麼，我想這需要用一生去尋找。只不過每天和自己和平相處，才可以遇見不同的自己吧。

「願你活成最美好的樣子，屬於你的樣子。」

從關渡眺望觀音山與淡水河

遇見，百齡

潘橋邁

百齡球場在台北士林區，從捷運劍潭站下車，還需要步行一段時間才能到，百齡球場是一個標準的橄欖球球場，長應該為一百公尺，寬七十公尺，左右兩邊各有一個 H 形球門。場中劃有多條線，端線、得分線、二十碼、半場線等等，百齡球場是戶外的自然草皮，草皮長的很快，有些線常常會被草給遮掩住了。

第一次來百齡球場，是加入淡江大學橄欖球隊一個月之後，隨隊出征中正盃七人制橄欖球比賽，作為一個「New Boy」，自然無法上場，只能苦悶地站在觀眾席上，錄製比賽影片以供後期戰術分析。

現在想來，我也是滿詫異的，畢竟作為一個宅男，運動一向與我絕緣，師大兩年體測，一次壓線，一次沒過，現在我確實是運動代表隊的一員，甚至某天會代表淡江出戰。生活總是充滿驚喜，難以琢磨。

我與橄欖球有緣，也可以無緣。我原先是對美式橄欖球（football）較為了解，現在打的是英式橄欖球，聯合式橄欖球（Rugby Union），通稱橄欖球（Rugby）。因為當初玩 Madden NFL 之後，開始了解美式橄欖球，我一開始對 rugby 是毫無概念的。在我心目中，橄欖球就應該是全副武裝，戴著護甲頭盔，相互衝鋒的騎士。直到我來了淡江，陰差陽錯間加入橄欖球隊，才發現了另一番天地。上次在學校邊上的馬來西亞菜館吃飯，店老

闆是位 OB（Old Boy，意思是前輩，球界俗語），我們聊天當中，他和我說，美式足球是野蠻人的紳士運動，而 rugby 是紳士的野蠻運動，深有同感。

　　給大家說個小貼士，因為美國 NFL 的影響，所以美式足球深入人心，很少有國人知道 rugby 的存在，不過也僅僅是知名度，但是實際運動推廣上，兩者無差，大陸最早的一支橄欖球球隊是中國農業大學的業餘球隊，成立於 1996 年，比美式足球第一支隊伍北京旋風早了足足十六年。英式橄欖球與美式足球的比賽目標都是相同的，是將橄欖球推進至對手底線區內，稱為達陣（touchdown）。同時在比賽規定時間內取得較對手更多的分數。區別在於：第一，比賽用球，美式足球用球上有白色縫線，以利於球員抓球及傳球；而英式橄欖球則體型較大，且沒有任何縫線。第二，最為關鍵的，美式足球允許前拋，而 rugby 當中前拋是最為幼稚低劣的錯誤，在開始打 rugby 時，我們被灌輸的理念就是球往後，球往後。除此之外，就是一些細小差別，無足輕重。

　　從歷史角度來看，維基百科上所講，英式橄欖球源於古歐洲足球，而美式脫胎於英式橄欖球，曾經號稱日不落帝國的大不列顛，帝國的疆域從海的那頭到海的這一頭，靠著龐大的海軍來維繫帝國的運行，而橄欖球就是大英帝國海軍們最愛的運動，在這樣機緣巧合之下，橄欖球隨著英國人的戰艦流傳到世界各地，現如今 rugby 強國，歷史上都或多或少於英國有聯繫，南非、澳大利亞、紐西蘭都曾經是英國的殖民地，亞洲範圍，受英倫風氣影響，日本也愛上了橄欖球，而台灣在日據時期，也有了橄欖球的社會範圍，我曾經去過周杰倫就讀的淡水高中遊玩；裡面有一座

雕像，台灣橄欖球開球紀念雕像，當年，台灣第一顆橄欖球就是在那裡，由淡水高中的老師陳清忠所開，時至今日，淡水高中的橄欖球依舊是台灣高中橄欖球的 No.1。如果大家細看電影《不能說的秘密》，裡面有個彩蛋，就是淡水高中橄欖球隊的比賽，他們橙綠相間的條紋隊服與淡江大學的隊服是一樣的，一樣的醜。

　　由於前兩年對於 football 的狂熱，我曾經早期看超級盃的對決，親眼目睹了愛國者傳奇四分衛 Tom Brady 本來可以載入史冊的神級操作，解說員驚呼，愛國者沒能逆轉結果，惜敗於費城老鷹。我心中其實隱藏著一個橄欖球夢，我曾經想著我知道自己的速度是做不了跑鋒與外接手的，但我可以做個防守的邊鋒啊，畢竟橄欖球是對肥仔最友好的運動，一身脂肪在身，至少不容易受傷，更別說球場上神一樣的男人，成為一個四分衛。

　　來到台灣，本來也沒有想好去打橄欖球，我一開始的計畫是去參加弓道社，學一學箭術，但陰差陽錯間看見橄欖球隊的納新，然後我也鬼迷心竅入了這條不歸路。

　　第二次出現在百齡球場，是中正盃過後的一個月，這回我是以正式球員的身分，一個 Forward（前鋒）的身分參與迎新賽，在場上奔跑衝撞，和由 OB 組成的長青俱樂部，外國人為主的台北猴王俱樂部互相攻伐。比賽的時候，我曾經被三個一米八幾的外國壯漢硬生生掀翻在地上，差一點手就受傷，有一回，我被一群 OB 壓在最下面，喘不過氣來。還有一次，我試圖防守一個猴王選手，結果直接被推倒在地，那幾場車輪戰下來，講實話，幸虧對面留情，不然我這條脆弱的生命可能就要留在這寶島台灣上。我現在還記得，在爭界外球時，與我對位的猴王隊員，比我

高、比我壯，留著維京狂戰士般的大鬍鬚，惡狠狠地盯著我，同時喊道：「I will kill you」，現在想起來，我應該直接懟回去，來句國罵也好，不然太慫了。

第一次上場比賽，我打的真的很爛，既沒能成功 tackle 一個對位者（唯一的一次嘗試，以被人掀翻告終），更沒能來一次自己的達陣，真的很遺憾。有時候，我會想起威廉‧韋伯‧艾利斯的故事。

威廉‧韋伯‧艾利斯，是傳說中橄欖球的發明人，在一次足球比賽中，他由於踢球失誤，一怒之下抱著球往前衝鋒，這一動作自然是犯規，但是卻引發了觀眾的喝采。日後的體育歷史學者考證此事為憑空杜撰，但這也反映了橄欖球最核心的地方，先前衝，然後達陣。我的領隊老師，一個瘦瘦弱弱的小老頭，看似弱不禁風，但在給我們訓話時，告訴我們，如果在場上不知道幹啥，那就拿著球給我往前衝，看不出來，老師也是個狠角色。

從威廉‧韋伯‧艾利斯開始，完成一次達陣就成為橄欖球運動員的目標，哪怕你被四五個人合圍，掀翻在地，你也要咬著牙往前衝，雖千萬人吾往矣，我想，這也是我喜歡上橄欖球的一個原因。

緊接去百齡球場打第三場比賽，機緣巧合之下加入的橄欖球隊，現如今已然成為我在福爾摩沙生活的重要一部分，每晚與隊友們一起訓練，在操場上摸爬滾打，每次結束，都是一身泥巴還有酸痛的四肢。訓練完之後，再到固定的地方吃飯，店老闆是一個和善的阿姨，對我們很好，總問我們吃飽了沒，每次我點東坡

肉飯，阿姨總還會多給一塊肉。這一切，我都不會忘記，雖然我可能只是這裡的一個匆匆過客，我也不知道之後我能不能成為淡江大學橄欖球隊的一位 OB，但我會記得這一切，記著他們。

當中，除了台灣、大陸，還有香港、澳門的弟兄們，有位香港的小老弟，球打得很好，打了六年，但人就是個悶葫蘆，希望我回淡江時，這小子能更開朗些；還有國外友人，分別來自於日本、韓國、英國、法國以及非洲、南太平洋，他們性格各異，有的人中文很好，也有幽默外向、沉默寡言或無比悶騷型；但這並不影響我們的友誼，因為我們是一起奮戰的弟兄。

雖然，有時候因為語言不同，交流時常常運用 body language 手舞足蹈，有時大眼瞪小眼不知道對方講什麼。但我們有共同的語言「靠球說話」，我一聲「halihali」，他們就會把球交到我手裡，反之亦然。在做 scrum 時，可以很放心，因為我後面有群兄弟，我們會爭到球，然後把對方頂翻在地。他們人都很好，我們一起遊玩聚餐，還有去酒吧喝酒。他們的家人也很好，邀請我去他們家裡吃飯，非常熱鬧，在淡水的漁人碼頭上，我吃到了許久沒吃的鮮魚，大飽口福。

寫到這裡，已是深夜，夜晚總讓人變得感性，十足念舊的我，小學買的《哈利波特》，一直保管到現在，歷經三次搬家。但山水總相逢，我和橄欖球的故事還未完結。我遇見台灣、遇見百齡、遇見了橄欖球、遇見了我的隊友、遇見了種種……，既然遇見，就不會遺忘，我會將他們銘記於心，我會一直打下去。

遇見，就不會遺忘。

小島四季

杜希文

　　人對於新事物的感覺就好像經歷一年四季這般，從春天的懵懂、夏天的努力、秋天的收穫，再到最後冬天的潛藏，我對台灣的感覺也亦如此。

春

　　「有人說，春天所蘊藏的含義是一場嶄新的相遇，像一個蛋殼裡的夢化開，小雞破殼而出，睜開眼睛看見了原本在殼裡朦朧的一切。春天就是這樣，有了自己的想法，花鳥復甦，魚兒破冰而出，萬物復甦，一切生命都躍躍欲試。春天一般的相遇，遇見微微徐風和綿綿細雨，遇見海浪和荊棘，遇見台灣，遇見一種新的生活。」

　　九月出發的那一天，天氣還是沒有半點要進入秋天的意思，三十多人一行浩浩蕩蕩地拖著各自的行李從長樂機場出發。這一天平流層上看到了藍天和白雲，看到了城市樓房還有和天空連成一片的海洋。飛機騰空而起，從層層疊疊的鋼筋叢林中抽身出來，居高臨下地俯視著日日夜夜為之忙忙碌碌的生活環境。當在上空看到台灣的海岸線時，我想這一次的交換，應該可以看到更多不一樣的東西吧。

　　初聞台灣，久遠至父親、母親那一代人 CD 裡孟庭葦的歌曲，還有後來輝煌一時的台灣綜藝節目，再往後是《藍色大門》、《盛夏光年》一些濃郁台灣色彩的電影裡。而初遇台灣，是濃濃的煙

火氣息，人間煙火味，最撫凡人心，一見如故，可能因為我是廈門人的關係，台灣人的口音是我熟悉的台語，總讓我有一種他鄉變故鄉的錯覺，但我感受到的台灣，是另一種慢活方式的真實性、可能性。無論是人行道、捷運站還是公車上，大家似乎都不著急，耐心地等待著六十秒的紅燈，秩序井然地排著隊先下後上，公車無論是上車還是下車刷卡，司機會對每一位乘客點頭說謝謝，待一切安穩再啟動。遍地的 7-11、FamilyMart 扮演著日常生活中的小助手，早晨伴著便利商店店員一聲「早安」進門，一個飯糰、一杯豆漿，店員雙手接過零錢又雙手遞回發票說一聲台灣式的「謝謝」，走出門之後一天的心情，就像藍天白雲一樣爽朗，那些在便利商店裡歇腳、午睡、吃便當、讀書看報的人，總給我一種令人羨慕的愜意與自由。

台灣的文化氛圍妙到不可思議，捷運站裡很多是宣傳博物館特展、新上映的電影還有文創藝術活動，而且在便利商店就能夠買到這些活動的門票，我心目中理想城市就是不論喜歡什麼，想要看什麼，試圖理解什麼，它都會給你機會去接觸和體驗。

都說交換就是來旅遊的，但我覺得每一次旅程都是一段從未知到已知的探索，用雙腳丈量這個地方的距離，用眼睛和大腦構建關於這個地方更全面的印象，山重水複可以驀然遇見柳暗花明，而將眼界向高處提升，將格局向遠處拉伸，才更容易看見豁然開朗的天地，會有很多衝擊，有很多新發現，也就會有更多新的思考。

夏

「夏天是一場盛大的草木生長，紛繁複雜的一切毫無預兆地撲面而來，像一場莫名其妙的狂風，也像一場突如其來的暴雨，在炎熱中堅持，在複雜中簡單，躁動一夏的鳴蟬不會知道寒暑的變化，只因為在陽光最盛的日子就已釋放完生命所有的光芒，喧騰之中，最後一絲的妄想留在了一個最短暫的夜晚。人來不及做夢，只來得及在那驕陽似火的盛夏中忘卻自己。」

大學已經過去了二分之一，難免想要大發感慨，像是長途跋涉之後還沒達到心中的目的地，於是只能馬不停蹄地繼續向前走。大一用來適應融入，大二用來迷茫幻想，大三來到了台灣，暫時還沒過完，難以判定以後會是怎麼一回事，從前建立了很多幻想，有一些可以站得住，有一些轟轟烈烈地倒塌，無法解析是什麼在相互作用。跟朋友聊天，談到文創，談到畢業之後也許不會想再接觸文創這件事情，花大心思去研究做這件事究竟有什麼意義，我覺得做事非要追求意義，但不需要意義也能去做一件事，才算真的厲害。總以為分岔口顯而易見，可所做的每一個決定，追溯源頭，都像織得快要成形的毛線，將它們拆掉，才能變回原型。大概由於從頭到尾都是理想主義，看待世界便用了很多的一廂情願，從前眼高於頂，認為已經參透真相，所有的事都可用「不過那麼回事」來概括。然而越長大越明瞭，的確所有的事都可用不過那麼回事來概括，但「那麼回事」中的曲折，才是困難和滋味所在，冷漠和無動於衷會影響知覺，而人賴以生活，能感知自身存在的，無非還是光與熱。

秋

「大雨之後，清涼風來，禾穀熟，眾生見，秋天是充實的，耀眼的，金色的，我們在酷熱的天氣中經歷麥苗成熟一般的自我煉化，在秋天抵達一個與春天完全不同的平衡，空氣中的熱和冷就要迎來再次的此消彼長，經歷過投入、爆發、抗爭之後，開始理解和接納自己最真實的樣子。」

台灣的大學給我一種很不一樣的感覺，老師們親切友好，課堂自由且開放，但不會有鬆散的感覺，每一天都像被填滿了一樣。我的目標一直不是很明確，還是處於探索和摸索的過程，但想撐起地球就需要一個支點，就要找到一個支點，找到一件自己喜歡的事情，努力把它做到最好，學到極致。所有東西只要邁出了第一步，可能整個結果都會不一樣，磨刀不誤砍柴工，這是我在台灣學習到的第一件事情。就拿紀錄片製作的實習課程來說吧，我一直很喜歡電影，想要了解電影幕後的製作，所以才選修了這門課程，鏡頭語言、如何運鏡還有結構分析等這些東西於我而言都算是新事物。因為紀錄片是大淡水地區全紀錄人物誌，旨在記錄淡水特色文化歷史及其人物的點點滴滴。作為我們小組唯二之一的大陸學生，在幾次跟台灣同學一起出機拍攝的過程中，也被台灣與眾不同的地方文化所驚訝。一開始我對於紀錄片的印象其實跟大多數人一樣，人都喜歡刺激新鮮的事物，影片也不例外，好萊塢的動作大片才是大家心中的那盤菜，但是在潛移默化的學習中，慢慢地我開始認識到了很多，紀錄片存在的意義是大於其本身的內容價值的，紀錄片希望能夠透過影像的力量來引起社會對於這一事件或者問題的關注，又或者是將這個影像作為一個歷史

的資料以供未來的研究。拍攝還在進行時，雖然拍攝任務很繁重，但是我還是樂在其中，享受這一過程，不僅僅是在紀錄片製作這門課程，在其他各個方面，我都收穫良多。現在的我認為一步一個腳印，腳踏實地走自己路的人運氣不會差到哪裡去，收穫這種東西，不需要操之過急，自己走得充實就好了。

冬

「在厚厚的冰層下面，卻還有靜水流深，在世界都靜默的時刻，我們聽到心底最堅定的聲音。冰凍像極了一場等待，連焦慮也被凍住，似乎是要學會平靜，又好像連平靜也被凍住。冬天不是凋零，而是潛藏，一切都在大雪之下重新蘊化，下一個春天的生機已然暗藏，新的輪迴就要開始了。」

現在是十一月，還有兩個月這個學期就要結束了，其實在台灣不怎麼能夠感受到四季的變化，四季的景色都差不多。歸期漸近，居然還能夠在忙碌的期末中開始平心靜氣欣賞這個地方和這個校園，很喜歡在黃昏的時候和朋友走到淡水長堤，可以聞到吹拂而來的海風味道，這個時刻，夕陽懸掛在地平線上，用它的餘暉打出橘色調暖光，擁有一點明確的無所事事，彷彿可以持續一輩子。淡水的夕陽一直就像我初見它時那樣，太陽漸漸往下落，海水動用所有的金色去呼應夕陽，總以為能夠抓住從明到暗的精確時分，但是日與夜的邊界還是很模糊，就像奏鳴曲中一點都不起眼的副歌，在等待它的到來，一直等到它過去了，最後都是在不知不覺中完全暗淡，可能多年後回想起來，臨界線確實存在，但是我們無法看見。所觸及的光與熱，被當下的夕陽填滿，然後經過漫長的時間，在我們心中依然熠熠閃光。

遇見

　　有一次在淡水捷運站旁散步的時候，看著釣魚的人一次又一次地向海裡拋著自己的魚竿，和朋友打笑道，「現在也好想買根魚竿加入釣魚的行列哦！」，那時候時間和內心好像都靜止了，我想到天空深如黑墨，潮汐翻湧，有細碎的光落到海面上點點閃爍，想到不會停止的雨季、潮濕的海風、被風吹亂的頭髮，想到走過的山坡有筆直的長路，高山有轉不完的彎，我沒辦法久居一處，於是隨時做好準備，不會期待有坦途，期待下次的相遇，且歌且行。

淡水小金人：
假日來到淡水的民眾，經常會被街頭藝人給吸引住眼球，尤其在淡水捷運站外面的「淡水小金人」。
淡水的街頭藝人的位置是必須提出申請，經過抽籤抽到後，才能在抽到的位置上表演，未經申請是違法行為，會被警察人員驅離。
模仿淡水小金人的人也不少；還有街頭畫家，也有扮演吹笛子的雕像，許多人來分食街頭藝人這塊大餅。

遇見自己

湯潔萍

　　遇見是一個很美的詞，從文字的結構上來看，「遇」這個字即走字底加上一個「禺」，「禺」是古代傳說的一種猴，而人類就是由猴子演變過來的。因此，「遇」其實就是人類走出家門的體驗。

　　在填寫大學志願之前，我從沒想過大學的時候，我將離開我的家鄉，脫離我的舒適圈，和我的同學們一起來到台灣這樣一個陌生的地方。忐忑、焦慮的心理狀態像一條水蛇，勒緊我的脖頸讓我難以呼吸，但是實際上，來台灣的日子沒有我想像的難以適應。在這個全新的學習生活環境，我遇見了全然不同的自己，她驕傲、勇敢又肆意張揚，在台灣這樣充滿韻味的地方，她將生活覆蓋在精神上的鏽跡打磨光亮。

　　九月份的台灣，踩在了夏季的裙襬，陽光明媚但也酷熱難耐。在這段時間裡，我們路過了漁人碼頭，穿過了淡水老街，踩過了紅毛城，這是我們班第一次集體出遊。在美景的感染下，我們宿舍的友誼迅速升溫，在一個禮拜過後，我們迅速踏上了宿舍墾丁之旅。

　　相信在台灣待過的人對機車都不陌生。想要在台灣最大程度上減少旅行路途時間，就需要代步工具。這著實難倒我了。我，是一個完全沒有機車駕駛經驗的馬路殺手，我覺得我騎車大概路人會比我還要害怕。迫於形勢的無奈，我大著膽子，在租借阿姨

的指導下，坐上了我的粉白色小電驢，試騎了一圈。過程有點刺激，我不曉得怎麼停車，腳要落地了手還沒拉住剎車。聽聞，騎著小電驢的我，眉頭緊鎖，面如菜色，眼神迷離，在最後停車的時候甚至表情失控，驚恐萬狀。就這樣，我被趕鴨子上架，在那天夜晚，騎著小電驢，跟著大部隊，騎回了民宿。

　　旅行進行到第三天，我對騎小電驢沒有當時那麼害怕了，已經可以坦然上路。然而天有不測風雲，突如其來的雨打亂了我們的計畫，我們只好臨時改變遊玩地點，想著先趕去沒有下雨的室內參觀。剛騎行沒多久，突然下起豪雨。雨滴啪嗒啪嗒的打在我們的安全帽上，風一吹，雨水斜斜地打在臉上。那天為了拍照，我戴了美瞳，化了精緻的妝，但我不得不在雨水的洗禮中低著頭，眯著眼，努力看清前面帶隊同學的車子。地上滿是積水，電動車碾過之處都劃出兩波水痕，我不敢有一刻鬆開我卡在剎車上的手指，全程都在嘗試著盡可能地集中注意力。我害怕了，我害怕一不小心眼睛閉久一點會導致我撞上前面同學的車子，我害怕我一揉眼會導致重心不穩摔在路上。總之，任何可能存在的危險都時時刻刻在我腦海中為我敲響警鐘。為了找到避雨的地方，前面同學的電動車速度飆得極快，我也加快了速度。時間越來越長，我的身體越來越冷，鵝黃色的紗裙緊緊貼在我的腿上，小白鞋裡全是雨水。我一遍一遍的問前面的同學：「要到了嗎？」得到的答案是一次又一次的「快到了」，但是那段路就好像沒有盡頭一樣，孤身騎行，我只好自己給自己打氣，一遍遍在心裡默唸：「我做得到，我沒問題。」終於，我們開到了一個亭子下，所有人濕漉漉的，十分狼狽，我換上帶著的拖鞋，將帶了大半天的美瞳小心

摘下，將衣服稍微擰乾，等待大雨轉小。不幸中的萬幸，雨很快就停了，大家騎回民宿，急忙洗了個熱水澡，喝點熱水，就疲憊的休息了。這次過後，我對騎小電驢了然於心。在這次風雨騎行裡，我遇見了那個勇於嘗試，敢於挑戰的自己。

十月份的台灣炎熱退散，涼風習習。10 月 6 日在台北舉辦了一場「白晝之夜」，我和室友們一早就去附近的台北市立美術館參觀畫展。其中有一幅水彩畫，一個頭髮花白的老人坐在畫中間，頭上是一隻飛鳥，腳邊是一隻小白兔，前面畫著兩隻螳螂，左右兩邊是伸長出來的花蔓，一隻蝴蝶圍著花朵飛著。底下寫了一句話：「九葉，三花，二蟲，一蝶，一兔，一鳥，是伴」。就是這一副再簡單不過的畫作，甚至在整個美術館中不能說是能讓人停下來多看一眼，卻讓我想起了小時候的自己。

大約從有意識的時候開始一直到小學期間，我也是喜歡畫小動物、喜歡畫花、喜歡畫一切美麗的事物。甚至還曾經憑藉我的作品得過小學組全國三等獎的殊榮。在當時的我眼裡，一切都是新奇有趣的，而把這些新奇有趣的東西用水彩筆或是油畫棒一筆一筆按著我的想像畫下來，是很幸福的事情。但是隨著課業的加重，學習的壓力不斷加大，我漸漸失去了對繪畫的熱情，也在成長的過程中，將兒時的色彩遺忘。當我處在美術館中，被色彩包裹住的我，遇見了那個兒時的自己，簡單而又快樂，一個人一張紙、一盒筆，足夠我開心一個下午。即使我現在不是一個美術生，我仍然會在筆記的某一頁上塗塗畫畫，容易滿足即容易幸福。這次的遇見，也讓我重拾信心，去發現屬於我的小確幸。

除了美術館以外，我和室友以及她的男朋友在 10 月份的一

個週末還一起去了在台北大佳舉辦為期三天的世界音樂節。在音樂節上有一百攤特色市集、五場國際講座、四場樂舞工作坊、十六組精彩演出。這麼多精彩活動過後，當我坐在回宿舍的大巴上，讓我久久回味其中的，是排灣族的歌舞表演。

那是一個很大的帳篷，帳篷裡有一個舞台，舞台邊上是一個小型的顯示幕。觀眾們先是坐在台下，後來便一個個站起來跟著排灣族的表演者們學起動作。一個排灣族的小夥子在台上教我們唱排灣族的歌：「yi do si na si na yi na bu na da ya」翻譯過來就是「盡情歌唱吧」。他一遍一遍教，我們一遍一遍學。台上青春亮麗的排灣族少女手拉著手，站成一排，前一步後一步的擺著，頭上的銀飾品叮噹作響。台下的觀眾也手拉著手，一邊唱歌，一邊跟著舞動。在這種愉快的氛圍下，我也主動牽起陌生人的手，跟著唱和。

這是一種很奇妙的感覺，在淳樸的歌聲中，我突然覺得生活其實並不需要太多的條條框框，只要不違背道德和原則，不必活成某種定義的自己，隨意開心就好。希望很多年以後，我們還能回想起某天突如其來的短暫欣喜，卻不再記起過往的種種失落。這個美好的契機，讓我與曾經那個對所有人都很熱情的自己不期而遇。我曾經一度希望自己變成不熟的人眼睛裡的透明物質，那樣就看不到我不想說話的自閉，看不到我力不從心的上進。但是連陌生人我都能牽起她的手，我想我遠遠沒有自己想像的那麼脆弱、敏感又狼狽不堪。

「遇見」的「見」在甲骨文字形的解釋是上面一個「目」，下面一個「人」。在人的頭上加一對眼睛來突出眼睛的重要。我

願目光所及，皆是你——一個不斷成長的嶄新的自己。在來台灣交流學習的這幾個月裡，我們還去過很多地方，有：《那些年，我們一起追的女孩》的拍攝地九份、《不能說的秘密》裡的淡水高中、彩色房子的基隆和海產很多的和平島漁港，一起吃過文化阿給、馬辣火鍋、台灣蚵仔煎……正如陳綺貞在《旅行的意義》裡唱的那樣：「你看過了許多美景，你看過了許多美女，你迷失在地圖上每一道短暫的光陰……」我在旅途中收穫到的那些美好短暫的光陰一步步引導我去遇見真實的自己，她可能仍然不夠優秀，不夠完美，但是她一定是真實鮮活有人氣兒的。我知道，不管怎麼看似勇敢地進行嘗試，也難逃心底的真實恐懼。再怎麼容易滿足容易快樂，也曾經被困於迷茫無助中。再怎麼和他人融洽相處其樂融融，也是曾經打個招呼要在心裡排練半天。人生在世，誰不是第一次？我越來越期待在台灣交流學習剩下的時光，我亦越來越期待那個和我不期而遇的自己。

第一次班遊淡水河遠眺觀音山

真實的自己

黃斯迪

　　2018 年 9 月 5 日，我懷著一種不知是喜是悲的心情，踏上赴台灣求學之路。還記得出發前整理行李時的興奮和滿腔熱血，也記得與家人分別時的傷心和強裝堅強，更記得兩個籃球隊的隊友特地趕在出發前來見面的擁抱和不捨寒暄。終於，帶著對未知學習生活的好奇以及對家的思念到了台灣，開始了一段看似風平浪靜實則暗潮翻湧的生活。漸漸地，真實的自己清晰了……

「舉頭望明月，低頭思故鄉」

　　中秋節，自古以來是一個闔家團圓的節日。翻著朋友圈，回家過節的動態全屏滾動播放。再看看自己，一個人、一部手機在床上躺著，有些孤單但不以為然。室友們商量著要去台北吃火鍋好好慶祝，臨出門，卻被媽媽打來的視訊電話打亂了心境。看著螢幕那頭一張接一張熟悉的臉龐，腦子裡浮現出往常自己與家人過節的場景，現在呢，相隔海峽，心裡有些空落落的。透過螢幕，我看出長輩噓寒問暖背後的不捨，看到自己哭後媽媽眼角泛起的淚光。這時，從小設下心理防線瓦解的猝不及防，一股思念像火山爆發般從深處噴湧而出。一直覺得自己很堅強，不會想家，甚至還覺得一個人在外面想幹麼就幹麼很自由。但事實，一直以來未曾談起也不被重視的親情，只是被藏起而不是自以為的不在意、無所謂，之前的所有冷漠只是欲蓋彌彰而已。第一次，因為想念在家人面前流淚，沒有抑制，也許也是壓抑太久了。說到底，自己也只是一個羽翼尚未豐滿、需要被愛的孩子。

關於親情，家裡人是這麼評價我的：理性，甚至冷漠、沒有感情。在來台灣之前，我會覺得，對，這就是我。一直以超理性的人自居，不喜歡流眼淚，不容易被感動，不習慣表達內心，不喜歡讓人看清真實的自己。但萬萬沒想到連自己也不夠了解自己。

小時候，因為父母工作忙，幼稚園就上寄宿式的，週日晚上接去週五晚上送回。那時候，我很內向，不會表達。只是週日晚上死活不坐校車去學校，逼得媽媽週一大早再送去，可能這就是當時能表現出的倔強和反抗吧。起初，每週送進幼稚園都歇斯底里、一步三回頭。慢慢地，含淚告別，再後來，不哭了。

到了小學，爸媽在福州市很好的學校旁邊買了學區房供我和弟弟讀書，專門讓外婆來照顧我們。相比幼稚園，變了的是現在住在家裡了，不變的是一週一次見爸媽的機會。記得當時，每週最期待的就是媽媽來帶我們去吃牛排和逛街買衣服的時候。爸爸呢，大概一個月能看到一次吧，我很珍惜那時候牽著爸爸的手開心的去吃大餐的機會。考試會努力考滿分，因為和爸爸約定滿分會有五十元零花錢。很多次，興高采烈地跑回家打電話給爸爸告訴他自己考了一百分了，最後也是要積攢好幾次後才能兌現。

慢慢地，開始習慣把試卷收好放抽屜裡，然後等待……再長大了，有了自己的朋友圈，跟同學一起玩鬧，每天都開開心心的。開始覺得自己不需要爸爸媽媽的陪伴了。聽著同學們吐槽爸媽整天的嘮叨與管束，覺得自己這樣反而更自由自在，無拘無束。因為小學的時候學習很好，以致爸媽壓根沒擔心過我的學習問題，這也讓我更加「放肆」。一段時間，成績迅速下降，但他們並不

知道，天高皇帝遠，我是自由的小小鳥……

　　大學了，可自由支配時間多了，才覺得自己慢慢靠近了家。有次，一起看電視，剛好是關於父母陪伴這類話題的節目。這是第一次媽媽談及小時候沒有生活在一起這事，雖然沒有完全表達當時真實的感受，但多少讓媽媽看出了我心裡對童年缺失陪伴的不滿。

　　前段時間的一個晚上，媽媽打電話問能不能把我房間的床換個方向，一口答應後又疑惑的問了為什麼？得知，原來是媽媽讓懂風水的伯伯來家裡看了看，說是我的生肖屬虎，床按之前的朝向放對我不好。最近新家都在裝修，現在房間的部分已經差不多了，於是伯伯說其實沒關係，反正女兒今後是要出嫁的。媽媽卻說，自己的女兒怎麼能沒關係，肯定要幫我弄好。我問背景牆、床頭櫃什麼不是都弄好了。她就說，拆掉重新弄唄，多花點錢沒關係，只要我好就行了。當時的我雖然嘴上只是簡單的說嗯、好，心裡卻暖暖的。即使我不在家，但爸媽依然很重視我的意見，經常買個小東西也會來問我的意見。以前的我，從來不會在意爸媽這些行為，但現在，我真的想好好的珍惜擁有的一切。

　　來台灣的這些日子，因為離得遠，很多事情更需要溝通了。表達的多，隱藏的就少了，我們都在反思自己，都在長大。當孩子的永遠都不知道父母在看不到的地方做了多少事，不知道他們為了我們付出了多少汗水，操了多少心才能讓我們更好的生活。直至今日，在離開家鄉、離開家人後，說是放下了對父母的埋怨也好，責怪也罷，其實更是解放了自己。一直以來，我很理解父母的難處和無可奈何，工作和陪伴只能二選一的時候，他們選擇

了給予我們更好的生活而放棄陪伴。也常常在心裡感謝過他們的付出和努力，給了我現在這麼隨心所欲的生活，讓我過的沒有壓力，可以有求必應。只是從小造築的盔甲把真實的自己牢牢地囚禁了起來，讓自己變成一個看淡感情的孩子。而現在，我不想這樣了⋯⋯

趁在還來得及的時候大膽說愛，這次來台灣的機會讓我看清楚了自己對父母家人的依賴，讓我知道自己不是不需要愛，也不是不在意愛。感謝父母的付出，理解父母的決定，打開心扉，擁抱愛。

「舉杯邀明月，對影成三人」

最近，有幸被陸生籃球隊的球隊經理邀請參加了淡江大學第八屆境外生球類大賽的女子籃球賽。這是我在淡江大學參加的為數不多的活動之一，所以挺重視的。但是，經過了一兩次訓練，發現默契、配合、溝通的不足以及水準的參差不齊，使我整個過程都很崩潰，有種孤立無援的感覺。當天晚上，我反思著場上遇到的問題，也同時拿出了手機，在球隊的群裡發了句「我想你們了」⋯⋯

回想大學這兩年，問我花了最多心思和精力做的事是什麼？答案肯定是籃球。大一一開學，所有自我介紹都會帶上一句「我喜歡籃球」。因此被同專業的學姊推薦去了新生籃球隊。隨即開始了我與她們的故事⋯⋯每天六點半起床訓練，練基本功、練體能，在其他同學睡覺的時間，我們在球場上晒著初升的太陽，常常是練習到要上課了，幾個人匆忙的買個早餐一起說說笑笑的去上課。加入校隊後，每個星期除了正常上課，有很多時間都要坐

車去另一個校區訓練。別的大學生的週末是看電影逛街吃飯，而我們是訓練訓練再訓練。這一段時光，不得不說好累啊，晚上躺在床上玩手機累到手機砸到臉上。不過也正是這樣，我收穫了一群在大學裡最重要的人。我們一同分享過勝利的喜悅，一同經歷過失敗的淚水，一起流過汗、流過淚、流過血，是與我同甘共苦的一群人。

在來台灣之前，我一直仗著自己朋友多，沒有體會過孤單的滋味，覺得朋友沒有什麼特別重要的，反而還會覺得自己對朋友來說更重要吧。現在面對一個新的圈子，除了班上的同學，一切都是陌生的。從朋友陪伴，隊友陪飯到現在室友陪伴，室友陪飯，也沒有人能一叫就到的陪我練球了。才發現當初自己有多可笑，她們對我有多重要。現在的我經常想起之前的畫面，我經常在晚上頭痛，睡不著會在群裡吐槽著有多難受，隊友不顧時間也會來宿舍給我送藥、量體溫，最後還要叮嚀囑咐一番再回去。接著沒過一會兒還有其他隊友來幫我用熱毛巾擦臉熱敷。還記得有次訓練時不小心受傷了，拄著拐杖不能走路，是她們背著我、扶著我從體訓館出來坐上車，回到學校後是她們背著我爬到了五樓的宿舍。因為不方便下樓吃飯，每天都會問我吃了沒，想吃什麼幫我帶回來。有的時候，不開心了，遇到煩心事了，只要一句話，大家就能拋下手上的事情，買點零食、啤酒一起去天台的「秘密基地」裡互相宣洩。每個重要的時刻，我們都會很有儀式感的出去聚餐，每次她們都會不厭其煩的遷就挑食的我，她們會說我點的她們都吃，每次都讓我來點菜。離開的日子久了，這些場景就越發清晰。

　　我會發現沒了她們，一起去打球的人不見了，生活好像也沒了儀式感，耳邊的歡聲笑語也少了……我一直以為自己是開心果，能給她們帶來歡樂，卻未曾想過她們帶給我了這麼多溫暖和陪伴，她們有多重要。

　　無論是親情或是友情，曾經都覺得對自己沒有那麼重要，可有可無，總有替代品。來台灣的這些日子，像是一次直視內心的修行。我一直相信存在即合理，即使有很多不習慣和小情緒，但是這次台灣學習生活的經歷帶來的成長和體會，讓我遇見了真實的自己，了解了真實的自己，也期待收穫更多的自己。

斯迪攝於花蓮

世間行樂皆如此，別問君去何時還

楊凌沁

2018 年 10 月 24 日星期三上午 11 點 56 分，走在水源街一段路口，不低於五級的東北風吹著我從後腦勺削去一半的短髮。向左右看了不到一秒，就決定了下一步往哪走。

一向不愛走尋常路的我又開始獨自在小巷中亂竄。直走，右拐，穿過馬路，再直走，沿著路一直往上、往下。

兩年前的我，也像如此這般的，探索過福師大附近的每一條小巷。我知道走哪條路能在電影開場只有十分鐘時剛好趕到；我知道哪個偏僻小道上會販賣好吃的燒烤；我知道便宜又實惠的小百貨哪裡找。

或許是這種不懼陌生、勇於探索的天性，我到任何一個新環境都會很快適應。來到台灣以後，我從沒覺得像離開家，彷彿只是從自己的村子到了鄰村散步一般。穿梭在每一條未知的路中，悠閒、淡然，但又會有一絲絲期待，希望下一條出現在自己面前的路，是一條嶄新而風光正好的路。

淡江大學開學的第三天，我就自己摸完了學校裡的建築、小路，以及周邊的建築群。我覺得獨自探索是人生中必不可少的一環，因為不是任何人都能教你每一步該怎麼走，有一些事，你在長大的過程中，總是要學會的。

一、昔日在左，而我向右。了卻身後事，心下好自由。不論怎樣，我的新生活就如手中的這杯咖啡，毫不苦澀。

　　走進嗜甜，一家位於金雞母的咖啡廳，點一杯拼配豆子的季節綜合，一塊生乳酪蛋糕，找個靠窗的位置坐下，陽光斜照打進桌面，還有些夏末的灼熱之感。

　　新環境，新生活。脫下自製的桎梏的我總算能夠開始享受生活。不用做其他任何事，只需要顧好自己的學習，自己的生活，是一件多麼快樂的事。

　　參加了國標舞社，認識了新的朋友，大家一起在舞室裡跟著音樂節奏舞動，參加社團活動是一週過得最充實的兩個夜晚。

　　用著不同的社交軟體，聯繫著不同的人，講著不同的故事，撞擊著不同的靈魂。在這裡的生活，與之前不同。兩年來，我以工作充實自己，每日除了學習就是社團活動、學生工作或是兼職，讓自己忙而累的充實。但在這裡，我每天除了學習，體驗新鮮事物，嘗遍美食，走遍周邊的大街小巷，逛街，練舞，和朋友聊天，看課外書，玩點遊戲，二十四小時都不夠。我找到了讓自己放鬆且愉快的充實方式，並深深愛著這樣的生活。

　　遇見一群能把你拍的好看的朋友是一件多不容易的事。曾經的我，出去旅遊都只有拍風景，把站在大好風光中的自己留在心裡作紀念。但現在，或許是因為出去玩的次數多了，墾丁、松菸、華山，彷彿在哪裡都能留下我的身影。我樂意與世人分享我的美貌，與他們分享我的愉悅，讓我看到的美景感染其他人。

　　去墾丁旅行的時候，我學會了開電動機車載人；加入國標舞社，我開始接觸一個全新的舞種；與這邊的阿伯、阿婆交流，我慢慢學習著一種全新的語言。

　　一切都是新的，而我特別樂意接受新的事物、新的生活。又或許是在逃開舊有的雜念和環境，希望找到一個新的我。

　　抿一口咖啡，液體從舌尖滑向喉嚨，酸度稍微有些高，像水果的味道。

二、有時你會發現，你收藏的每一件東西，不會只是有形的物
　　體，還有無形的記憶。

　　金屬相撞的噹啷響聲，是我每次旅遊聽到最悅耳的聲音。台灣旅遊景點最常見的就是紀念幣印製機。一次 30 元，一個機子一般有三到四個圖案，先順時針旋轉機子前面的方向盤，把你喜歡的圖案轉到確認框中，在投幣處重疊三枚 10 元硬幣，旋轉把手讓硬幣投入，並開始不停旋轉方向盤，你會發現方向盤開始變緊，當你用力旋轉到最緊，會突然變得輕鬆，緊接著噹啷一聲，你印製的紀念銅幣就從下方的取幣口中彈了出來。

　　我在每個發現紀念銅幣機的地方，都選擇一個其中最喜歡的圖樣，印製一枚。我喜歡一些神奇的東西，但有些人會覺得我的喜好有些奇怪。比如我喜歡各種石頭，雖然這邊海邊的鵝卵石是不能撿的，我只能拍照留念；我喜歡原住民出草用的刀，一直想買一把大刀帶回去，但生怕過不了海關，一直在考慮當中，只在文創商品店買了一把小的；我想要學方言，在圖書館有書贈送的時候，看到和方言有關的書我就拿了回去，然後才開始頭疼這麼重到時候怎麼帶回家。

　　但喜歡就是喜歡呀，我不適合說服自己不去喜歡某件事物，特別是別人說我也不一定會聽。忠言逆耳利於行是沒錯的，我

這一學期衝動消費的還少嗎！什麼櫻花口味的 Pocky，一箱六公斤的台農 57 號地瓜，一台 PS4，沒喝過的黑松沙士，薄荷味的 M&Ms 巧克力，各種不同顏色的美瞳……聽起來我就像個獵奇者。來這裡有太多的新東西，我會嘗新，但也知道淺嘗即止。

我還喜歡給別人手作禮物，今年尤甚。編手鏈、編髮繩、編掛飾，去學校路上有一家新生活書局簡直成了我的 DIY 寶庫，感覺那裡什麼都有。手作耗時，對他人的情誼都加載進我用心的每分每秒裡。我覺得最厲害的，還是我在墾丁的海邊撿海珊瑚的骨頭做的風鈴，我第一次聽到那些骨頭們碰撞發出的聲音時，我就決定把它們帶回去做禮物了。當時我在海邊選了好久，才找到一些適合做風鈴的形狀的骨頭。晃動風鈴的時候，聲音真的很悅耳！還有我給我閨蜜寄回去的和風風鈴，我在那上面畫了一串串沉甸甸的葡萄，還給每一顆葡萄上面畫了光斑呢，一顆顆栩栩如生特別可愛。

我對生活熱情，生活讓我縱情。我愛著我用心對待的每一件東西，它們傾注了我的感情，也幫我保存著記憶。

三、年少輕狂，毫無所望，每日虛度，走錯無妨。任你焦躁迷茫，只等醒悟，走向前方。

曾經，一位前輩在跟我聊天的時候提到，大學四年，你最需要思考的，其實是你真正想要做什麼，你想要得到什麼，並為之做出努力。我大學前兩年的生活，拼的也就是一個存在感罷了。我追逐著一些榮耀，獲得別人的誇讚，但看在一些人的眼裡毫無價值。那些人，或許是毫無理想而唾棄人生，或許是一心為自己的目標努力拼搏，不顧其他。而兩者都不屬於的我，就站在最大

111

群的人流之中，徘徊迷失，不得自我。

我想要什麼？是結婚生子安穩度日，還是叱吒職場明爭暗鬥？要離家去大城市發展落地生根，還是呆在自己的小地方碌碌無為？糾結於太多不切實際的想法，我時常陷入深深的矛盾。我是想到什麼就馬上去做的人，執行力其實很強，唯獨不太擅長思考未來。明天的事不會今天去做，因為事情來臨才去解決是我的慣用方法，很少會做出一些預估和風險計算，我盲目自信了，總認為自己能做到。不管未來遇到什麼問題，我都想能夠笑著應對，但身邊的人總恐嚇我說我不能，認為我把這個社會想像的太過美好。

我太經常陷入自己幻想的牛角尖，徬徨失措，可能是因為想像力太豐富，思想太跳躍。就像我最害怕看鬼片一樣，因為我只要看到了，即使只是一根頭髮絲、一滴血，我就可以聯想出整個劇情，甚至是那張恐怖的臉。恐懼就是這樣被層層放大的，壓力也是。我只要一想到我畢業可能會結婚，我就會開始想可能又會要生孩子，那麼工作該怎麼辦？扯到工作，那就是我要做什麼工作嗎？公務員、國企、事業單位？在哪工作？家鄉？大城市？房子買在哪？腦子裡已經一團亂麻了。

如果你現在也開始有跟我一樣的疑惑，就請不要虛度光陰，抓緊時間思考你想要的未來吧。

四、我想在這裡創造全新的故事，在有限的時間內，寫出屬於我自己的 Happy Ending。

因為環境是新的，遇見的人也是新的，發生的事也會是新的。

也正因為周圍都是全新的，我就不用多做改變，也能擦出不同的火花，製造不同的回憶。

這裡是美好的，烤地瓜好吃，滷味好吃，蔥油餅好吃，拉麵好吃，咖喱好吃，便當好吃；奶茶好喝，冬瓜茶好喝，油切麥茶好喝，大滷湯好喝，魷魚羹好喝。也許是我太容易滿足，我的確找不出什麼不美好來。

早起上課，坐校車，走到教室。下課從煙橋走出去，穿過大學城，左拐下長長的坡道，再走幾段小路回到宿舍。日子過著過著，也已經過了快一半。捨不得這自由的小美好，我只想過好這一年內的每分每秒，希望我無憂無慮，身體健康，可以大口吃飯，大口喝茶，沒事唱唱歌，跳跳舞，事事順心。

淡江大學校門口

113

無題

劉永華

　　佛說前生五百次的回眸才換來今生的一次擦肩而過，我幻想過我人生中的很多遇見，第一次遇見大海、第一次遇見愛情、第一次遇見失敗、第一次遇見死亡……唯獨沒想過，我會遇見你─另一個我。

　　「海桑陵谷又經三百秋，以手摩挲尚如故。」人常說三十年如一世，那我就是六年如一世，只是我太了解自己的散漫，所以時不時提醒另一個我：你還不夠，換做六年前，我會覺得努力沒必要，自己滿聰明，好在孩子終究還是學會了自己走路，六年過去了，現在偶爾的小進步，會讓我不禁傻笑，GRE 考試正在準備著，英語、法語學習中，對未來越來越樂觀。人確實是在不斷失敗中成長的，回想起上一世的記憶，真的有點忍不住想笑出來呀。

　　初中讀的私校，管的很嚴，陌生的環境、陌生的人，一切的都是陌生的，唯有不間斷的早讀，那時候滿懵懂無知的，過著一天又一天機械式的生活，晨跑、早讀、吃早餐，然後開始一天的課程直到晚九點半下課。那時候我成績很好，全年級三、四百人我大概第九的位置，也許是因為認識的人少，所以讀書比較努力，因為那樣才不會覺得無聊，我成了所有人眼中的乖孩子、好學生。但也伴隨著壞處，孤獨、有點自閉，沒多少好朋友，所以同學都覺得我很「高冷」。不過當時的語文老師卻是滿了解我的，說我外表冷酷、內心狂野，本質上來說我確實是個很野性的孩子，耐不住性子，但環境給了我一層無形的牢籠，我衝不出去，漸漸地

我不愛說話，喜歡一個人坐在教室安靜的看書，課本、小說、所謂的名著等等，這種情況持續到了初三下學期，臨近中考的時候，不知是出於對自身的自信還是壓抑下的爆發，我開始顯得比較放縱自己，雖然還是比較沉默，但我開始做一些所謂壞孩子才會做的事情，就這樣半年過去了，我考上了這座城裡最好的高中。我沒有一絲高興，心裡有種被安排的明明白白的感覺，很平淡。和大多數人一樣，高一開始我有了自己的手機，玩起了手機遊戲，從而一發不可收拾……成績直線下滑，果不其然，下學期手機就被老爸收走了，用起了老年機，貪吃蛇通關了幾百遍，後來還真別說，成績真的有了好轉，又回歸前列。接著就是我性格真正開始轉折的時期—高三，那時候因為比較調皮搗蛋，老師給我換了一個同桌，很開朗的一個人。我不愛說話他就會主動找我說話，漸漸地熟了起來，其實那時候沒太大感覺，他會帶我出去玩、吃飯、上網，偶爾打打架之類的，我的朋友漸漸變多，開始拉幫結派起來了，因為高三複習，很多時候都是自修課，我倆上課經常會跑去學校的小超市門口坐著吃東西聊天，他抽菸、我吃零食，天南地北的聊著，最好笑的是去旁邊孔子廣場嚇那些偷情男女的事情。因為他成績不好，其實偶爾會抄我的作業，本來我是一個不怎麼愛讓人抄的人，但次數多了之後也就那樣了，漸漸地我放下了很多以前的「包袱」，開始做很多不一樣的事情，蹺課、幫人作弊、泡網咖，怎麼說呢，很神奇的感覺，當然因為個人觀念的問題，比較過分的事情我還是不會做的。就在這樣的日子裡，我從內向走向了相對開放，至少目前來說，我只會對不熟的人冷漠一些，稍微熟一點我就不會這樣了，這算是好的改變吧。

　　另外，講一個笑話，從小學到高中十年來，走過大江南北，我發現我似乎每一次的靈感都是在下課期間的那十分鐘出現。我真應該寫封信給那總是在課間陪伴我的桌子先生，告訴他我對「課間睡覺」這門科學的著迷和看法。說到科學，其實我同樣一知半解，不過對於課間睡覺這門科學的研究，我可以算得上是很好的了，因為我既有堅持不懈的精神，又有著淡泊名利的品質。我每天總是在「盡我所能」的癱在課桌上（那是我的極樂淨土）看著皎潔的月光，偶爾餘光瞥到嬉鬧的同學，心裡還在感嘆，回想起昨天發生的總總（那是最美的回憶），無數事情在腦海飄過，細細想想，時常能讓腦海中靈光一現。

　　科學家們為了完成自己的構想，實現祖國的偉大復興，願孤身前往荒無人煙的大漠，離開自己的親人朋友，我從小就渴望著自己也能如此。課間睡覺同樣是一門令人著迷的科學。在我初中時，我被父母送到了縣城的私立中學，那裡良好的學習氛圍、嚴格的管理制度讓我度過了三年下課玩耍看書的時光，我一直認為缺少了這三年課間睡覺的靈感才導致了我初中的碌碌無為。直到上了高中，我有時居然開始回憶過去了（不知道是不是老了的原因），加上周圍課間睡覺的人群開始多了起來，我也學著試了一把，「初嘗禁果」的竟迷上了這門科學，從此便一發而不可收拾。寒假回家過年，我總是在只聽得見蟲叫時依然看著窗外的月光想著事情，老師也時常勸我課間要出去活動活動，不知是青春期的叛逆，還是我對科學的執著，我放棄了這個成為老師眼中好孩子的大好機會，漸漸他們習慣了我課間睡覺，此事又是不了了之。每每他們知道我又課間睡覺了，他們眼中透露出的擔憂幾次令我

下定決心不再課間睡覺，對科學一心追求的心卻始終麻木著我。這是多麼墮落啊！可想起我曾經在課間睡覺時湧現出的種種靈感，我卻堅定了自己的心，我相信一位偉大的科學家總會經歷種種的磨難與煎熬。

然而我也在課間睡覺中得到了很多，它們填平了我那坎坷的人生道路。課間睡覺給我帶來的好處絕不僅僅是靈感那麼簡單的。至少我知道我的每一天都是非常充實的，處處都是溫暖人心的。想起了柳宗元的「搖盪春光千萬里」，這時的我想著如果能和樓下老爺爺一樣，在微風習習的夜晚坐在搖椅上睡覺該多麼好啊！我們常說人生苦短，確實，但我們可以充實它，若我們每一天都因為某件事而變得充實，我們的青春就有著回憶，有著酸甜苦辣，就足矣。既然不能延長白天，那麼就減少黑夜吧。青春是現在的自己留給以後的自己回憶的。

課間睡覺帶給我的亦是解憂，它幫助我走過了曾經的悲傷。人生最大的快樂不就是無憂無慮麼？而人生最大的憂愁就是無聊，當你感到無聊時，就請你課間睡覺吧，你課間不睡覺，起來又是機械式的上課，那多無趣啊！何不試著趴在課桌上發呆呢？倘若天公不作美，則需我們自己創造機會，畢竟課間睡覺是那麼的令人著迷。五一放假期間，十二點半後睡覺，跑到小街的小攤，吃一碗肉片，大抵已經十一時過了，悠閒的走回我的小宿舍，聞著肉片的香味，竟回憶起了小時候老媽給做的肉團子（我們那的小玩意），趕緊拿起筆記本記下來（做筆記很能讓我靜下心）。雖因課間睡覺免會被老師批評，但它卻給我帶來了更加「豐盛」的時間。這種每天一點不同的生活的滋味我就不多說了，那簡直

是堪比山珍海味的。課間睡覺表面看來是消極的，但恰恰是它賜予了我平淡無波的生活一點朝氣，這遲的時間我還可以做很多有意義的事情。也許最懶惰的人反而是那些什麼事情都沒完成，卻悠閒玩耍之人。

笑話講完了，你說有沒有意思，一個人居然可以把睡懶覺說的通往成功的大道一般，怎麼說呢，這確實是我的曾經，也正是上一世的我，很傻很天真，有著同齡的孩子一模一樣的煩惱和快樂，平凡的不能再平凡的一世。

大三了，讀書的時間越來越少，當然我想，如果不趁著這個大好機會「賺」他一把，豈不是得虧死了？回憶過去的種種，你是否還能記起自己最初的那個模樣？最是美哉十分鐘，好好珍惜這靜謐教室的溫馨吧，做你想做的，完成你未完成的，珍惜你的大三時光。

戶外教學參訪台南奇美博物館

在二十一歲遇見‧我

鄔芷瑜

「人生短短幾個秋呀，不醉不罷休」，這兩句歌詞大概是2018年底最為火紅的句子，起因於某位台北市長候選人在直播辯論時竟然不按牌理出牌地突然唱起了歌，無厘頭的舉動成了爆紅的笑點。然而我想，用這句當開頭，甚至當全篇文的主旨大概不為過了。

一直以來我真是這麼活著，或者是說，我應該要是這麼活著的。比如選擇了資傳系，也是因為看到了相關報導得知，原來過半數的大學畢業生最後的就業都跟本學科沒太多關係。

啊，既然如此，那我便選喜歡的科系上吧。

我並沒有特別去想這科系未來出路如何？好不好過？能不能賺錢或是會不會餓死這問題。好複雜呀我覺得，魚與熊掌總是不可兼得，或許我天生就不適合糾結這個，所以最後我所決定的因素就只剩下我喜不喜歡、快不快樂而已。

既然都要苦四十年了，那我開心個四年又何妨？我這麼想，然後遞交了申請單。

人說，做自己喜歡的事會加倍努力，這倒是真的，我的成績確實不差，尤其在實作作品上也偶爾會得到老師的讚賞，更常常會為了作業或是喜歡的事熬到三更半夜，但也僅此而已。

可以說是放縱吧，我從不把自己逼進死路，累了就睡，睡了再說，再不行就休息個幾天。或許就是因為這樣，四年下來雖有

119

收穫，其實也依然渾渾噩噩，就連我們系上一個很重要的媒體讀書會也被我不小心給搞忘了報名時間，陪著朋友去送報名表，然後向著一臉期待的老師致上滿懷尷尬的笑。

沒有了讀書會，日子更清閒些，我也樂得開心，太過於空閒時排個幾小時工讀，一個月賺寥寥四千塊台幣，然後就這樣升上大四。

我突然驚覺，這似乎是我最後一個暑假。

多麼可怕的想法啊，不誇張的說，對於學生，暑假、寒假就有如吃飯睡覺呼吸一般直觀的存在。夏天來了，要暑假了；一月到了，該放寒假了。活了二十一年，它們從沒缺席過。

然後便出現了彷彿人生終點前的跑馬燈，我依然可以記得國中時和朋友玩鬧的畫面，高中時為了資傳從三類轉到一類的情景，還有大學和朋友一起去唱歌，去玩桌遊。不敢相信這些情節居然涵蓋了我人生的五分之一或者更多。

我二十一歲了！聽起來似乎比當初發現自己成年時的惶恐還少許多，才不，我發現我人生第一次出現如此可怕的危機感——我要離開學生時代了。那是從一個大階段到達另一個大階段，生活作息全數不同，周遭的人們，社交方法也完全不一樣。我認為，人生短短八九十年也不過求學、就業、退休三個階段罷了，而我，已經要完成第一個了嗎？

不是我已經要完成第一個，是時光逼我完成第一個。

資傳系簡單來說可以分為三種支線——資訊、設計及行銷，因

為學得廣，學得雜，因此也學得不深，甚至很多事情都是在上大學前我就已經知道的，包含一些軟體的基本操作等等，而我又沒有參加讀書會，因此沒有接觸到讀書會上的專案實作，或是各種不同實際應用的變化，所以當我回首過去，問起自己，我學到了什麼？我居然在一時間給不出一個相應的答案。

似乎要改變什麼，我想。不論是學習上或是我自己的休閒安排，是不是可以多做些什麼，這可是我最後的一年，最後的一次暑假。你知道的，在學與出社會最大的差別，就是學生擁有相對彈性的時間─尤其是一個大學生，沒有包袱，也不用過於顧慮現實。

在同學介紹了我一個實習機會時，我很快就答應對方，那是一件「教育部」發包的案子，要設計一套專給東南亞各國新住民的國中小課本，內容很簡單，剛好是關於我所學的，也是我會有興趣的那範圍。

我進入了這專案的設計組，開始著手畫前輩發給我的課文圖，第一次能學以致用，而且是用在工作上，我真的很開心，只是因為這專案比較特別，我們必須使用雲端作業。那時是大三下，我成為了兩頭燒的蠟燭，一邊被學校課業追趕，一邊急著趕出實習所需要的情境圖，噢不，是三頭，因為我還有最原先的工讀。

蠟燭燒得越旺，滴下的汗與痛便更多，而隨煙飄散的，竟是我的熱情，從一剛開始的愉悅，到後來機械式的工作，甚至開始對這份工作有著牴觸的情緒。

大概是還不習慣，從放鬆的節奏一下被逼得緊，少了睡眠，

少了休憩的時間，看著因為我分配時間不佳導致被埋葬的英文成績，我只想逃。我開始藉口學校的課業，所以僅維持最低限度的工作量，和前輩及老闆說聲抱歉，然後默默關掉視窗，用偷來的時間畫我自己想畫的圖。

　　說實在，我也不是真的討厭這份工作，在我回過頭去看時，在系上最後發下心得填寫單時，我依然勾選了「若未來還有機會，仍會選擇這方面的就業」，只或許是少了循序漸進的步驟，又或是同時處理太多事情導致的疲倦心累，使得那陣子我突然停滯不前，不過這不就是實習的初衷嗎？早先習慣就業市場，早先理解就業環境。

　　而我也從中學到了不少，包含課程上早已熟悉的，又或是完全沒接觸過的。我依然記得我第一次和老闆約出來談實習待遇時，我深呼吸了好幾口氣才敢進入咖啡廳，一整個會面都異常緊張，被請喝了一杯高價位奶茶卻喝不出其中滋味，而最後價位仍然談低了。之後和前輩閒聊才知道，其實有任何問題都可以試著提，尤其是薪水方面，在合理範圍內那些都是你自己的權益，不必太過緊張或擔憂。

　　在漸漸調適休息與工作還有學校的比例沒多久後，終於，迎來了暑假，我很快地就再重拾動力，再次回到最剛開始高效率的時候，甚至最初還需要花三小時完成一張，到實習要結束時能夠壓縮到不到兩小時完成一張。除了因為抽掉了一大部分讓我心煩焦躁的學業外，還有另外一個原因，我認識了一群新朋友。

　　說來有趣，在那個生無可戀的低潮時期，我迷上了一款手機

遊戲，從而認識了不少同好。就如賈伯斯曾經所言：「你無法未卜先知，你只能在未來回顧時，才明白那些經歷是如何串聯起來，成就更好的自己。」或許是同溫層太重，每每跟他們聊天後對該遊戲的喜愛就更深，最後甚至到了無法自拔的程度，看著大家用著各自的方式表達喜愛，我總覺得我也能做些什麼。

我能畫圖

我試著畫了內心所想的世界，最後意外得到很大的迴響，再然後，我的野心越來越大。

其實很多事情以前就曾想過的，但是現在不同了，我只剩一個暑假，兩個半月，這是一個可怕的魔咒，卻也意外督促我去做很多很多以往我不敢做的事情。

踏出我的舒適圈

我快速完成了我的實習工作，以便我有更多的時間專注在我的興趣喜好上。我認識了幾個人，在他們的帶領下，我進入了一無所知的領域，試著將我的圖印製成吊飾，並且第一次開設蝦皮販售，甚至和朋友一起在同人場擺了攤，販售自己出品的東西。

一樣是用著自己的興趣賺錢，但是和實習卻是完全不同的領域。我遇見更多形形色色的人，了解印製到最後出貨的種種痛苦，一切親力親為，也在販售會中因為經驗不足而少收了錢，漸漸地，我成為該圈子內小有名氣的畫手。這是非常不容易的，尤其對於總是給自己找退路的我來說。

不論是實習還是出品同人周邊全都是一次新的嘗試，這是一次任性的衝動，但卻暢快淋漓。回首望去，這似乎是我最充實的

一次暑假，或許改變的太晚，也或許不會太晚，也讓我知道，原來我還有更多的發展性，而不是只蜷縮在小小的房間等著時間到去上學，時間到鑽進被窩，我能成為更好的人。

　　我不知道那小小的興趣副業我還能持續多久，也不知道畢業後我是否真能如願以償繼續從事和實習相關的產業，畢竟出社會後的一切都太現實了，學生總還能擁有學生的妄想。但是，是啊，人生不就這麼短短幾年，咻的一眨眼我二十歲了，下一次咻的眨眼，我大概就要四、五十歲了吧，既然如此，似乎也沒啥好猶豫的，趁最後的最後，踏出習慣溫暖的小窩，再讓我恣意妄為些吧。

校外教學參訪北門水晶教堂

遇見‧二十歲的人生

蘇亭安

人的一生能有多長？我們無法保證人生長與短，重要的是把握當下，珍惜過去的所有回憶。每個人在人生之中都會經歷一些挫折，同時也擁有一些美好的回憶。遇到失敗或是挫折時要如何再站起來，這是每個人都會遇到的重大課題，只要跨越這個坎，迎接你的將會是個美好未來。

我出生在一個很平凡的家庭，是家中的老大，下面還有一個弟弟和一個妹妹，雖說是家中的老大，本該是最成熟的孩子，但實際上，我是家裡最像小孩的孩子。我會對相差十歲的妹妹耍幼稚，而她會很成熟的配合我的幼稚。

例如，當我回到家，我會叫她說：「姊姊，你回來了！」如果她不說，我就會對她耍脾氣，然後再跟她說妳要親我一個我才不生氣，她就會很無奈地跑過來在我臉頰上親一個，我弟則是個小大人，完全不會去理會我的幼稚，但偶爾也會和我跟妹妹一起玩，即使如此我們家也會像一般家庭一樣吵架，但也很和睦，時常會傳出歡笑聲，每個人都是笑著在過各自的人生。

我算是一個蠻會隱藏內心的人，在外面不管發生什麼事情，我不會向人述說，尤其是家人，不想讓他們為我擔憂。因此，當家人知道時，通常不是事情已經解決，就是情緒大潰提。這也造成陰晴不定的負面個性。

猶記國三那一年和好朋友吵翻臉，原本是最要好的朋友，某

日突然要大伙不要理我。在我得知此事後，她在我面前仍說我們是好朋友，這件事情對我的打擊很大。這件事情我始終沒有對任何人提起。直至今日，我依然不明白是我的個性哪裡出了問題？還是我哪裡得罪到她？那陣子我食不下飯，每到吃飯時間就躲到導師辦公室去，老師們都不知道我發生什麼事情，還以為我單純就是想減肥不吃飯。

　　在導師辦公室幾乎躲了一整個學期沒吃午餐的日子，某天理化老師半開玩笑的問：「你是打算做神仙喔？都不用吃飯的嗎？」面對椎心之痛，著實讓讓人食不下嚥，加上，不知如何對人述說心中的傷痛，也許礙於得面子吧！班導師後來將我趕回班上去，我開始進出輔導室，那是首次主動去找人說出心裡話，我清楚明白已到達精神崩潰的臨界點，開始有憂鬱傾向，甚至出現離開人世的念頭，只有離開才是最好的解決辦法。

校外參訪—同學們專心凝聽，李其霖老師講解廟宇歷史。

這事是我人生中第一個挫折，世界很簡單，人心卻複雜！這事最後並沒有解決，直升上高中部後我們不在同一個班級後也就不那麼在意了。隨著年紀的增長，漸漸的體會不該給自己那麼大的壓力。我們這一生，或許會錯看許多人，遇過許多背叛，也曾以為你只要付出就一定會有回報，到頭來卻把自己弄得狼狽不堪。但這一點都沒關係，那些打倒你的，只要死不了，你都還是能重新的站起來，決定權在你手上，其實你沒有你想像地那麼脆弱。你會遇到欣賞你的人，也會碰見不欣賞你的人，只要記住喜歡自己、對自己好的人就好了。

高中遇到了三位超級好朋友，分別是 Nini、小劉、緗。我跟緗從國中到高中同班，國一的時候常常纏著她，後來因為沒什麼交集較疏遠，上高中之後因為一起準備校慶上的比賽，所以就變得很要好；Nini 跟小劉也是因為校慶的比賽活動，我們四人自稱為「四巨頭」，每年的校慶運動場上一定會有我們的身影。我們各自了不同的大學分散各地，即使如此，我們還是每個學期都會至少聚會一次。雖然，每次聚的都是去台中玩，我們計畫一起存下旅遊基金去宜蘭玩兩天一夜。甚至相約兩年後去歐洲畢業旅行，認識她們是我人生的美好回憶。

現在我升上大學二年級了，大學生活過得很自由自在，但是比起高中時期，卻又覺得好像少了什麼，剛上大學的時候其實我是很不能適應的，畢竟在國、高中的時候，每天都跟好朋友在一起，大學則是即便有主修科目，但大部分的課還是自己選的，所以即使好朋友是同系同班，也不一定會隨時都跟你在一起上課。後來我也漸漸習慣了這種上課方式，平時因為不一定見得到面，

反而會更加珍惜見面的時間。

　　人生有時候讓我們感到巨大的壓力，可是那些壓力都是來讓我們越來越成長茁壯的，有時候也不是要克服壓力，而是要抒發壓力。我最愛的抒發方式就是到處去旅行，旅行的過程也是我覺得人生給我們很美好的時光，除了在台灣旅行外，還自己一個人去過日本，也分別與阿姨、全家人去過英國二次。每次的行程和住宿都是由我規畫，前置的規畫行程會讓人感到疲憊，但當踏出家門的那一刻，心情非常舒暢，好像逃離了這個世界的喧囂。

　　第一次自己出國是在高中畢業那年的暑假，到日本的京都和大阪。我很喜歡日本的京都，每次到了那裡都有不同的感受，看著京都的街道和建築就能讓我感到心情平靜，平時藏在心中的那股憂鬱感和壓力都會消失不見。站在日本歷史保存得最完整的地方，能夠感覺到過去人們那種慢悠悠的生活方式，使平常腳步快速的我都忍不住停下腳步，沿著京都最有名的鴨川散步，聽著流水潺潺的聲音，忽然發現在生活中，自己似乎常常忘記放慢速度去看一看身旁的美麗風景，其實世界是很漂亮的。譬如在我們大學的校園中，每到了傍晚太陽要下山的時候，許多學生都會停下腳步，拿起手機拍下那一刻美麗的夕陽，其實停下腳步幾秒鐘，去看看美麗風景抒發心情，並不會影響到自己一天的行程，那麼何樂而不為呢？只是我們都忘記了──人生很美麗，而且並不是故意要給你壓力的這件事情。

　　國三那件事情，後來輾轉得知「她」經常這樣排擠別人，而非我有問題，當時不懂得處理人際問題，將自己封閉整整半年的時間，失去了社交的能力。其實那時候很多朋友都想拉我一把，

但我拒絕與任何人來往，把他們都推開了。朋友的存在是人生要給我們的美好，不是嗎？只是那時候的我不知道，才選擇了不去聽、不去看，現在再回頭看的時候，我是很後悔的，為了那一件小小的事情，就失去了那一段時間中人生要給我的美好。這件事情讓我了解到，不要因為人生或是世界給你的惡意，就拒絕去接觸其他的善意，生活或許會累，可是那才叫做人生。因為人生給的善意，我才能認識許多好朋友，擁有許多美好的回憶，比起那些壞心情的事情，美好的事情不是更開心嗎？那就忽略那些不好的事情，只記住美好的回憶就行了，從此以後我都對自己這麼說。

今年，是我遇見了人生的第二十年。

校外教學—李其霖老師解說台南赤崁樓的歷史與文化。

淡水天元宮櫻花

山水一程

尚光一

青春遇見的
也可以是
陽明山頂的狐仙
剛騎機車的艱難
課間睡覺的困倦
以及敏感少年的蛻變

相逢

黃若菲

夫天地者，萬物之逆旅也；光陰者，百代之過客也。

而浮生若夢，為歡幾何？古人秉燭夜遊，良有以也。

一、遇見夕陽

淡水，這個位於台灣西北沿海的美麗小城，在歷史上曾經是台灣第一大港，也是西方文明在台灣北部散播的起點。淡水擁有極美的夕陽，當我初遇那片晚霞，便暗自感嘆這人間勝景。金風玉露一相逢，便勝卻人間無數。落日餘暉下，天空漸淡漸逝，微弱的餘光照亮對岸連綿起伏的大屯山脈，淡水河潮起潮落，旅人們懷揣著各自心事駐足於此，等待夜幕的降臨。

天地不過是飄搖的逆旅，晝夜不過是光陰的門戶。有多少人曾見證過這夕陽西沉於江海？翻看淡水的歷史，便可知七千年前，這片土地就有人居住，以部落形式過著漁獵、放耕的平淡生活。十六世紀，洋人的到來使淡水的經濟更加繁榮，地位上升，從此「年年夾板帆檣林立，洋樓客棧闤闠喧囂」。月有陰晴圓缺，但夕陽只是靜靜佇立，日復一日，年復一年地注視著歷史的推移，時代的變遷，遲暮緩緩暈開，不出一言以復。

從前抬頭只見雲霞，忽然間，我看見了地上的世界。在這如同《再別康橋》中「那河畔的金柳，是夕陽中的新娘；波光裡的豔影，在我的心頭蕩漾。」般美景的河岸，我忽然有了撐一支長篙向河岸更深處漫溯的衝動。我登上前往漁人碼頭的渡輪，淡

水漁人碼頭原只是淡水河入海處的傳統小漁港，當地政府為了改善漁港作業與漁村生活環境，將漁人碼頭規劃成一個兼具漁業發展與觀光休閒的公園，如今，漁人碼頭已然成為新北市重要的觀光活動休閒場所。離開了陽光的赫奕，一座跨海峽白色的「情人橋」，一條木質的棧道，都是觀賞夕陽的好去處。站在步道遠眺觀音山和出海口盡頭的台灣海峽，注視夕陽從水平面上緩緩落下，美景之盛，令人流連忘返。

文人墨客見了夕陽，總愛發出「鷓鴣聲裡倒清尊，夕陽雖好近黃昏」的悲傷感嘆，我卻不以為然，何須惆悵近黃昏？在人生的遲暮，將一生奉獻給台灣的馬偕博士，晚年依舊留守在這片土地，創立醫院，建設學堂，幫助台灣的百姓，受人愛戴並紀念至今。但這些於他而言，不過是聲名水上書罷了，走過的人說樹枝低了，走過的人說樹枝在長。

在彰化的王功燈塔，海邊的夕陽亦十分奪目耀眼。世人看到的本是同一個夕陽，不同的只是看客的心境，落日餘暉後夜幕降臨，萬家燈火皆不屬於旅人。他鄉的夕陽再美，也不及故鄉的夕陽溫暖。就像那些溫柔和煦的夏季傍晚，一去便不再回來，是煙火，是麥芒，是盛夏與冰涼，是一紙揉皺的理想，像宴席散後的假寐一般緩緩進入夜晚。

二、遇見鄉愁

夜的深處有故鄉，深處的深處還有故鄉。來台灣交換一年是我第一次離開家鄉，獨自外出求學。幼時讀不懂余光中先生的《鄉愁》，如今才切膚體會「鄉愁是一枚小小的郵票，我在這頭，母親在那頭。」透露出的不捨與眷戀。余光中先生一生在頻繁的奔

波和遷徙之中，多次與親人聚散離合。以時間的次序為經，以兩地的距離為緯，詩中若有若無的距離和聯繫，給整日在相思、別離和相聚中奔波的莘莘學子一種強烈的共鳴，唯有極致的哀愁，才能給予我片刻相思。

在淡江大學結識了一些台灣的朋友，閒談中驚訝地發現他們家中的長輩有很多來自於大陸，而他們被稱作「大陸第三代」。「大陸第三代」的爺爺或外公在國共戰爭時期追隨國民黨來到台灣，於是在台灣結婚生子，定居於此。絕大部分人終其一生都沒有再回到大陸，也沒有再見過大陸的親人。我的一位台灣朋友和我講述他爺爺的故事，他說，爺爺是南京人，小時候經歷過南京大屠殺，他隨弟弟和母親躲在山上，逃過一劫。後來，國民黨要求每一戶必須有一個男孩子參軍，他的爺爺去了，跟隨國民黨來到台灣，沒有想到竟是和母親與弟弟的永別。一晃半個世紀過去，在兩岸關係緩和時，爺爺曾回到南京，重新踏上故土，卻不曾見到故人，循著殘留的記憶找到了家的位置，家裡卻早已是陌生人。聽完這個故事，我心中久久不能平靜，其中透露出的絕望未免太過悲涼。明知故鄉就相隔海峽，卻不得前往，心中記掛著至親卻再不能見，生死未卜。歷史對於兩岸而言都是難以言說的惆悵，起落浮沉數十年的時光，人物是非在年月裡淌，層層後浪擁著前浪，一筆帶過的文字描述下，犧牲了多少普通人的一生。

「獨在異鄉為異客，每逢佳節倍思親。」中秋節時，可吟東坡居士「但願人長久，千裡共嬋娟」；重陽節時，摩詰居士之「遙知兄弟登高處，遍插茱萸少一人」亦十分應景。把酒祝東風，且共從容，這份沾染詩意的思念，定能傳達到彼岸親人的心中。

透過一段時間的學習與生活，不難發現台灣和大陸有許多相似之處，比如飲食習慣和閩南地區相似，宗教習俗上對於媽祖的崇拜與信奉，這些都是兩岸相連接的無法分割的紐帶。台灣曾被殖民統治，吸收了許多的外來文化，但難掩台灣自身的文化缺失，人們始終渴望一種文化歸屬感，一時明月，一時花黃，在鄉愁中回頭望。

三、遇見文創

三島由紀夫在《春雪》中所言：一瞬間的躊躇，往往能使一個人完全改變後來的生活方式。這一瞬間，大概就像一張白紙明顯的摺縫那樣，躊躇就一定會把人生包裹起來，原來的紙面變成了紙裡，並且不會再次露於紙面上了。我在淡江大學遇見文創學程，便像摺紙一般，改變了我對文創的看法，使我對文化創意產業有了全新的、更深入的了解和認知。

遇見淡江大學，走進淡江大學文創學程的課堂，可以明顯地感受到兩岸的教學方式和側重點有很大的不同，台灣高等教育更偏向於實踐，不只是單純地理論分析。文創概論也不只是枯燥的照本宣科和知識理論，只有自己參與思考和實踐，將外顯知識轉為內隱知識，才能體會該如何把知識運用到學習生活中，這比在理論中尋找答案更有意義。透過學習文創產業的概念和歷史發展脈絡，我了解到文化創意產業是文化內涵經過創意的運作形成的產業化營運，隨著時代的發展，文創產業也不斷發展。如今，文化創意產業在保護和傳承傳統文化的前提下，應與科技創新進行緊密的有機結合，形成新的生命活力。

淡江大學的課堂十分多元化，老師的教學方式有趣而生動，

偶爾會邀請業界有關人士來課堂演講。YouTube 網路紅人「右邊那位」曾在課堂上和同學們面對面交流，近距離接觸，令我頗有收穫。現代人生活壓力大，往往利用零碎時間用手機上網排解精神壓力，比起高深晦澀的陽春白雪，人們傾向於下里巴人式的精神消遣。他們的影片來源於流行文化，能引起觀眾共鳴和熟悉感，加上創新改編，添加反抗現實的精神，是高壓環境下負面情緒的出口，在忙碌的生活中博觀眾一笑，贏得了點擊量。在自媒體時代，人人都可以成為文化傳輸的管道。仔細探尋網紅經濟背後的產業鏈，會發現這是依靠在社交媒體上聚集人氣，依託龐大的粉絲群體進行定向行銷，從而將粉絲轉化為購買力的過程。這是一把有利有弊的雙刃劍，文創工作者不應該只看到短期利益而爭相效仿，更要看透文創產業背後的實質。

此外，我遇見了台灣許多不容錯過的精彩文創活動，遊走在台北這個巨大的藝文空間裡。穿梭其間，遇見白晝之夜，參與一場狂歡，想像一個顛倒的城市，黑夜與白天的互換，內外與上下的翻轉，傳統與當代的雜糅，繁華與窮陋的凝視，移動與固執的牽扯。在白晝降臨之夜，於顛倒的台北淪陷，我在破曉之前乘上捷運末班車，隱匿於黑夜。遇見《東離劍遊記》，在國家戲劇院觀看日本寶塚歌劇的演出，紅色的布幕低垂，座無虛席的觀眾席，歡快的掌聲淹沒四層樓高的大堂，亦淹沒了我。

垂釣於文創長河，遇見伊藤潤二畫展，遇見淡水環境藝術節，甚至於遇見誠品書店，走進「書＋咖啡＋文創產品」複合經營模式的新型書店。誠品本著獨立精神、自由思想的經營理念，將書、咖啡、音樂和美食等多元的文化聚集在一起，形成包容性很大的

文藝空間，充滿實驗藝術的氣息，讓閱讀成為一種生活方式，讓愛書之人心無旁鶩地沉浸到書籍世界中。書店作為傳播文化的重要場所，是人們文化生活的重要組成部分，承載著一個地方、一座城市文化的變遷和記憶。文創和書店的結合，使書店成為城市的精神地標，讓不眠燈光陪護守夜讀者潛心前行，引領手不釋卷蔚然成風，讓更多的人從知識中汲取力量。

　　未來的文化創意產業，必然成為每個人緊密聯繫的紐帶。它不再是簡單的商品陳列場，而是一個巨大的故事彙集和生發地。當我們的手指撫過同一張書頁，當我們的眼睛為同一個畫面濡濕，我便知道：文創的意義，是為了讓相似的靈魂相遇。

　　我與淡水相逢於秋，慨嘆其間種種。終究卻也只能是空空兩手來，揮手歸去，閱過山與水。遇見夕陽，遇見鄉愁，遇見文創，了解台灣的歷史，窺探背後的故事，踏遍寶島各處，將美景盡收眼底，這是一次從物質到精神的長途旅行。這趟平凡之路上，你我都是時光的捕手，定格片刻成為永恆，見證每一場不散的宴席，待回憶青絲成雪，仍能聽見歲月盤旋如歌的餘音。

台東太麻里車站

那緩緩向前駛去的是你的人生啊

韓蘇賢

你有想過嗎，你的人生應該是什麼樣子的？是一艘在茫茫大海上行駛的帆船，還是一輛在軌道上踏軌前行的列車？

如果是我的話，應該是後者吧。

來台灣之前，我從不覺得自己的人生會是這樣的，我以為人生也許是升空的禮花，絢爛多彩；抑或是江河大海，在彎曲的河床上左右拍打、滾滾前行……但此時，坐在這列火車上，看著窗外的山和雲、樹和海在我眼前閃過，火車輕輕緩緩地、不緊不慢地按著它的節奏向前駛去。我一邊思考這個問題，突然覺得人生不就像是我此時乘坐的這輛火車，踏著已有的軌道，緩緩前行。

利用假期，我環遊了台灣，坐在火車上，一路看著別人上上下下，我坐了一段台鐵，又坐一段區間車，換了一段高鐵，走走停停，在這個安靜又熱鬧的小島的某一片土地上輕輕地出現，又默默地離開。

坐在我身邊的人換了又換，一批人上來了，又一批人下去了，我在火車上看到了酸甜苦辣的多味人生，而我也像這段旅程一樣，在走走停停中輕輕緩緩的長大了。

我坐在座位上，心情挺複雜的，這個小島的寧靜給我很多思緒萬千的時刻，這個小島的熙攘和熱情又給我很多暖意，像一隻手在我身後拽著我，讓我別離開。打開手機，我敲下這些字，記錄我目光所及的一切……

一、萍水相逢

我的後座坐著一個可愛的小女孩，別問我怎麼知道的，因為她剛剛很有節奏感的拍打著椅背，順便輕輕拍了我兩下，我回過頭去和她對視，她看著我笑了笑。我看見她皮膚白皙細膩，眼睛大大的，裡面好像裝滿了一汪清澈的水，她的頭髮貼在腦門上，著實可愛，小嘴喃喃的一直發出聲音。她的父母極度阻止她拍我，但我因為她的可愛，依然回頭笑一笑跟她說「沒事」，我甚至也跟她一起笑笑的拍打椅背。我從兜裡掏出了一顆糖給她，她拿著糖露出潔白的門牙一直對我笑，她很乖，沒有立刻拆開吃，一直攥在手裡。

她時不時的從座椅背後探出頭來，一邊叫著「姊姊」，然後嘻嘻嘻的笑著，彷彿在和我捉迷藏，一直到他們到站要下車了，女孩的爸爸抱起了她，她突然「哇」的一聲哭了起來，她的小手朝著我一張一合，彷彿想要牽住我。我只能對她笑笑，跟她說：「別哭啦，還會再見的。」

人生中有多少的相聚和別離，只能以微微一笑雲淡風輕的帶過，沒有人是時間的使者，也沒有人能留下永恆，但我希望她能晚一點再知道這些，至少現在是得到了就笑，失去了就哭。

二、看見需要

我看到上來一對小姊妹，但沒有連著兩個一起的座位了，他們一前一後的坐下，扭過身來很彆扭的對話，旁邊的一個國中男生，什麼話也沒說，起身拿好了自己的行李，一言不發的走到前面那個小姑娘的身邊，小姑娘有些詫異，好像愣住了，小聲的看

了看男孩原來的座位，問他：「你是想跟我換座位嗎？」男孩沒有說話，笑著點點頭，小姑娘很開心的站起來連連道謝，換完座位以後，小男孩依舊一言不發靜靜的坐著，他的眼神鎖定著窗外一閃而過的花草樹木，像是一個成熟的大人，帶著自己淡淡的憂傷，一個人獨自駛向前去。他看到別人的難處主動提出幫助，但卻依舊可以雲淡風輕地靜靜享受自己的生活。

三、一個人的旅行

旁邊座位是一個陌生男孩，年紀與我相仿，兩個陌生人坐在一起，相顧無言自是有些尷尬。於是坐在窗邊的我開始趴在窗口看窗外的風景，今天的雲壓得低低的，在穿過山群的時候，是一片一片的雲海，與山峰層層疊疊，像來到了高原，四處迷霧繚繞，讓人心曠神怡，我久久的盯著窗外，感嘆道：「真的好美……」旁邊的男生說：「是啊！」我突然有一種從夢中被叫醒的感覺，回過頭去，發現他也正看著窗外，他看著我笑了一下說：「你怎麼一個人出來旅行呢？」我說：「那你呢？也是吧……」

他說他聽了老師的介紹和鼓勵以後想當一名背包客，所以就有了現在這個旅行，他自己一個人也能走出去探索外面的大千世界。我笑笑的說，那我豈不也是個背包客了。

最後我們發現，我們即將在同一站下車，我們相視而笑，於是就不約而同的一起踏上了這一段旅途。

我們談天說地，聊自己的夢想，也聊自己為什麼會來這，我們從未說起以前，說了很多未來的一切，路途結束時我們互相感謝對方這一路的陪伴。

四、聚光燈

這次我要坐一班台鐵的區間車班次比較少，時間間隔較長，僅僅兩站路，但我能選擇的就是趕上，錯過了可能就要再等上一個小時，我從民宿出來就踏上了趕車之旅，一路飛奔還要用手顧好身上的背包，簡直是一次負重晨練。

在驗票口，問驗票員現在再買這班車還來得及嗎？「就剩兩分鐘了。」她趕緊叫住了跑去買票窗口的我，打開了側門讓我進去，隨後她打開對講機說：「還有人沒上車，再等一下。」緊接著又是一路狂奔，衝到了拐角處，一個姊姊也拿著對講機說：「還有人，先別走。」我就這樣在層層幫助下上了車，列車長走到身邊進行補票，還細細叮囑我：「下次別那麼趕，還是要提前一點。」絲毫沒有一點生氣，反而臉上帶著笑意，我只能連連致歉。

我感到慚愧，熱熱麻麻的小蟲爬到了我的臉上，全車人的目光都凝聚在我臉上，像聚光燈一樣。我左邊是一個中年男子，休閒服也擋不住他職業青年的氣息，拿著筆電戴著耳機在看劇，我右手邊沒人，對面坐著一對情侶，看起來應該是遊客，正在一起自拍合照，情侶的旁邊是一個中年婦女，有一些微胖，穿著繡花的上衣，顯得一副富貴樣。偷偷打量完周圍的人以後，確定沒有人再盯著我，我開始狼吞虎嚥地吃早餐，其實也說不上什麼早餐，就是一杯燕麥牛奶，趕路的早晨我總是這樣草草解決。

五、博愛座

我站在區間車門正對的地方，上來了一個衣衫襤褸的爺爺，打破了整車的寧靜，他提著兩個塑膠袋一瘸一拐的走進來，坐在

整個車廂裡唯一還空著的「博愛座」，坐下以後把袋子的口紮緊，往上面的置物架一扔，一邊配音「咻」，然後自己把自己逗笑了，幾分鐘後，一個小姑娘站在了他旁邊，他對小朋友說：「別著急，下一站會有很多人下車的，妳會有座位的。」小姑娘嚇得立刻站起來走到前面抱住媽媽的腿，他也順勢站了起來。

我看他蹣跚的步伐下是一雙沾滿了泥土的人字拖，和一雙乾裂和腫脹的腳，他拉著欄杆，跟車上的報站一起喃喃地唸著每一個站名，他有時候又對著站他旁邊的人說話，大家都紛紛後退，給他留了一個很大的空間。他突然又抓住上方的把手，把整個人吊起來盪，沒有人知道他下一步要做什麼，大家都怕他不同尋常的舉動會傷害到自己。他「表演」完了，又坐到了自己的座位上，雙眼呆滯的望著正前方的地板。

也許他覺得他的世界無人能懂，也無人能及，他想積極地與人交流，可總是被人用詫異的眼光看待，他嘆了口氣，在下一站下車了。這一口氣是在嘆我們這些看不懂他的人，還是人生呢？

六、待續

人生的故事未完待續，而我的旅途已經差不多到了尾聲。

台灣是一個充滿魅力的小島，它不斷給我帶來驚喜，也給了我在此之前從未體驗過的感覺。

台灣街道上寫滿了情懷的味道，一條條姿態萬千的老街縱橫貫穿，滄桑和閱歷爬上城市的牆。

台灣的城市不是後現代的硬朗，也不是歷史的厚重，是像一種我生活的城市老去以後的古樸，濃重的人文情懷包裹著我，讓

我安心、舒適，沒有一點點對未知的焦迫，讓我想要靜下來，在街頭走走，邂逅一段未知的故事。

這裡有千姿萬種的山；或潺潺溪流或如龍嘯翻滾的水；也有一群熱心、善良又可愛的人……

我下了車，看著列車的車廂在我眼前一個一個閃過，車還在往前駛去，以一種不可抗的力量，不論是新的、舊的，普通的還是 Hello Kitty 限定的，他們都不會隨意停下自己。而我們的人生，不論是老的、少的，輸在起跑線的或含著金湯匙出生的，也都無法改變，需要一生平平穩穩、輕輕緩緩的往前走。

是一段鐵路旅程，也是人生。

新北市平溪區十分老街─靜安吊橋

懶人的上半學期

陳沁

懶得出門

生活的主軸不知不覺遷到這個不同以往的地方。

人的可塑性很強。抵達台灣不久，我便適應了這裡。我們生活的區域叫淡水區，它在台北與新北交界的地方，需要搭乘將近一個小時的捷運才能到台北市中心。如果你來到這裡，你會看到大街小巷上飛馳震耳的機車，聽到擦身而過的女孩偶像劇般誇張談論的語調，嘗到街角巷口裡風味各異的奶茶、炸雞和牛肉麵。在夜裡，你可能難以入睡或是突然驚醒，因為依然有稀疏的機車如白天一樣在宿舍樓下飛馳併發出巨響，響聲在靜謐的夜裡顯得刺耳。

到這兒之前，心中曾有過一些念想，不過也沒特別較真，畢竟還是想給未來的日子多一些可能性。好在現在的狀態並不辜負來前的一點期待，甚至有些盈餘的驚喜。

大部分人應該都認為來台灣不好好玩，大概很可惜吧，說實話，我曾經也這麼想。我們禮拜五是沒有課的，但後來我意識到，即便一週有三天假期，我仍覺得要在三天內完成「去→遊玩→回」的旅程是擁擠、敷衍且不盡興的。再加上台灣山路多，交通相對來說有些不便，「遊遍台灣」念頭上的光芒就越發微弱黯淡，令我提不起興趣。不過我並未對此感到難過或不悅。新鮮勁不斷更新我的大腦，就像不斷給鍋裡的青椒肉片加料再翻炒。新的東西

太迷人：空氣混合汽油味與發動機的聲響、撫摸新的木質書桌、新拖鞋與地板碰撞傳來聲響、視覺在樓房街角停留、風的強弱、雨的輕重，無一不令我振奮（當然不止這些）。在這裡生活了兩個月，記憶尚且是短暫停留，並未在我的身體裡留下深刻印記。新鮮感濃縮在針管裡，被悄悄推進我的皮膚裡，我不知不覺，只顧著樂。

三點鐘

我曾聽學長姊說學校旁有一家早餐店，老闆人很好，去過之後發現確實對顧客招待周全，只要顧客去店裡用餐，老闆都會多送他幾盤小吃，外帶時也不忘多送一份香腸，即便你只是路過這家店，老闆也會面帶微笑地和你打招呼。我本為證實了有關老闆的聽聞而感到自得，因此和學長姊有了共鳴，更覺著提升了和這裡早餐店的熟悉程度後，我和淡水這個地方多了一些微妙的連結。沒想到緣分不止於此，我偶然得到了拍攝這家早餐店開張前準備過程的機會。這個機會讓我對老闆的印象不只停留在籠統飄忽的「好」上，而是讓我更加具體地感受到老闆內心的樣子。

我們拍攝的時間是從凌晨三點半開始，老闆稍微打理店鋪之後便轉頭去了隔壁的便利店，我們本以為他要給自己買些東西，沒想到回來時抱著六瓶罐裝的阿薩姆奶茶，接著對我們說：「這麼早來拍，辛苦了。」說完便把懷裡的飲料分給我們，繼續回到店裡工作。在輪到我的組員拍攝時，因為閒著，我就上前和老闆閒談。我問老闆為什麼要開早餐店，老闆一邊煎著蘿蔔糕，一邊告訴我，他因為中年失業，就在家樓下開了一家早餐店。隨後我又問了些問題，老闆回答說，他們中午一點打烊之後，每天都要

打掃清潔到四、五點，回家後看看電視八點多就睡了。他們平時也不出去玩，就過年期間休息一下。當我提到老闆經常送小吃的事時，他說學生來這裡讀書，出遠門都很辛苦，想著能多照顧一些，雖然開早餐店也賺的不多，但能給顧客帶來一些快樂他也很開心。老闆說話的語速不是很快，眉目間的祥和紋路是自然的，我從他的樣子感受到他心裡的善良與平靜。

後來老闆提到了我的學長姊，他停下手中的事，從抽屜裡拿出了一個文件夾，打開後我為之動容。文件夾裡是老闆每天都要翻看的帳目單和學長姊的照片，他拿起照片告訴我照片裡學長的名字，並且告訴我女生的名字因為不好意思問就不知道了。老闆不但認真地收好學長姊的照片，他還清楚地說起每個學長姊來店裡的頻率和他們之間的小故事，這些事就好像發生在昨天，完全不需要花大把的力氣來回憶。我才了解到，原來老闆是一個這樣害羞可愛，用心對待身邊人和事的人兒。

當然，除了早餐店老闆外，我還遇見了其他的人兒。在熱舞社裡，我遇見了和自己同齡並對街舞有十足熱忱的小夥伴，我們之間在舞蹈上知己般的共鳴令我喜悅滿足；在全家便利商店裡，我遇見了總上夜班的經理，他記住常在店裡吃宵夜的我的面孔後，便委託我回大陸時幫他代買豆瓣醬，並在我去便利商店寫作業的凌晨請我吃小蛋糕；在台北的舞蹈工作室裡，我遇見了形形色色的專業舞者，讓我熟悉了台灣街舞圈的氛圍；還有就是在學校裡每週都要相見，對我們十分照顧、傳授給我們知識、像朋友一樣的老師們，他們對我們的幫助可是實在，不必多言……還有一些人，與他們便只是一面之緣罷。

我慶幸自己擁有這些契機與他們相遇，促使在特定時間、特定地點裡的別致的記憶被創造。他們是這個地方最真實樸素的一面，這些帶有真實感的交流令我印象深刻，我想今後每每談及在這裡的生活，他們的出場順序定是靠前的。從某種程度來說，人是人與人之間關係的總和。當我們彼此性格相互碰撞交融時，我和這裡的人產生了微妙連結，他們便成了我的一部分，影響塑造著我。

還沒回家

身處異鄉，有時難免想家。我享受著思念的感覺，新鮮感在局勢裡占上風，失落與悲傷顯得微不足道，縷縷思念都是積極樂觀的。我期待和家人朋友相見的時刻，期待再次走在家鄉馬路邊的人行道。我手裡握著過往美好的記憶，偶爾突然意識到，原來腦袋裡的畫面早已跳轉到爸爸認真修電器時不經意流露出的專注模樣、媽媽嫌我在冬天穿太少時緊鎖眉頭的揪心神態、爺爺奶奶看著我吃飯時自然流露出的滿足笑容與和朋友結伴出遊的輕鬆場景。血液每一次迴圈都將思念的濃度升高，加深美好時光在我身體裡的印記，有時在清晨的半夢半醒之際，意識躺上自己家裡的床，猛一睜眼，我才回過神來，察覺到自己躺在宿舍的床上。我因為這思念更加確定，記憶裡人兒、記憶裡的生活早已悄悄紮進我心的深處，有了特別的存在感。我為擁有這份思念給我帶來的感受與盼頭感到幸運，即便是未相見，亦是舒適自得、愉悅快活。

我最喜歡的還是淡水的天氣。晴雨在時日裡相間，像熱麵包與冰牛油組合成的菠蘿油，讓我感受到冷暖交替樣式的甜蜜。

這裡的雨常是淅淅瀝瀝地下著，不會使我的鞋全盤濕盡，於

我而言他是舒適的，並讓我感到與大自然更加親近。有時我記起大二時看到上一屆學長姊在台灣錄製的影片，當時眼裡不自覺閃爍了淚漬，那是一種很溫暖的感覺，我被他們感染，他們散發著屬於他們這個班級特有的強大能量。如今我們在台灣，我感受到屬於我們的能量在逐漸擴張，同學間的凝聚力似乎膨脹了起來，彼此互相照顧，越發親近。

　　我喜歡這裡的風。我常在頂樓的窗前或是路途中遇見她，她輕柔舒適、沒有什麼力量，像個調皮可愛的孩子穿梭在我的髮間，有時撒嬌著擺弄我的衣袖。她使我降溫、減速、對時間的知覺變得遲鈍。我嗅著這輕巧的流風，與她一同小小地上下浮動。有時我也遇見他，他是充滿激情與力量的，在和他的邂逅裡，我看起來總是顯得比平時稍加瘋狂凌亂。他是冬裡的寒風，卻讓我感受到更多的溫暖，只因為尚存的一絲暖意變得耀眼，吸去了我的注意力。

　　有時，我憶起福州冬日裡的寒風，彼時，我捧著一杯熱奶茶。

基隆正濱漁港彩色屋

淡水灣灣

王詩

不一樣的的淡大生活

　　淡江大學因為山坡地形的原因，學校中的有大部分建築從另外一面看，會像是在地下一、二層。例如，文學院從停車場的入口是一樣，但是從便利商店的入口，卻是建築的三樓。淡大其實已經有六十九年的歷史了，但是現代化的建築和環境讓人琢磨不清它的歲月。剛開學的時候，學校貼心地安排了學伴帶著我們參觀校園，一路上熱鬧的社團納新和風格各異打扮的學生們，讓我從開學第一天就體驗到不一樣的文化氛圍。學院組織了一場迎新茶會，招待了我們一頓豐富的 Pizza 大餐，而且還在第二次月會貼心地給每個同學發了小蛋糕禮盒。在學習方面，淡大的硬體一流，圖書館藏書著實豐富，而且還有供看書、學習的會議廳、電腦、沙發軟墊等，學習氛圍也非常好。半時上課其實很輕鬆，老師們大多都是很喜歡或是擅長與學生互動，與其說這是一種傳授知識的過程，倒不如說這是一個互動交流傾聽的過程。

　　台灣的課堂重視培養團隊合作能力，以 teamwork 的形式交報告，透過實踐，比較充分地發揮每個人的想法。其實我還蠻喜歡上知識管理這門課的邱鴻祥老師，他的開課方式很特別，乾貨滿滿，教材幾乎都是他在微軟、麥肯錫等公司工作經驗所得。我印象中他講過一句讓我最深刻的話就是：「我們是要上戰場打仗的，所以你時時刻刻都要準備好。」除了教授我們知識，給我們實習的機會，他還會從分析《康熙王朝》、《雍正王朝》等歷史

典故和周星馳的電影裡教會我們華人社會的為人處世之道：滿。
私下生活裡，老師們也都是很熱心地、敬業地願意犧牲個人時間
來抽空和我們學生交流。無論你有什麼學習或者生活疑惑，只要
在微信上跟老師留言就可以很快地收到老師的建議，比如問哪裡
有好吃的地方，哪裡可以開心唱卡拉 OK，或者該去哪裡打疫苗
等。而在中秋節和期中考前夕，導師李其霖老師還會自費給每個
宿舍同學送柚子和據說吃了就能順順利利通過考試的歐趴糖。

旅途中的司機鄭哥

　　來台灣後，我去過的地方也不算少，南至台灣最南端的墾丁、
鵝鑾鼻，北至基隆，旅途中恰好相逢了很多司機，除了這裡常見
的「小黃」，還遇到了很多在地司機。他們大多很友好，會給有
緣的遊客許多友善有用的建議。但是讓我怎麼也忘不了的是兩天
的宜蘭包車旅行。我們一行一共四個人，包括我高中後桌的小許。
司機鄭哥是小許聽聞高中同學搭乘過租車中覺得不錯後推薦的，
剛好我和小夥伴因為沒空做功課也做得晚，所以就大致發了一個
行程單讓在地人鄭哥看著安排幫我們刪刪減減。週四晚上，我在
繽客網站終於訂到了一間性價比超高的民宿，心中大石塵埃落
定。隔天就讓鄭哥幫我們提前預定了滑翔傘（鄭哥很細心地幫我
們四個人拍了第一次嘗試高空跳傘的全過程）和賞鯨專案。鄭哥
是個很好的司機，知道我們是學生，也不介意繞遠路帶我們去吃
平價的、在地人都會吃的食物。比如永和區的永和大王、林場肉
羹、南方澳的海鮮。也因為我們提說想去吃大閘蟹，傍晚特地開
車一小時帶我們去海鮮市場現買現煮。包車旅行除了方便之外，
我覺得更多是獲得了在地台灣人的熱情和一顆友善美好的心，也

是來台灣一個多月，第一次知道了那麼多在地的人、事、物。

　　由於鄭哥之前是在上海鐵路工作，後來才轉職到了台北市政府，退休之後才做起了導遊，所以他全世界的國家幾乎都跑遍了，一路上，就跟我緩緩悠悠地說起了過往所見所聞。鄭哥會邊開車邊跟我們介紹沿路的街道和建築、近期台灣熱議的選舉，以風趣幽默的論述跟我們介紹過往的歷史，而且還會教我們當地人喝酒後會比賽說的繞口令。（說是學會請吃飯，由於我是閩南人，撇開口音的不同，搞通邏輯後我算是蠻快學會了。）週六夜晚鄭哥帶我們去了羅東夜市，下車前突然就說起了鬼故事，發生在鄭哥當兵的時候，我們都聽得津津有味，小夥伴卻被嚇哭了，我們後來感到愧疚，鄭哥為了表達歉意，羅東一晚吃的東西幾乎都是他請客的，而且吃的都是夜市裡面最好吃的幾家。晚上歸去太晚，他就和小許商量能不能一起擠著睡一晚，明早還要早起開車，我們訂的民宿在鄉村有點偏，鄭哥就買了燒烤啤酒回去想和小許聊幾句。歸程鄭哥盡職把小許先送回陽明山上的人學，在中途停車讓我們觀看了超級棒的台北夜景。最後把我們安全地送回了淡水，並留言說相逢真的是一種緣分，以後在台灣有什麼事情都可以找他幫忙。直到現在，鄭哥還是會時不時在我們幾個都在的群上推薦他覺得台灣各種好玩好吃的地方，並附贈了我們一本獨家詳細的台灣旅遊攻略。

一場在文化大學的校園巡演

　　在朋友的邀請下我參加了 10 月 31 日中國文化大學的校園演唱會，由於是晚上 7:30 開唱，所以那天我和同學下午 2:30 才從學園附近出發去陽明山。朋友在接到我們請去吃飯後，絮絮叨

叨地說為了看這場演唱會，許多同學從早上十一點多就開始排隊了，但是到了下午七點還是沒能準時入場，人群長龍圍了教學樓一大圈。那天其實山上下了很大的雨，霧濛濛的，能見度並不高，加上風又大，被凍到晚上看完演唱會回來大腿起滿一粒粒紅色顆粒。驗票員其實把關很嚴格，都是憑藉本校學生校卡出示一卡一票一人制度，所以在檢查時被攔了下來，幸好最後朋友機智地處理才得以入場，不然就真的白凍兩小時遺憾離去。不得不說，這裡的校園演唱會氛圍真的很好，可以看出舉辦人卯足全力準備的用心，不論是燈光、音響設備的調控，抑或是嘉賓陣容的邀請。在主持人與嘉賓家家、吳寶靜、831 樂團、蕭炳治、韋禮安、頑童等和現場幽默地互動下，尖叫聲此起彼伏，大家都情不自禁地揮動著手應和著台上，最後壓軸在狗哥幾首饒舌嘻哈歌曲下，現場氣氛被炒到最高，全場人一起跳了起來，旁邊會唱的男生跟著歌曲一字不落的唱下來！

　　後來回來我去查了資料，原來台灣有一種東西叫校園演唱會，一般是由學生會聯繫組織，在迎新、畢業、校慶或者節慶的時候由學校提供一些經費，以售票的形式或者拉贊助邀請一些樂團甚至是當紅歌手（有的是本校畢業的學生）來辦一場小型演唱會。這樣的演唱會，在台灣是很普遍的，甚至有一些高中就有能力辦。這次之後，我彷彿明白了為什麼台灣擁有如此多優秀的樂隊歌手，無論是流行的五月天、蘇打綠，或者是小眾的落日飛車、草東沒有派對、Deca Joins、盤尼西林、茄子蛋等，他們的音樂都有一種強烈的青春氣息，所表達的是一種關於「浪漫的企圖」。我想都有被這個自由溫善的小島氛圍所影響吧。

第一次參加彩虹遊行

在台北市國際彩虹文化節前夕，室友在臉書上看到了消息，做了興趣標記，在宿舍進行了分享，所以我們隔天下午有幸得以體驗到這場活動。活動地點在凱達格蘭大道，我們搭乘捷運去台北車站。一下車，我就感受到了這次活動氛圍的熱情，來來往往的人們身上幾乎都有著關於彩虹文化的周邊，亦如穿著高筒的彩虹襪、彩虹長裙、彩虹頭巾，又或者手裡高舉著彩虹旗，臉上畫著彩虹圖樣。出了捷運站，大大小小的不同群體在熱情地宣傳著他們的理念和協會初衷，每個群體都有訂製屬於他們的文化周邊，但是相同的一點是：他們呼籲婚姻的平權、支持同志有形一起走。我們在氛圍的感染下，參加了一個男同社交軟體「HEDER」在臉書上的打卡活動「真心前提，約我可以」，並獲得了彩虹周邊小背包和小彩旗。跟著大人流走，看到的場景使我不禁感嘆。

在彩虹市集的街道上隨處可見的彩虹標語以及穿著性感 cos 的「姊妹們」、GAY 友們，這場參與遊行的人小到只有幾歲的兒童，大到有八十幾歲的老人，當然，還有被穿戴上彩虹周邊的狗狗。主持人在 DJ 車上介紹著到場嘉賓和其他各個地區的同志代表，一些花車漸漸駛入會場，載著穿著三角褲的熱舞猛男，而我能做的就是儘量睜大眼睛好好感受今天之前所看不到的這一切。

雖然我是一個鋼鐵直女，可以理解同性之愛，但對 LGBT 這話題並沒有特別感興趣，除了大二和室友做了關於這方面的課題而稍微深入接觸。但是長這麼大第一次真實的接觸了這群勇敢倔強的人，原來，男人也可以是掌上明珠，原來同性之愛也是可以那麼真誠熱烈。

傍晚時分，我坐在舞台下面觀看演出，聽到了後面兩位男同在交流想法，回想起下午看到的一幕幕，陌生人的彼此安慰，彼此擁抱，彼此熱情地「say hi」我想我一輩子忘不了吧。坐在我旁邊的一位男士問到我後面的一位 GAY 友「你男朋友今年又沒陪你來呀」，後面的人難掩失望「是啊，每年都是我自己來遊行」，不免讓人有點心酸和心疼。但是，同志文化的深度和廣度在逐漸被加深，從最初探討是否鼓勵同性戀愛，到現在追求平權和多元教育，同志邊緣化的形式在被減弱是個好現象。回來路上，偶然看到兩個人舉著一個標語「人權不應該被公投」。今天，我是一個被感動到有點發酸的小女孩。

碎碎念

這是一個充滿故事和驚喜的地方。在 7-11、全家的置物櫃上、在和頂好超市外面擺攤的老奶奶聊天中、在車水馬龍的忠孝東路、在煙火繚繞的夜市中，都有許多故事正在或者已經發生。在巷子口的深處，我彷彿看到了不一樣的市井人生。

行走在台灣不同的大街小巷，耳邊傳來的是熟悉又親切的台語，偶爾和遇見的美好人兒聊聊天，說說自己熟悉的閩南話，這一切都帶著台灣特有的味道。開心在被說口音像半個台灣人的同時，也一邊思念那頭的家鄉。

希望未來會與台灣發生更多美好故事。

遇見甜蜜島

陳穎

　　我還記得於高空俯瞰台灣的情景，房屋密密麻麻地爬滿山丘，熙熙攘攘的喧囂透過雲層，彷彿有人的眼神帶著海潮湧來。我想今晚會是個好時光。

　　遇見台灣要從遇見甜開始，台灣的甜是從大街的餐館、小巷的小攤裡散發出來，滲入到每個人的呼吸中。所以每個人說話的時候都像蜜糖一樣黏黏的，尾音也要像起司一樣綿長，發音又如棉花糖般輕盈，大嗓門的人一定對這裡的音量很不適應。

　　我對甜的訝異從醬油膏開始。醬油膏是個很神奇的調味品，到台灣後我才第一次見到它。它擁有又甜又鹹又黏稠的口感，既不像醬油也不像蠔油。雖然我認為它並不適合所有食物，可幾乎大大小小的食品店裡都能見到它。無論是小火鍋、麵線、米粉、牛肉麵、餛飩，甚至麻辣燙裡都有它的存在，我至今還能想起到台灣的第一個晚上，在一家旗魚米粉店裡喝到醬油膏味清湯的味道。嗯，詭異的甜。

　　還有一種甜從這裡濃濃人情味裡散發出來。我們第一天去學校時，有熱心的兩位學長帶路，他們一邊走一邊向我們介紹附近的交通和環境，說到大家最關心的吃的時候，其中一位學長突然轉過頭來對我們說：「前面有一家店叫吉利堡，老闆人很好喔。」我當時有些懷疑，是不是老闆給學長塞了錢打廣告？但是當我們走過吉利堡門口的時候，正在做菜的老闆騰出手來面帶笑容向我

們每個人招手，忽然之間，身在異鄉的我就有了親切的感覺。當天放學我就拉著三個同學走進了這家店，賣的食物很普通，就是漢堡、蛋餅之類的，我們點了四份主食和飲料。剛剛想動口時，老闆就端了一份蘿蔔糕放在我們桌上，我們急忙解釋沒有點這道菜，老闆只是笑一笑說是招待，接著我們看到他給店裡每一位客人都招待了一份。這還沒完，在我們吃飯的半小時期間，老闆前前後後招待了我們四五份煎餃和蘿蔔糕，一向胃口很大的我們也是硬著頭皮才吃完了這些招待。我們走之前掃了一眼狼藉的桌面，發現桌子上八個空盤子五個都是老闆送的。這位人很好的吉利堡老闆讓我真實體會了一次什麼叫做餓到扶牆進去，撐到扶牆出來。當我扶著牆艱難走出店門的時候，門口貼著的一張紅紙吸引了我的注意，上面豎著寫了一行字——珍惜時間，空間，人與人之間。我大概明白了，只有秉持著這樣信條的老闆，才能給客人溫暖的感覺吧。

第一個讓我在陌生人之間感受到甜蜜的是一位從來沒見過的小姊姊，有一天我在宿舍的冰箱裡找菜時不小心打翻了一瓶優酪乳，一時間找不到主人，只好在冰箱上貼了一張紙條表明了願意賠償的意圖，結果兩天過去了，主人仍沒有找上門。我好奇便上去看，結果發現紙條上多了一行用藍綠色筆寫的字—沒關係（愛心）Emily，我瞬間就被暖化了。

這裡的阿公、阿嬤也讓人覺得既熱情又好笑。平常無聊時我最喜歡的事情就是逛超市，看看有沒有什麼打折的商品可以屯，就算什麼都不買在裡面散步也是很不錯的，超市就是我的公園。和我有一樣愛好的就是那些阿公、阿嬤了，在夏季的某一天我在

超市的冰櫃前乘涼，因為冷氣真是太舒適了，就不知不覺在冰櫃前遊蕩了將近二十分鐘。一位阿嬤看我在賣牛奶的冰櫃前來來回回走了好久，以為我是對買哪種牛奶拿不下主意，就湊到我身旁開始用台語和我推薦她常買的一些品牌，可是我本人連一句都聽不懂，只能微笑著點頭，然後拿了一瓶她指過的牛奶快速走開。轉身之後彷彿還能看到阿嬤欣慰的笑容。

我相信人類與世界的相遇不是透過某種早已預演好的規則，而是在與世界的互動中逐漸獲得我們的記憶和經驗。就像如果我沒有選擇紀錄片這門課程，我就不會從一位小學校長的口中聽到一隻小白鶴和一群幼兒園孩子間發生的奇妙故事。那次只是我們第一次與他見面，於是訪問也不太正式，我們只是抱著能和校長打個照面的預期去的，所以大家事先都沒有查找太多資料，連初次見面的伴手禮也是匆忙中在興仁國小附近買的咖啡。訪談就在這種混亂中開始，沒想到在這種情況下一談就是三小時，健談的校長給了我們很多驚喜。

從訪談中我們了解到楊順宇校長於 2018 年 8 月才剛剛走馬上任，歲數還不到擁有百年校史的興仁國小的一半，卻擁有了將近三十年的教育工作經驗。一頭茂密的秀髮也讓他在一眾禿頭校長中格外出眾。

採訪的大綱上有「校長的理念」五個大字，當我們談到理念時，校長把他的理念簡潔成八個字——實農、鄉土、在地學習。接著他就從三年前的「小白鶴」事件講起，敘述了一隻忘了飛走的小白鶴，怎樣影響到了一群小朋友，讓一群幼兒園小朋友的繪本和話劇開始，一步一步地把環保理念帶到當地，從而推動了金山

作物不施農藥的改革。當時他還是一位幼兒園園長,離開後他又把這種在地學習的觀念帶入金美國小,如今也帶來了興仁國小。

　　校長在講述的過程中還時不時地離開座位,找出他珍藏的小白鶴紀念品給我們欣賞。由於我們沒有料到會聽見這麼精彩的故事,訪問和之前預計的走向也大相逕庭,於是乾脆就順水推舟地詢問了更多細節。還談到了教育理念的改變,校長覺得在這個時代,與其訓練孩子適應社會,不如把他們每個人都當作領導人培養,把決策的機會留給孩子,這也和之後國小開展的「一日大學生」活動的理念不謀而合。

　　之後校長還特地帶我們參觀了校園,當走到堆肥區附近廢棄的水塔時,他告訴了我們一個瘋狂的想法,他想把這個將近十公尺高的水塔改造成滑滑梯。和校長的交談中,我一直在羨慕他的小朋友們,如果童年中能遇到這樣一位校長,也許就算到了八十歲,夢裡也能飛著一隻小白鶴吧。

　　在甜蜜島上有一件我稱為彩虹糖的事情想要分享。在一個天氣晴朗的週六下午,我興沖沖地跑去了台北參加驕傲月遊行,雖然因為遲到錯過了遊行的開始,但幸好還是趕上了遊行的結束,還能在自由廣場前跟著他們載歌載舞一段路。現場的氛圍特別的歡樂、溫馨、包容,變裝皇后們身上的香氣十分好聞,美麗得讓人臉紅。從凱達格蘭大道到景福門的一整段路上都是揮著、披著彩虹旗的人,當然還有帶著彩虹項圈的狗狗,路邊隨處可見提供free hug 的朋友,還有穿著彩虹衫在路中央劈腿聊天的男孩,像個舞者,發現我們在看他時還大方地向我們揮手打招呼。那是一種很奇妙的感覺,你彷彿和在場的每一個人都產生了關聯,像是

成為了隱秘的家族，有一種隨時可以擁抱的氛圍。雖然那只是一個短暫的理想國，但是就算只有一秒也好，我想生活在那樣的地方。

在我還沒來台灣之前，對台灣最直接的印象來源於各種各樣的手搖奶茶，我常常戲稱台灣為奶茶島，直到來到這裡後才發現這個戲稱真的不戲。台灣的大街上可謂是三步一 CoCo，五步一五十嵐。還有好多好喝又小眾的店鋪，像是我稱之為奶茶中的女神迷客夏，它們家的蜂蜜珍珠甜而不膩，配上鮮奶堪稱一絕。來台灣將近半年，我也算是血管中流淌著 100% 奶茶的合格交換生了。這個連周杰倫都不能拒絕的美味陪著我度過了一個個熬夜禿頭的夜晚，有好多心情糟糕的時候，當然還有壓馬路的快樂時光。到了台灣後我才發現，奶茶不像在福建只是一個年輕的飲品，而是不管男女老少都愛消遣的甜蜜。在奶茶的甜蜜中常常讓人產生一種感覺，彷彿什麼事情都能順利解決。在這裡不開心了怎麼辦？去買一杯奶茶吧，沒有一杯奶茶搞不定的事，如果有，就再加一份珍珠。

當我想到和甜蜜島的相遇，腦子裡就會浮現出這樣一個場景：一位年輕人撐著雨傘，在傍晚的機車聲中吃了一口沾了雪糕的老乾媽，機車載著時間呼嘯而過，她抓著時間的背包偷了一場夢。

音樂、夕陽與台灣

何詩琪

曾經和朋友聊起為什麼我什麼都沒有，她回答我說：你有台灣還不夠嗎。是啊，至少我現在擁有台灣，能夠待在這樣一個美麗的地方，我有淡水溫柔的夕陽，聽不完的演唱會與音樂節，逛不完的繁華台北……我擁有這裡美好的一切。每當心情低落的時候，就會想想我現在正在台灣，我可以去追求我所熱愛的事物，我可以每週末都出門去感受台灣的不同樣子，能夠來台灣交換可以說是大學生活中最值得慶幸的事情。音樂的魅力與熱情的台灣人是我在來台兩個月最大的收穫。

盡情搖擺

在來台灣之前，被朋友帶入音樂節的坑，開始了解許多獨立樂團，特別是台灣的獨立樂團，因為福建音樂節不多，所以每天都是恨不在對岸的狀態，日常羨慕能夠待在台灣的朋友。在來台灣之後，就開始到處去各種音樂節。

我人生中的第一個音樂節是在台中國立暨南大學的游牧森林音樂祭，音樂節真的能給人帶來很多美好感受，大家都因為興趣相投而聚在一起。音樂節是一個能夠讓你放空自己，盡情地搖擺，盡情地吶喊，是一個不用在意他人眼光的地方。那天傍晚，在台下聽著茄子蛋的〈浪流連〉，「這個風風雨雨的社會欲怎樣開花……」，閉上眼靜靜地感受，身體隨著吉他聲搖擺，靈魂隨著架子鼓聲躁動。在台下大家都心照不宣地因為音樂而沉醉，因為主唱的一句夕陽好美，每個人都轉頭欣賞起美麗的夕陽，那時候

我腦子裡浮現出：音樂真的與夕陽好配！

晚上草東沒有派對的演出可以說是當天音樂節的 highlight，台下擠滿了人，音樂聲一響起，和著大家的歡呼聲，開始一起合唱，和周圍人的轉頭相視一笑，伸出手蹦起來，放縱自己。我能夠在音樂聲中釋放自己的壓力，隨心地和大家一起跳躍，不用在意他人，因為大家都和我一樣沉浸在音樂裡。

有一個小插曲是，我們在去這個音樂節之前沒有訂到房間，當時真的是抱著要在街邊通宵一晚上的想法。當晚音樂節結束之後等車時認識了兩個很好的台灣小姊姊，為我們想辦法怎樣能夠有地方住。坐車下山之後又遇到了一個想和我們併房的小姊姊，在去民宿的路上，那個超好的小姊姊又帶我們到一個青年旅館看有沒有地方住，最後在那個旅館因為有人訂了房間沒來，所以讓我們住進去了，真的很感謝那天遇到的所有人，就是那天讓我認識到台灣人的熱情，真的很願意去幫助別人。

淡水夕陽

我相信，大家來淡水之後感受最深的就是淡水那醉人的夕陽，回去之後會一直回想懷念的也會是那溫柔的夕陽。淡水的夕陽是看過之後會發出感嘆，無法用語言形容的美，只有真正看過淡水夕陽的人才能了解它的溫柔美好。如果說有人問我台灣有什麼推薦的地方，那麼我一定會推薦淡水的夕陽。每天下午放學之後，無論你在哪裡抬頭看到美麗的夕陽，都能夠心情舒暢，都會想記錄下這美麗的景色。

第一次在淡江學園對面的紅綠燈處抬頭看到淡水的夕陽，就

被它深深吸引了，從那天之後對於淡水夕陽的執著便開始了，每天都很想拿著相機拍下每一天美麗的夕陽。為了淡水的夕陽，坐車到漁人碼頭去看日落，那是第一次看到淡水完整的日落。靠在欄杆上，望著遠處海平面上紫紅色的晚霞，給人一種想要談戀愛的氛圍。站累了可以坐下靜靜地吹著海風，心情很是恬淡。

　　那天我們完全醉倒在淡水夕陽的溫柔鄉裡，因為它真的太美好了，之後的每一個下午我都會很想要去漁人碼頭走一走。淡水的夕陽有種吸引人的魔力，它會讓人浮躁的心沉靜下來，會讓人不自覺地沉醉。如果之後有機會再到台灣來，那麼淡水的夕陽是我一定不會錯過的一站。

白晝之夜的誠品通宵

　　有人說，來台灣一定要在誠品書店通宵打卡，你一定會感受到不一樣的氛圍。確實我也因為白晝之夜活動在誠品書店通宵了，順便看了台北的日出。

　　因為聽說白晝之夜活動非常精彩，而且大家都在說「一個人熬夜，不如大家一起白晝之夜」，所以召集了朋友五個人一起去了白晝之夜的活動現場。當天到了現場已經是晚上十點多了，僅僅只是看了幾個表演到十二點活動就結束了，我們因為演出所以錯過了最後一班捷運，只好去誠品書店通宵。

　　一開始以為誠品書店會沒有什麼人，結果當天晚上都是因為白晝之夜回不去的人，和周圍的人一樣，我們也拿了本書就在書架旁直接坐下開始閒聊起來，第一次感覺夜晚真的很漫長，但是有燈火通明的誠品陪我一起通宵，這種感覺還蠻奇特的。孤獨難

熬的漫漫長夜有這樣一群人陪你一起在不打烊的誠品書店等著捷運站開門，心情是溫暖的。

　　大概凌晨五點多，陸陸續續地有人離開，走出誠品書店還在下小雨，在便利商店吃完早餐後，站在捷運站的對面，台北街頭雖然兩旁是高樓，但還是從中間看到了第一縷晨曦，它能衝破層層雲霧，喚醒早晨的台北。早安，台北，這也是一個不錯的體驗。

說走就走的九份

　　臨近中秋，臨時決定要去九份來一場說走就走的旅行。「都可以隨便的，你說的我都願意去，小火車擺動的旋律……」就像〈暖暖〉的歌詞一樣，坐著小火車在一路玩下去；和電影《那些年，我們一起追的女孩》中一樣，在十分吃紅豆餅、放天燈；在九份山城尋找著芋圓與阿妹茶樓。

陰陽海雨後的彩虹

　　台灣人真的很熱情，去陰陽海的司機大哥非常熱情地帶我們到各個景點，一路上還為我們講解，甚至還指導我們拍照姿勢，告訴我們要怎麼拍才會好看。如果想要去九份玩的人，一定要去陰陽海看看，也許是因為那裡很像日本的鐮倉，所以我對陰陽海有著莫名的執著。你能夠坐在一旁的石頭上，欣賞太陽折射下波光粼粼的海面，聽著一旁的車聲和著陣陣海浪聲，無比愜意。

　　在南雅奇岩捕捉到了一幕是一對夫婦坐在岩石上望著陰陽海，他們旁邊還牽著一隻超可愛的柴犬，這一幕大概是我去九份最大的收穫。看到他們能夠這樣坐在岩石上看海聊天，那個畫面看起來十分美好。在台灣，真的非常適合慢下來去享受當下的美景，它能夠讓你浮躁的心靜下來，一切的一切都在提醒著你放慢你的步伐，去感受生活中的美好。

阿里山採茶姑娘

在台灣出遊的最大感受是真的能遇到很多有趣的人以及有趣的事情，不管有什麼困難都能遇到很熱心的人幫你想辦法解決，他們會把別人的事情當作自己的事情來看待。

最後台灣

現在來台灣已經有兩個多月了，沒有了來之前的不安，這裡的一切都能夠讓人很快適應。在台灣，不再像以前一樣每天只是往返於教室與宿舍。每週末甚至是每天都會想要出門走走逛逛，它會有種想讓你到處跑的魔力。在這裡一年的時間裡能夠體驗非常多的新鮮事，遇到許多熱情的朋友，能夠讓你找到之後的人生目標，所想要努力的方向，能夠讓你未來的路不再迷茫。大學的前兩年我一直很迷茫自己到底在為什麼而努力，找不到人生的方向，但是當我來到台灣之後，透過在淡江大學的學習以及在台灣體驗到音樂節的魅力，讓我找到了之後想要努力的目標。

其實一年的時光說長也長，說短也短，在這一年裡能夠感受到淡江大學輕鬆的學習氛圍；能夠看到淡江學園凌晨還在運作的電梯；能夠欣賞到淡水溫柔如水的夕陽；能夠走遍台北的每一個地方；能夠去花蓮出海看鯨魚；能夠去台灣的最南端打卡。只要還有精力，就要盡情地去享受在台灣的這一段時間，不要讓自己回去之後後悔這一年沒有好好出去走走，沒有留下珍貴的回憶。

最後的最後，我要再次表白台灣，表白淡水美麗的夕陽，希望在這一年裡我能夠去好好地感受台灣，向著自己的目標前進。

你是我的眼

沈銳擁

題記：遇見紀錄片，就像遇到一道生命美麗的風景。遇人、遇事、遇自己。

恰巧有個選課的機會，非常幸運的選上王慰慈老師的影視專案企劃與製作的這門課，接到的專題內容是拍攝《淡水的故事》，於是開始了在淡江大學、在淡水遇見紀錄片的奇幻之旅。

我從小就特別喜歡看紀錄片，當其他的小孩都在看動畫片的時候，我卻更喜歡看《人與自然》、《王朝挖掘》等之類的紀錄片。我爸媽也時常感到奇怪，連大人都不愛看的無聊紀錄片，我怎麼會喜歡？後來隨著年齡增長，我對紀錄片興趣越來越濃厚，接觸的內容更多更廣了，從人文風景到自然地理，從社會教育到人物故事，從探索美食到旅遊發現等等，算是結交了紀錄片這位隱藏的朋友。

來到台灣，又生活在風景美麗的淡水，還有特別有趣的老街歷史故事，不用紀錄片記錄下來的話，難免辜負了這一年的美好時光。於是，我就用鏡頭記錄了在淡水的所見、傾聽淡水人、淡水老街的故事，也留下了自己的行蹤和那些獨特的回憶。

那些拍紀錄片遇到的人和事。

我們一行有六個人，三位台灣的同學，一位馬來西亞的同學，還有我們兩個福建的。這樣的組合讓我特別的開心，能和有相同興趣愛好卻是來自不同地方的人一起交流、對話和交換不同的看

法，這是我來台灣這一年學習的初衷。大家相處非常融洽，一起討論拍攝、一起出去吃宵夜玩耍等等，滿滿開心的會議，把拍片子的勞累都拋到了腦後。讓我覺得特別有趣得是，台灣的三個同學和馬來西亞的小惠都很喜歡和問我們有關大陸的一些好玩的事情。比如：「聽說你們網購二、三天就能到家，很誇張耶！」「那些宮廷劇中的人物真的有住在紫禁城裡的那些宮殿裡嗎？」「廣東真的什麼都吃嗎？還吃福建人？」「為什麼很多人都要到日本去買馬桶蓋啊？」等等之類的生活趣事。這時，我和另一位陸生軟軟就會笑得不知道怎麼回答，因為這些是在大陸大家都唾手可得的生活實例和笑點，在這裡卻是大家很好奇的東西。從這些和台灣同學相處的日常中，我得到的感受是，兩岸的學生都對彼此的一些社會生活感興趣，就像如果不是來台灣生活學習一年，我也不會知道台灣特有的一些社會生活習慣。所以，我覺得能來台灣這一年，我非常的幸運。

我出機拍攝的第一個系列是《淡水中山市場的勞工》，拍攝了魚店、肉販、菜攤的各個勞工的故事。我負責的是一家大魚店賣場，老闆雇了四個員工、還有自己的父母，店裡有八個人。有趣的是這四個員工的身分。第一個是一個三十歲左右的女工，印尼人，來台灣十二年了，在這家魚店工作五年。她操著一口流利的中文，跟顧客在互動時不時還會講出幾句道地的台語。採訪時她說：「我特別喜歡台灣，在這裡待的十二年，雖然辛苦，但是生活的很開心幸福。我的先生是台灣本地人，兩個孩子也都在台灣，我們以後會在台灣繼續生活，我不會想回家鄉，台灣有給我像家鄉一樣的溫暖。」像她這樣的外籍工人，在台灣隨處可見，

特別是來自菲律賓和馬來西亞、印尼等等周邊的一些國家。台灣
就像一個大熔爐，來自不同國家的人在這裡交會，但是每個人卻
都可以找得到屬於自己的文化認同感，這是我來到台灣之後一個
讓我很驚訝的地方。台灣的飲食也是如此，在台灣，你能吃到這
些移民帶過來的很多國家地道的菜和小吃，美食帶給了這些移民
慰藉和溫暖，也是留住他們在台灣的一條線。

　　另外還有一個年紀和我差不多的員工也給我留下了深刻的印
象。我一進到店裡跟老闆說明自己是淡江大學的學生時，老闆就
指給我說，那個年輕人也是淡江大學的學生，我有點吃驚。老闆
說：「它叫小全，在這家魚店幫忙已經兩年了，大三的時候來的，
今年剛畢業，在等服兵役，所以還會在一段時間。」其實在魚店
打工特別辛苦，早上七點就要上班，幹的都是體力活，一籃魚還
裝著冰得有四、五十斤，搬上搬下，還弄得一身魚腥味。那天去
拍攝的時候，為了拍攝一些鏡頭，我全身灑濕，都是魚腥味，非
常不舒服。可想，這位學長有多辛苦。工作結束後，我跟小全搭
訕了幾句。他是台南人，家裡有三個兄弟，都還在唸書，他是老
二。大三的時候，為了減少家裡的經濟負擔（唸淡江學費較高），
就決定出來找兼職，後來就在這家魚店工作了，一做就是兩年。
另外，他的英文講的特別好，還做一些翻譯的兼職。他現在完全
不需要依靠家裡，就能自己自足，經濟獨立。現在他也在準備考
研究所，要去申請歐洲的大學，是一個非常優秀的學長，讓我從
心裡佩服小全。

　　拍攝《淡水中山市場的勞工》這個片段時，透過鏡頭我看到
了這樣一個充滿人間煙火味的淡水人生活場景。《禮記‧禮運篇》

說：「飲食男女，人之大欲存焉。」菜市場這個食物與人交觸的江湖，不管是飄洋過海來定居的印尼女工，還是年輕的小全學長，都在努力找尋自己人生的一席之地。對比現代的超市賣場，這樣的菜市場更具人情味，有那認識的鄰居出門的一聲寒暄、有那老闆與熟客的幾句閒聊，還有那你我他之間的親切感。

拍的另一個紀錄片是《老街的故事》。拿著攝影機看老街車水馬龍、人來人往，另有一番欣賞老街的滋味。週末是老街最繁華的時候，碰到淡水天氣晴朗的日子，更讓人心情大好。沿著老街下面的淡水河，有散步的、騎自行車的、坐著聊天喝咖啡的、在釣魚的……各種悠閒的生活狀態盡收眼底。按下快門，哪一張不是美好的回憶。不過，有人悠閒就有人得忙了。大招牌「古早味」上的一些店外排起的長龍、店內老闆忙得顧不過來，顧客換了一波又一波，美食卻是沒變，老闆照樣按原動作忙碌。正如老街，人來人往，換了又換，老街還是原樣子，靜靜的等待新的腳步踏進。就像我這樣的過客，匆匆一年的時光，逛逛幾次已然算多了。

老街，每個地方都有，卻都有不同的故事和味道，期待著我拿起攝影機去遇見和傾聽。

遇見更好的自己。

我覺得紀錄片帶給我最大的人生意義就是遇見自己。

以前，我對發生在自己身邊的事，都沒有太去在意。現在的我，隨時都會拿起手機、拿起攝影機拍下來、記錄下來我在台灣所過的每一天。出去玩的開心和景色，與朋友喝咖啡聊天的休閒

時光，期末趕報告的忙亂生活。從宿舍天台的美麗風景到學校圖
書館，從學校操場的日出到漁人碼頭的夕陽，從台北的都市繁華
到台南的古城風韻，從山城到海邊⋯⋯我擔心錯過在台灣生活的
每一個美好瞬間。我更擔心以後想要懷念的時候，找不到東西寄
託。所以，我要抓住每一個可以記錄的時刻，記錄美好生活。紀
錄片讓我學會記錄，讓我愛上生活，珍惜在台灣的每一天。帶自
己看到走過的生活印記，才讓以後的路知道自己要怎麼走。

　　用鏡頭去和別人交流，也是在和自己對話。聽得見故事，看
得到真實，生活的酸甜苦辣，人的情感交織，難免會投射在自己
身上，然後慢慢的自己有所改變，我覺得這就是成長。紀錄片要
打動人，就是要學習如何講好一個故事。人生不也就是一個講真
實故事的過程嗎？一路走來，我們講生活的雞毛蒜皮、講歲月的

深坑老街

偌大變遷，遇各色各樣的人，我們就講各種各樣的故事。不過，我們還有一個聽眾，那就是自己。講故事給別人聽容易，講給自己聽就難了。因為別人大多是過客，講完微微一笑就忘了，可是我們本身就是故事的主人翁，跟自己對話，從故事中學習成長，這才是故事的好意義。

最近看的一部紀錄片也觸動了我去遇見自己。《翻滾吧！男孩》講述的是在宜蘭的一個體操館中七個男孩和教練的故事。他們最大的九歲，最小的六歲，他們除了和普通小朋友正常去學校上課之外，還必須進行嚴苛、辛苦的體操訓練。他們常常因為動作做不好、訓練太辛苦偷偷的躲起來哭，然後抹乾眼淚繼續訓練，因為他們夢想著有一天站在冠軍的位置。我好久沒有看過那種眼神，那種孩子清澈、充滿堅持的眼神，觸動了我的淚點。我在七個小男孩身上看到了曾經的自己，也開始反思現在的自己。在外面燈光絢麗的花花世界裡，我開始變得很浮躁、慢慢的迷失自己。所以當我看到七個小男孩那種堅定、純真眼神的時候，鼻頭一酸，眼淚就不自覺的流下來。我們的心裡都住著一個追夢的自己，可是卻發現他越走越遠，那是因為我們一路向前，卻忘了回頭看看當初的自己。

趁陽光正好，微風不燥，此刻的我，拿起了攝影機，期待著記錄下一秒的來到。

遇見台灣・多風多雨多故事

楊築夢

　　我對台灣的最初印象並不是那麼好。拖著大包小包的行李，伴著微熱濕潤的夏風從松山機場走出來，看著一片片或高或矮的小房，淡水，好像也不過是一個普通的城市罷了，我坐在學校大巴士上想。

　　可是，我很快就發現我錯了。淡水，不是很繁華，也不是什麼窮鄉僻壤，幾步就能找到 7-11 和全家，有繁華的百貨大樓，也有煙火味很濃的淡水老街，你可以在這裡找到古早味的淡水阿給，也有最近很時興的李圓圓黑糖珍珠鮮奶，走上幾步，可以觀覽有著悠久歷史的紅毛城，沒有雨的傍晚，可以聽著《不能說的秘密》中的插曲〈淡水海邊〉，坐上一葉小船，伴著悠揚的歌曲，看天邊絕美的夕陽。它的美，說不清道不明，唯有放空自己，一個人靜靜的觀賞，才最能品出其中的滋味來。

　　週末若是有空閒的時間，坐幾十分鐘的捷運到士林夜市逛逛，買一份起司馬鈴薯和去冰珍奶，到象山山頂俯瞰整個台北；也可以邀上幾個好友，去台北小巨蛋或是台北會議中心看一場喜歡的明星演唱會；又或是去台北美術館和台北故宮看看展覽，走走停停，從攝影展到畫展，從戰國到現代，從青銅到瓷器再到各種大型鐘錶……

　　我們平日所就讀的淡江大學就臨近在淡水河邊，坐上圖書館的玻璃電梯，若是當天天氣不錯，你可以看到淡水河的全貌，高樓的燈火彷彿一顆顆星星閃耀在傍晚粉色的天空上。

　　台灣很值得一提的是當地的音樂節。雖然它們一個個大大小小規模不一，且分布在台灣各地，受眾也不是那麼廣，但抵不過我對台灣獨立樂隊的熱愛。我近期去的音樂節是游牧森林音樂祭，據說是唯一一個不需要政府資金支持，真正做到自給自足的音樂節。它有好幾個月台，兩邊都設有大型 LED 顯示幕，燈光效果都有專業的設施，並有無人機進行即時轉播。主辦方將場地設在國立暨南大學校園內，並將其分為好幾個區域，確保車人分離，休閒、娛樂與露營區有較為明確的分界線。暨南大學在南投縣一個偏遠的山上，主要的交通工具就是公車和巴士。我覺得這次音樂節特別棒的地方就是在於它做到了和巴士公司合作，只要你憑著音樂節發放的憑證，可以在這次兩天一夜的任何時刻無限次的往返，給大家提供了很大的便利。這次音樂節實際參加人數

老梅綠石漕

超過一萬人，這就意味著有超過一萬個人要在這裡共同度過幾十個小時，吃喝拉撒都是問題。而主辦方很巧妙的在兩個月台的馬路邊設置了大量流動廁所和垃圾分類站，有志願者協助路人，而馬路的另一頭，與吊床品牌合作，拉起一個個吊床，供大家體驗休息。而每個樂隊表演完後，有兩個小時的空擋時間，大家可以利用這兩個小時在各個攤位上買各種餐點和飲料，還有創意小商店，包括衣帽鞋子，以及此次音樂節的周邊供大家挑選，小到貼紙胸針，大到 T 恤帆布包，這些小商品大多都新意十足且價格可愛，讓人不經意間就買了一堆又一堆。而高雄的 TAOKAO 音樂節設在駁二藝術特區，原本是一個個廢舊的倉庫，經過基礎設施的完善和一些藝術家的改造，現在已經全然看不出原來老舊的樣子了，連著海港，儼然成為一個浪漫、愜意的地方，開音樂節真是再合適不過了。伴著徐徐的微風，看一場喜歡樂隊的表演，能夠體驗到與室內場完全不同的感受。如果你對音樂感興趣，很推薦大家去體驗一番，感受一下氣氛。

　　台灣沒有我想像中的那麼繁華，卻遠比我想像中的更加親切、有趣。有每天即使沒有買他們家早餐也會給我們道早安喊加油的吉利堡夫婦，有因為我們找不到路而主動提出要帶我們前去的路人同學，也有在你下車的時候和你說謝謝的公車司機，期中考前收到台灣同學送的歐趴糖，還貼著一張小紙條，詢問我來台灣的這兩個月過得還適應嗎，希望台灣能夠給我留下好的印象……本以為我們是大陸人，初來乍到，會遇到很多挫折，卻總是在遇到麻煩時獲得大家的幫助，讓人不禁感嘆，被善意包圍的感覺真好！

　　我媽常說，玩的時候就要好好玩，要讀書的時候就要好好讀書。在台灣的這幾個月，除了到處走走看看，當然也要利用這裡豐富的學習資源。覺生圖書館深得我心，除了大量的中外書籍雜誌外，還有非書資料室，也就是大陸所說的多媒體室，可以借閱超過萬種的電影、電視劇、歌劇等等 CD 和 DVD，許多院線大片等上幾個星期，你就能在這裡的書架上找到它。你可以選擇在資料室裡看，也可以外借在宿舍自己看。不僅如此，學校還購買了許多正版軟體和多種外語學習平台，透過校園網即可雲端下載和學習。在非常重視智慧財產權的台灣，這就為我們查閱資料、學習提供了極大的便利。

　　淡江大學不僅擁有很棒的圖書館，還有非常活躍、有趣的社團和好玩的老師。各個社團活躍在校園各個角落，不僅有學生會、校友會，還有國標舞社、插花社、劍道社、占卜社等等在大陸鮮少看見的社團。學校提供少部分的經費，其他依靠社團成員繳交的會費自治運營。比較特別的是，台灣的社團經常會請一些專業講師或是在這個領域比較有經驗的人士來講習教學，且社團內更加注重團體合作，每堂社課都需要我們分成幾個小組，進行互動討論，一起腦力激盪，最終達成共識，解決問題。社團成員一般都是大一新生，而大二同學就已經是社團幹部了。在參加社團的這一過程中，我真真切切的感受到了社團內大家的真誠、熱情，體會到大家是如此用心地經營社團，以及一場活動策劃實施背後的不易。無論是樸毅青年團的帶動中小學活動，還是鋼琴社每學期兩次的音樂會，從前期準備，到行前會，再到活動結束後的反思會，一遍一遍的核對、確認，確保每次活動如期順利地舉行。

　　而在淡江大學的這幾個月，我們遇到了可愛的邱鴻祥老師，博學的李其霖老師，活力的萬玉鳳老師，搞怪的馬銘浩老師，心靈手巧的吳秋霞老師，這些老師對我們都非常照顧，其中的幾位甚至改變了我對老師的看法。在我的印象中，老師就是老師，在課堂上分享的就是課本或是 ppt 上的知識，而這些老師更加注重產學結合，更加追求自己上手實踐，在這裡上課不需要課本，上課材料是老師自編的講義和 ppt。邱鴻祥老師是一位工作經驗豐富的老師，他常說希望自己所教授的知識是有用的，可以讓我們

大學社會責任 University Social Responsibility (USR)：
新北市觀光旅遊局與新北捷運公司找來淡江大學歷史系李其霖老師，帶學生扮成遠渡重洋的馬偕博士、清朝率兵來台的劉銘傳與民眾一起玩遊戲。

快速地把課堂知識轉為實戰經驗，對我們今後的工作有所幫助。在課堂上，他時常告誡我們自己的一些工作上的慘痛教訓，告訴我們應該做什麼，不應該做什麼，希望在工作後能夠少走些彎路。而萬玉鳳老師不按常理出牌、戲劇性十足的上課方式，是我之前從未見過的。她總是活力滿滿的來上課，說到動情處就捋一下自己的卷髮。第一節課，她就給我們講述了她工作時的一些有趣小故事，告訴我們時間不等人，要抓住每一次的機會，想到就要去做，趁著年輕就要敢於冒險，不要害怕失敗，也不要在乎周邊人的眼光，萬一成功了呢？聽她的課給了我很大的啟示，三十年河東，三十年河西，風水輪流轉，她十分客觀地分析了台灣娛樂產業的衰弱以及日韓娛樂產業的興起的原因，讓我們更加深刻的知道了傳媒是什麼，以及一個媒體人所需要具備的良知、素質、技能的重要性，也正是她，讓我從對傳媒不感興趣、一竅不通，到對傳媒有一定了解，再到現在開始喜歡傳媒、堅定未來要做傳媒人的決心。

　　台灣，它一遍又一遍用無聲的話語，提醒我錯了，我對它的初印象是多麼的偏倚。台灣的美，不在於繁華的大樓，在於各個喧鬧的夜市，在於包容的心態，更在於有著可愛的人兒。回首過去，我突然發現，一步步走來，是這些可愛的人兒的善意和幫助支撐著我，伴我前行。身邊沒有了父母的陪伴，每一個想家的日子，是無數店員、老師、同學的問候、關心、包容陪伴著我，走過孤獨難熬的日子，感受到了對岸的溫柔和善意，度過充實的每一天。

「淡江學園」十字路口的中心

宋珂

　　淡江大學給我們安排的宿舍叫「淡江學園」。學園樓下正好是一個十字路口。

　　十字路口，東西南北，四條路通往不同的地方。對於剛來這個陌生地方的人來說，這四條路分別通往何處？在往這四個方向的路上會發生什麼故事？

　　簡單介紹一下淡江學園的位置：台灣新北市淡水區中山北路一段 149 巷 17 號，宿舍樓下的大馬路就是南北走向的中山路。

東

　　宿舍往東走其實就是我們的新學校—淡江大學啦，這也是我向東探索最遠的地方。淡江的校園並不太大，和福建師範大學校園的最大差別就是淡江校園中學生宿舍不夠多，且校園沒有圍牆為邊界。學校附近有很多私人的住宅出租給學生，以公寓樓的形式建築，我們住的淡江學園是與學校簽約的宿舍，可能是離校園最遠的一座學生宿舍。

　　淡江校園的綠化和建築布局都很好，在學校裡行走感覺很放鬆。學校禁止外來車輛，包括機車隨意入內，在校園內行走也不用太當心被車撞。淡江大學也算是一所歷史悠久的大學，但無論從校園各建築的外觀還是內部裝修和設備，你都不會感覺到陳舊，甚至十分現代化。

　　淡江的圖書館非常大氣且功能齊全，裝修風格愜意，燈光多

用暖色調，讓使用者可以在放鬆舒適的環境下學習。體育館集社團活動、羽毛球、排球、乒乓球、籃球、教室等功能於一身，另設有室內游泳館和操場。數座教學樓和會議中心坐落於校園中，甚至還有以商船為外形建造的海事博物館。

淡江的社團有很多，只有你想不到，沒有他們做不到的。但是每個社團的社團費都不便宜，至少是比我在大陸時的認知貴很多的。我加入了一個叫做西洋音樂社（簡稱西音）的社團，較高的社團當然也有其對等的社團活動，社團會開各種樂器的教學課，每個社員都可以免費參加。

校園裡還有一處令我印象深刻的地方——宮燈教室。

據說宮燈教室是淡江大學最古老、原始的教室，其占地面積還是比較大的，傳說有一女鬼被稱為「宮燈姊姊」，其中有一部分叫覺軒花園，有著園林式的建築風格。在覺軒花園中有一個據說是淡水唯一的 live house。2018 年 10 月 18 日，我在這裡參加了我在淡江大學的第一場演出。

西

淡江學園的大門是朝西的，門對面有幾家可以下館子的小飯館，其中有一家叫做「佳香」的飯館，這家店解決了我來淡水後的第一頓晚飯，以及來淡水快三個月裡很多頓飯。飯館是一對年輕的夫婦經營的，夫婦剛剛育有一個小孩。幾乎每一次我們去店裡，那孩子都會在店裡。記得最開始見到這孩子，她還完全不會開口說話，還只是蹣跚學步；後來發現這孩子會小步快跑了；再後來孩子學會了叫「爸爸」、「媽媽」、「阿媽」和「抱抱」。

雖然和這孩子非親非故，但自己目睹了這孩子的成長還是很有感觸的。老闆在店裡放了一個玩具屋，有時，他們在廚房忙的時候就會把孩子放在玩具屋裡。小孩子不懂事，總喜歡把玩具從玩具屋裡亂丟出來，樣子就像士兵從戰壕往外丟手榴彈，接著就用她的小眼睛盯著你看。

要說往西最遠的探索，應該是到淡水河邊。途中會路過兩個著名的地標，一是真理大學，二是淡水紅毛城。

往返真理大學的路上發生過一件有趣的故事。

那一天我和幾位同學一同前往真理大學拍攝給在大陸同學的紀念影片。經過一所國小時，看見有一隻包子大的小雞公仔掉在地上，身上還拴著標籤，應該是新的。我看它挺可愛的，掉在地上甚是可憐，便把它撿起放在人行道邊的花壇上。拍攝了大概幾個小時，回程時，路過那所國小，那隻小雞還端坐在花壇上，於是我就把它帶走了。

再說說紅毛城吧，那是我們全班到淡水後，第一次集體出遊的景點。後來在導師李其霖的課堂上也聽到了許多關於淡水紅毛城的歷史故事。

南

南邊是最有趣的一個方向，往小的方面說，從宿舍往南邊走是淡水捷運站，往大的方面說則是台北。

淡水捷運站附近應該是整個淡水最熱鬧、最繁華的地方，著名的淡水老街的一側街口就在淡水捷運站樓下。

　　幾個月的時間內，我去過淡水老街多次。老街中有很多古蹟，沿街主要都是店家，老街主路上的商家種類豐富，從運動用品、化妝品到餐飲娛樂類都有。老街外側淡水河岸的店家則只有兩類，一是台灣小吃美食，二是夾娃娃機店。說到娃娃機，不忍想吐槽一下。台灣的夾娃娃機店真的很多，夾娃娃機店在老街甚至是氾濫成災，不誇張地說，走幾步路就有一家夾娃娃機店。平日的老街和週末的老街截然不同，平日的老街門可羅雀，週末的老街人滿為患。週末的老街匯聚了許多傑出的街頭藝人，更為老街增添了一份文化氛圍。

　　淡水捷運站是台北捷運淡水信義線的終點站，這條捷運連接著淡水和台北。

　　要說來到台灣，讓我印象最深刻的地方，台北肯定是其中之一，畢竟是國際化的大都市。西門町和老街一樣，除了逛街吃小吃之外，也匯聚著許多街頭藝人。令我印象最深的就是一位坐著輪椅彈著豎琴的大爺，這是我長這麼大第一次如此近距離看到豎琴演奏。

　　台北有許多外國人，之前在台北捷運上遇見一位東南亞阿姨向我問路。只聽她好似在說閩南語，但是我也聽不懂閩南語呀。我一直想找個機會打斷她的話，告訴她我聽不懂閩南語，直到她話語快結束時，她說了一句：「Do you understand?」我才突然發現阿姨剛剛說的是英語，哎！學好英語真的很重要。

　　去台灣之前，就聽說台北有家叫「金螞蟻」的連鎖大琴行，一家在東門，一家在西門。兩家店我都去過了，與我心中大琴行

的形象有所差距，他們的店面規模和布置更符合他們在台灣的叫法——「樂器行」，就像一家樂器商店，哪怕所有名貴的樂器都羅列在顧客觸手可及的地方。

台北再往西，就是桃園啦，這是我目前離開宿舍最遠的一次行程。2018 年 11 月 17 日，著名搖滾樂隊—— Guns N' Roses 在桃園國際棒球場舉辦演唱會。這是我第一次看演唱會，我終於在台灣看到了自己的吉他英雄 Slash。從前只能在現場影片或是 Live 版唱片中聽到二十多年前主唱 Rose 和觀眾互動，你一句我一句地唱 Knockin' on Heaven's Door，這次自己終於也參與其中。

北

宿舍往北走大概一百公尺有一個公園籃球場，我和同學經常會去那兒打球。再往前走就是我們的淡江大學導師——李其霖的住所了。李老師人很熱情，在他的幫助下，我們在老師家的地下車庫完成了一門課的期中作業的拍攝。再向北走，就是距離宿舍一千公尺的家樂福大超市了。我去家樂福會叫上同學一起去，雖然有公車可以搭，但是我們去家樂福都選擇步行，在路上可以吹吹風、聊聊天。值得一提的是，家樂福的一樓通常會有一名街頭藝人在表演。在家樂福外還能看到「傳說中」的淡水捷運。

時光的腳步不止，終將闖過這十字路口的中心。在淡水的每分每秒終將成為往事，消散在宇宙的塵埃中，但在此之前，至少我遇見了這一切。

適逢

陳雨藍

遇，逢也。

見，視也。

視線相逢的地方，我們剛好相遇。

後來，與你走過的年歲都落在我的字裡行間，就像是林徽因筆下的四月天。

這是我來到這裡的第六十天，整兩個月。

打開相機，日期戳上刻著 2018 年 9 月 5 日的照片是這場故事的開頭，記錄著在乘坐前往淡江學園巴士車上匆匆定格下的一二觀景。

夏季的炎熱似乎在哪裡都不會缺席，這裡的風也一樣。站在樓頂上能聽到風東奔西走的聲音，遠處風來，捲起的落葉打著旋「簌簌」地向前翻飛著，吹散了細碎劉海，也帶起了別於耳後的髮絲，沒防備。我眯了眯眼，收回跑得有些遠了的思緒，抬頭看著前一秒還壓抑在山那頭的雲層以肉眼可見的速度翻捲著到了眼前，隨之而來的雨點便息列索落地下了起來。我向後退了三兩步，重新回到屋簷下，在又一陣呼嘯而過的穿堂風中打了個冷顫。我伸手呵了口暖氣，轉身進了屋裡。這天又涼了幾分。

在 9 月快要結束的時候，我認識了一個叫 Z 的司機。

離開九份前往陰陽海的路上，我們選擇了包車沿途觀覽，七

人兩千台幣的費用一路下來還算值當。司機是個當地人，這些年來來回回帶過許多遊客，人很熱情，偶爾的幽默總會逗得全車人哈哈大笑。

既定行程外的不厭亭是司機附送給我們的一份禮物。上山途中的無耳茶壺山因其山頂的岩峰像是一隻沒有耳朵的茶壺而得名，好像中國的山石總喜歡根據形狀以此命名，就好比福建武夷山的玉女峰，峰壁有兩條垂直節理將柱狀體分成高度遞增的三塊削岩，宛如比肩俏立的玉女三姊妹。這些年隨著父母走過不少山水，也賞過不少風光，印象裡沿著導遊領旗望去隨後而來的「你們看這塊石頭／山峰像什麼？」的發問場景時常出現，儘管遊客當下說出的答案總是不盡相同。

下山路上我們遙望過牡丹坑，賞過在枯水期僅剩三分之一水量的黃金瀑布，也觀過在漫山廢煙道襯托下荒涼感遍布的十三層遺址，來到了行程的最後一站，在不厭亭便可遠望瞧見的黃藍交接的陰陽海。

一路上，司機在每個景點都會教我們相應的拍照姿勢，儘管抱怨我們肢體太過僵硬，抱怨我們留在相機裡的永遠只有背影，他卻還是很好心地想幫我們把那一份美好留存下來。沿著沿海公路，陰陽海的美景湧進眼裡，一併存進記憶裡的還有這位司機。

二十三度的天氣該怎樣來形容呢，是穿著衛生衣不覺得熱的時候，是陽光照在身上觸及的暖意，是公車上睡著時襲來的冷意，是秋冬交季時乘著風而來的溫度。

10月份開啟了人生中第一次實習之旅。

　　下了果物配的第一次見面會，等一行人解決好晚飯準備起身結帳，背著單肩包的我抬眼瞥見牆上的時鐘悠然劃過了八點半，店內敞亮通明，店外早已被夜色籠罩。

　　吃飽飯足的我們踏上了尋找白晝之夜主會場的路程。

　　進店再出店就找不到東西南北的方向感，帶起路來著實令人有些頭疼，在同一片地方兜兜轉轉的情況如同家常便飯常有發生，這次也不例外。於是乎，當迷失於大街小巷的我們「歷經萬難」到達主會場的時候，儘管場外依舊人海如潮，也掩蓋不了開幕式演出已經落幕散場的事實。

　　選擇沿路返回捷運車站的我們回程倒是走得一路順暢，一切都靜謐得恰到好處。當搭乘前往淡水信義線的捷運到達淡水時，手機設置十點的提醒事項在鎖屏上準時亮起，我搖了搖昏昏欲睡的腦袋，訊息與畫面不斷重疊纏繞所導致的感覺缺失，讓我在一時之間變得極度空白與遲緩，我木訥地將落在遠方的目光收回，轉手熄滅了螢幕。

　　跨出車門的一瞬間，寒意從四面八方湧來，我收了收被風帶起的衣角，加快了腳步。人們一生忙於追尋，忘了有時放下目的，感受過程，體會另一種心境，也不失為一段美好的時光，就好比今晚。

　　穿梭街道若只為了到達，望向沿途的眼神裡便沒了焦點，那些商鋪與櫥窗，湖光與山色便也失去了顏色與意義。倘若只追求演出觀賞，看到夜幕下正在收場的我們無疑難掩失落，可是這一路尋找途中的美麗風景與歡愉心境卻是無法衡量的。所謂知足常

185

樂，大抵不過如此。

現在是 2018 年 10 月 30 日下午五點半，我坐著那一班遲來了五分鐘的三號線地鐵，中途有了睡意，不過這次，我沒有坐過站，接下來的六個半小時裡我必須保持清醒，然後在這個有風的夜晚，對它說一句「生日快樂」，好讓你聽見。

「老陳，你要洗的衣服放進籃子了沒有？」老楊清朗的聲音透過浴室門縫繞進耳蝸，我伸手沖去了手臂上打起的泡沫答道：「放好了，你拿走吧。」

十分鐘後，當我跨出浴室準備掛起浴巾的時候，老趙突然爬下床，只聽到「啪嗒」一聲，宿舍陷入了黑暗。

「老趙你這時候熄燈幹麼？！」

老趙一言不發，衝著門外看了幾眼，徑直朝我走來，將手機放在桌面上，伸手點開了播放器。

眼睛還沒適應這片刻落下的黑暗，下一秒我便被橘黃色的燭光包圍。

老楊和老黃和著伴奏，唱著生日歌，端著插著「21」數字的蛋糕走到了我面前。我望著她的眼睛，跳躍著的燭光點亮了她眼裡的熠熠星河，她動了動嘴脣，我聽見她說：「許個願，老陳。」

我雙手合十，閉上眼睛。我聽見了心跳與呼吸，也聽見心底有個聲音在說，人生難免遺憾，有你們在身旁，已經是最好的補償。

我默默許下心願，睜開雙眼，抬起頭說了聲：「接下來你們

陪我一起吹蠟燭吧。」

　　老楊、老趙、老黃顯然沒料到，三人對視了一眼，行動不一地圍了過來。我正準備喊個「3、2、1」，老趙一個沒憋住，輕鬆又簡單地用一口小氣吹滅了蠟燭，房間再次陷入了黑暗。

　　空氣在一瞬間凍結，時間彷彿停滯了幾秒。我回過神，將卡在嗓子眼的「3」咽了下去，趁著老楊和老黃還沒把老趙暴打一頓，我趕忙說了句：「沒事沒事，不用再點了，也挺好的，我們切蛋糕吧。」

　　「老趙，你怎麼回事？？！」

　　「我不是故意的，」老趙撓了撓後頸，望向沒關的窗戶：「是這十月的冷風太喧囂。」

大學社會責任：淡水古人參觀淡水輕軌。

電燈亮起的瞬間，光線將她們的身影重新聚焦落入我的眼中。窗外起了風，不知從哪個方向洶湧而來，帶著些許涼意，我的胸中忽然生了萬千感慨，眼眶就溫熱了起來。我望著她們，將她們放進心裡那一小方天地之中，而我就在這南來北往的風中慢慢長大。

十月的風裡有我沒喝完的酒，所以在十一月開頭臨風的酒盞中醉得不知所措。

平溪／深澳雙支線一日遊裡沿途的平溪站是我們計畫外的行程，之所以選擇停下遊玩，不過是他人口中無意提起。現在想來，一切都是冥冥之中的安排。

平溪這一站十幾分鐘的腳程便逛完，意料之外的無趣。倘若日後再提起，問這一趟短途下來能記起的有什麼，大概答出口的還是這一站。

沿著平溪一條街走下來的某家店鋪門外的投幣抽籤占卜箱吸引了我的目光。也許是為了滿足自己一直以來想要「算命」的好奇心，又或者被當時的陽光明朗到亂了心緒，就像生活平淡安穩，但總歸還是需要那麼點刺激與浪漫使之鮮活起來。

投了幣的我在竹籤筒裡亂數了九根，抽出了最後那籤。目光隨著竹籤下移，籤上的數字讓我恍了神。

第九個，第九籤。

找到對應第九欄的抽屜，將放置其中的解籤紙取出。籤上言，大吉，剛好九畫。

　　世界之大，它總會提醒你「奇妙」二字的存在並不無它的道理。幾乎每個人總會有屬於自己的幸運數位，年少時喜歡一個人，於是她的幸運數位也成了自己的，儘管後來發現她喜歡九只是當時道聽塗說罷了。

　　九對我來說，是特別的，這點我毫無疑義。也許是她比賽時的成績第九名，又或者是透過一首 9to9，我認識到兩個很美好的人，從自認為是九到意識到不是九，以及這以後到現在的這段時光裡，我接受並默認了它的存在。

　　浩瀚宇宙，冥冥之中自有定數，我們窺其幾分，剩下的便借籤吉言，從心而活。所有的風把相遇的年歲磨成卡帶，纏繞耳畔將回憶輕聲播放，席捲了我所有抵抗。等風再起時，就借這片刻的風，與你說起這溫柔流淌。

　　從前，我不知會遇見你，台灣。我尋著人生路，走著腳下的每一步，終於在未知漫延的無盡可能性中交織向你，化作飛機落地時的那一句：「嘿，台灣。」這裡帶給我很多故事，如今我捕捉下這片刻的風，讓它將這年歲的一角輕輕念與你聽，希望你會喜歡。

從心出發

黎隆彬

2018 年 9 月 4，我們 2016 級閩台班的學生來到了台灣淡水。這是一趟已經啟程的旅行，還未完全割捨對過去的留念，便迎來全新的環境與自我。

一、遇見淡大

初識淡大，是來這之後的第二天。隨著學長在頗有台灣特色的大街小巷之中穿梭，一路上眼球無處安放。咦，這個早餐店都是漫畫書？好棒！誒，85℃、50 嵐、麥當勞……雖是陌生的街道，但相似的店鋪還是給我帶來了一絲熟悉感。街道雖小，但是家家店面緊挨且街道十分乾淨，店內忙碌的身影和熱情洋溢的面龐彷彿在為我這個初來乍到的遠客打著招呼。

從淡大的正大門而入，首先映入眼簾的是磅礴大氣的體育館，整整七層樓的高度在張揚著他的身姿。沿著坡道一路往上，這傾斜的坡道不禁讓我夢回長安山，然而坡雖一樣，學校卻不一樣，所看到的景與人也各不相同。蛋捲廣場旁，是淡大的社團正在迎新。吆喝的宣傳語在不斷的競爭，時不時出現的才藝表演也十分的奪人眼球。既有動漫社的 cosplay，也有機車社的炫酷機車等。除此之外，熱舞社、國標社、舞蹈研習社，吉他社、詞創社、西洋音樂社。淡大的社團之中，當屬音樂、舞蹈相關的最多，充滿了文藝氣息。

但是整個淡大最令我醉心的還是圖書館，不僅擁有豐富的藏

書，而且可以說是把服務做到了極致。提及服務，來到台灣後我深刻感受到了台灣人的服務態度之好。這是一種很自然的動作神態和語氣，「謝謝」和「不好意思」是他們的口頭禪。淡大圖書館休息的地方很多，隨處可見的沙發設施，休閒的靠背椅等等，這是一個讓人完全放鬆，沉浸於學習或工作的好地方。電腦當然也是必不可少的，二樓的電腦整齊的一排排羅列著，同時還提供印表機等便利服務。

圖書館的六樓則讓我醉心於此，這一層有兩塊區域，右邊是正常的藏書區，左邊則是影音播放區。做工精美的貨架上擺放著一盒盒光碟，既有幫助學習的歷史資料，也有精彩熱門的美國大片，古典與現代的氣息完美融合達成了奇妙的氛圍。每台電腦搭配一個放映機，每個人都有自己的空間去支配。這讓我深刻感受到圖書館不僅可以是充滿書卷氣，也可以蘊含一種輕鬆愉悅的氣氛。

在淡大學習之時，我遇見了優秀的教師們。邱鴻祥老師，他是位很有個人魅力的人。他長期穿著白大褂手拿蒲扇，頗有仙風道骨之意。邱老師的外表往往讓人聯想不到他的內在是多麼的富有知識，他善於運用案例來解釋說明理論，科技創新的產業結構圖與知識管理的螺旋體系，一經學會，便難以忘記。理論不局限於表面上的知識點，更要有實用性，邱老師的課讓我受益匪淺。馬銘浩老師，他是一位可以和學生拉近關係稱兄道弟的老師。相比枯燥的室內教學，他更喜歡自然的室外教學。他的課富有自己的特色，那便是沒有教材的隨性講課，同時在歡笑之中傳遞知識。馬老師同時還是我所加入的圖像漫畫研究社的顧問老師，在社團

見面會時就為萌新的我們增添了許多見解。不僅如此，馬老師還會寫一手筆力勁挺的書法。這樣多才多藝、知識淵博的老師，怎能不讓我敬佩。以及萬玉鳳老師，萬老師上課時投入了百分百的熱情。她教的課是影視娛樂產業概論，習慣將理論知識與影片結合說明，每次都能受到喜歡看劇和綜藝的學生們強烈的共鳴。我認為在課堂氣氛這一方面，萬老師是最能調動氣氛以及與學生互動的。當然還有許多優秀的教師們，他們也都有各自的教學特色，不同的是風格，相同的是把知識教給我們之後的欣慰與自豪。

二、遇見淡江學園

淡江學園宿舍樓也給我留下了很深刻的印象。初來淡江公寓，就收穫了被子和枕頭，雖然都是微不足道的物品，但有著滿滿的幸福感和關懷感。頂樓 R 樓是一個多功能開放區域，包含了洗衣房、跑步健身區、沙發電視區等。既可放鬆娛樂辦活動，也可學習工作。R 樓的陽台也別有一番韻味，宛如一個小型空中閣樓，於陽台之處眺望遠方山水，享受自然之風吹拂身體的感覺，心靈彷彿都為之放空。

同時，我遇見了最好的你們。11 月 6 日是我的生日，也是在大學過的第三個生日。在這一天到來之前我是猶豫的，也許是覺得一年年過去也該成長。懷抱著一種不知是幼稚還是成熟的想法，我個人是想把這個生日的消息封閉起來，獨自一人過這個生日。沒有人知道，沒有人祝福，稍微吃一頓好一點的，在平淡的生活中度過平淡的一個生日是我最初的想法。

然而在那一天凌晨的時候，一個女生準點給我發了生日祝福，真的很感動。在以為沒有人知道的時候，在自己處於一種自

我封閉狀態的時候，哪怕只有一個人能記得，就能撬開心扉。

不僅如此，我大一、大二兩年的室友老金給了我一個驚喜。在我凌晨十二點剛剛被朋友的祝福所感動時，室友小珂打了個電話約我去 R 樓。用的是洗衣服沒帶錢幫我帶二十塊錢的老套路，然後我還真信了。不是很情願的上到頂樓，在樓梯口的時候突然有了一種感應，好像察覺到了一些東西。

小珂將我帶至天台處，映入眼簾的是一個大大的蛋糕，還有老金及好幾個兄弟。望著插了數字「21」的蠟燭和一臉笑意的老金，我內心充滿波瀾，但是表面沒有太過強烈的表現，因為已經有了一定的心理準備。吹掉蠟燭的那一刻，我的內心充滿了感激。這是一種割捨不斷的情誼，一種持續的羈絆。

當我自己準備隱藏起來並在自己的舞台當一個過路人的時候，感謝老金等人給了我殘缺的內心一束光，把我拉入大家的懷抱之中。無論在師大兩年，還是來到台灣這裡將與你們度過的這一年。時光流轉，人的想法也許會改變，但是唯有真情，一直都在。未知固然恐懼，但是我從迷茫、徬徨到堅定、執著。有大家一起陪伴，有何可懼。

三、遇見自我

來到一個全新的環境，是勇往直前，還是畏畏縮縮？我給自己找了答案，不忘初心，但求無愧於心。

來到台灣，我遇見了許多厲害的人。我加入了淡大的國漫社，在這裡有很多繪畫好的人，或是都有著一定的基礎。而我，毫無基礎，有著就是一股勁。因為想畫的更好，想和愛好更近一步，

才會入社，才會選擇去融入一個新環境。不忘初心，愛好也能發揚光大。

　　只有超越極限，才會有新的發現。漫畫是如此，日語也是如此。淡大的教學資源很豐富，我嘗試著選修日語，雖然最後沒來得及選上是有些遺憾。但是因為這個契機逼自己一把，我背會了五十音。在這之前，無數次的信口開河，使計畫倒在了沒邁出去的那隻腳。

　　在實習方面，這是我第一次進入公司實習，憑藉著自學的一點點知識負責影音素材組的工作。平心而論，很慌。在其他組都是兩兩組合搭配完成任務，只有我是一人工作的情況下，總是擔心結果品質等問題。所幸，我遇見了一個好的經理。她在視頻剪輯技術方面幫助我解決了很多問題，使我技術得到了一定的成長。她也數次不厭其煩的和我商討，最終齊心協力完成了作品。從自己動手做料理拍攝到剪輯之後加字幕，一個影片做了整整一週。眾所周知，一個工作越到後期越是煩躁。為此，我感激，自己得到了他人的幫助與支持。同時，使我堅持前行的還有我的初心。實習的路是自己選的，既然已經走上，就不能回頭，也不要回頭。不求結果要如何的完美，但求無愧於心。

　　未來是可以改變的，可以變好，也可以變壞，而決定這一切的，正是我們自己。來到淡水，我所經歷的這一切，成長的挫折，收穫的幸福，共度的時光，我都會銘記於心。相信自己，相信夥伴，繼續前行。

路途

蔡宗原

　　小時候我一直是很喜愛運動的人，每每到周末總會跟鄰居騎著腳踏車到處跑，我住在一個樸實的鄉下，我想這也就是為什麼我喜歡在閒暇之餘出外探險的原因，記得有次連續騎了 5 個小時只為了到一個公園看噴水池跟山上的風景， 每次到一段路就會被好幾隻小狗追著跑， 所以當快要騎到有會追著人跑的狗的地方時，我們都會自動加速快騎。到現在我還餘悸猶新那種腎上腺素快速上升的感覺好刺激，沿路上很多田園、花草、小廟宇跟裝飾簡單的平房眷村，雖然不像台北那麼擁有高樓大廈都市繁華的感覺但我總覺得小時候騎著腳踏車那種逆風騎行的感覺很美好也很真實。

　　沿途上遇到很多上坡度段真的是騎到滿頭大汗。到公園後我跟鄰居去買了風箏在公園裡綠油油的草地上玩的很開心，我們時不時還會到公園裡的池塘看著在水裡浮游的小魚還會花錢買飼料餵食牠們，過了一會兒下起了大雨我才發現我們竟然騎了這麼久的路而且現在下大雨，該怎麼回去家裡呢？我們躲到了公園裡的小石柱庭園買了商店裡的食物聊天坐著吃，聊著聊著聊到了剛剛中途我們停下來休息的地方為什麼特別的荒涼，路途中我記得我們停在一個我們周圍滿滿都是荒地的路段，像是身處在一個美國公路電影中，有人舉手搭便車那種場景，當下我好奇地問了我的鄰居為何這一個地方一個人都沒有甚至連一台車經過都是少之又少的，我的鄰居年紀大了我七歲所以小時候我把他當作哥哥甚麼

195

事情都會問他，一問之下才發現原來我們停泊的這一個地帶是一個廢棄的軍營區，而且這一區有很多的防空洞，跟荒廢的軍事基地總部。

　　而這一區其實曾經在戰爭時代時往生過很多人，而當時的基地也都漸漸變成了墳墓地區，一聽到時突然覺得心裡毛毛的感覺，因為我們等一下還要沿路騎回去，而且現在的天色也已經漸漸的黯淡了下來，在此同時又下著大雨，公園裡的群也漸漸的散去了。當雨勢漸漸變小時，我們決定一股作氣的沿途騎回去，路途中我們騎得比來的路上更加快速，就這樣我們又騎回了那一條廢棄的軍事基地領域，突然雨勢變得愈來越大，加上我們沒有穿戴雨衣根本招架不住雨勢。這時候在這一條路的一個小徑裡面有

校外教學─台南北門正在撥蚵仔奶奶

一戶矮平房的住戶，我們沿途再次停靠因為這一個住戶的屋簷有著延伸的遮雨棚。這時一個老太太走了出來，開口問我們怎麼沒有帶雨衣，全身都濕透，她知道我們是騎腳踏車出門探險的孩子後，接著她進屋子拿了兩碗熱湯給我們喝，我們跟老太太聊起天來才知道原來她的丈夫因為戰爭已經去世了，孩子們也都旅居國外，剩下她一個人在台灣。那一次我們陪著老太太聊了好久的天，這一個路途上遇見了暖心的老太太，也讓我反思了現今社會的獨居老人需要陪伴的心情。

有一次的冒險騎到了別人的農田中，看到了別人的田地上有放大大的捕鳥網，那時候的法令是禁止使用捕鳥網的，我跟著鄰居拿著大長木棍射向捕鳥網把捕鳥網射下來，還拿著鏟子挖起了別人種植的土壤，這時候遠遠的一邊出現了農地主人出現，我跟我的鄰居一起數了三秒鐘快速地奔向我們的腳踏車，快速的牽上路，這時候農夫也開始快跑，我們一路跑到了一個大圍牆，快速的翻越圍牆，直到農夫放棄追擊，回想起來小時候的我，真頑皮。

在旅程中遇到了衣物的颱風天，我印象很深刻那一次的颱風是「海棠颱風」，這一個颱風當時造成台灣很大的損失，但我跟鄰居卻異想天開去雜貨店買了「風箏」，然後一路騎到被我們破壞過的農地，用大樹葉搭起了帳篷當作我們的堡壘，那天的風勢非常的大而且同時又下著飄飄細雨，我們走出我們剛剛搭建好的帳篷拿起我們剛剛買的風箏，風箏馬上就飛的很高，我們沿著那一條農田裡面的小徑奔跑一邊大叫，當時路上沒有一台車經過只有我們兩個人像瘋子一樣在颱風天出來放風箏，就這樣我們一路放風箏放到了傍晚，騎著腳踏車一路折返，回到家裡面後才發現，

我們的村莊都已經停電了，家裡面一片的漆黑，一點颱風更新的動態都沒有辦法收看。只看到媽媽跟姐姐拿著點亮的蠟燭在家裡的客廳聽著收音機。

然而「收音機」變成了我們唯一在颱風天的唯一樂趣，家裡也增加了好多的零食、餅乾跟泡麵，這一些都是我們家遇到颱風天的必備品，我跟著媽媽還有姐姐一起坐在客廳聊天一邊吃著零食。現在回想起來，覺得好溫暖，我說的溫暖不是蠟燭的溫度，是與家人一起圍在一起聊天的感覺。

爬山也是我們愛做的事情，有次我們一樣騎著腳踏車到了一個新蓋的路徑。我們說好要一路騎到最高的山上，一路上好多的小徑跟小路，一路上我們不停的騎著，好像忘記累是甚麼感覺。我們一路騎上山丘，那一天的天氣晴朗非常舒服，我們直接躺在一片綠油油山丘的草地上，看著一片藍的天空，看到一架大飛機從我們眼前飛過去，才知道原來飛機那麼大。我不知不覺地開始大喊，我一定要像飛機一樣成為一個自由自在的人，可以自由地飛翔。看到飛機就會讓我聯想到夢想，我也不知道為什麼，但是這是我這一次的旅程中最印象最深刻的一個就是「飛機「，那也是我第一次在自已的內心許下第一次一個願望，就這樣我們躺在草地上享受微微的風和溫度剛剛好的太陽，一直到了太陽下山我們才沿路折返。

最瘋狂的一次大概就是我們騎到了台中一個很著名的山上，叫做「大坑風景區」，大一天我們從白天大太陽的時候開始出發，騎到了下午一兩點鐘，然後停下腳踏車開始爬山，那一座山有芬了很多不一樣的步道，我們選了第六步道，大坑那一個山區的風

景非常壯觀，同時還遺留著日本統治台灣時期的古式建築，當年我的奶奶就是在那一個古式建築裡讀書畢業的。

　　再爬六號坡道的路上一路崎嶇有很多還沒搭建好的保護把手，但是我們還是一路順利地爬完，大坑風景區保留了很原始的自然叢林生態，我們遇到了很多不一樣的昆蟲以及榕樹。結束後天色已經暗了下來，我在路途中買了一個米糕吃完後就一路折返，我們比以往騎的更加快速，因為在山區裡面的黃昏總是額外的有幾分詭異，我們騎了一段時間後發現我們竟然回到了同一個地方，而且是剛剛一開始騎車的地方，我們其實當下心裡已經開始慌張了，因為山區裡面開始出現蟲鳴鳥叫聲加上開始起風天色也已經下降。如果再不出去山區我們怕被困在裡面，我們停下車在半路看到一個公廟，不知道為什麼我們想去拜拜，在拜拜的當

台東鹿野高台熱氣球季

下我心 裡面想著祈求老天爺讓我們出去這一個山區，結束後我們竟然也順利的騎出了山區的小徑，回家後我有好幾天都連續嘔吐，當時的我把嘔吐怪罪到了米雪糕上面。

　　童年在腳踏車的旅途中無憂無慮，下一站會遇到甚麼也不知道！沒有太多的想法，享受當下的純真與歡樂。也從來不畏懼任何的事情。長大後的我變得時常多慮，做事情不果斷，沒有以前的我勇敢。如果可以我希望我可以像以前一樣時常衝動，但是很敢，就像躺在草皮上望向的飛機一樣，自由翱翔。

在台灣遇見茂導超級開心的，茂導藏身在哪？

可以低頭，但要記得抬頭

鄭苡宣

　　大學生活最後一個珍貴的暑假應該怎麼度過呢……放完倒數第二個暑假升上了大三，明明才剛開學沒多久就在煩惱明年暑假的行程。大學最後一年的暑假讓人感嘆也讓人不捨，但有感於即將踏入社會，果然學生時代的最後一個暑假還是要來做點有意義的事才行。正好沒多久系上的老師來班上宣傳到日本實習一事，不僅能夠親身去體驗日本職場的現況，還能被充滿日語的環境包圍，將這幾年所學的日文加以發揮，無論怎麼想都很吸引人，最後便和朋友一起去系辦報名。

　　沒想到因為報名人數少的關係，第一關面試只是聽老師說明實習內容與注意事項就通過了，第二關面試則是錄製自我介紹的影片並寄給日方看，但錄製過程因為自我介紹總是唸不順拖延了不少時間，終於錄製成功寄出去後系辦卻早就已經確定錄取名單，那時候真的難過得不停在心裡罵自己犯什麼拖延症，還打電話向朋友哭訴，哭完後就又開始思考起暑假還有哪些有意義又能學習到對將來有幫助的事能做。

　　公布錄取名單後的隔天心情依然很失落，沒想到一個被錄取的同班同學居然說，有報名的人都有被錄取，接著就是等待被分配到哪間飯店實習。當下呆愣在座位上，還沒來得及褪去的哀傷和突然降臨的喜悅在心裡互相碰撞，在親自確認過後內心喜極而泣，外表是笑得合不攏嘴。一想到明年整個暑假都要待在日本實習真的是既緊張又期待，不停地思考還有哪方面的日文需要加強

練習，後來剛好有朋友打算去日本打工度假，想到能夠和日本人對話練習日文便決定加入她們的行列，在寒假前往日本開啟了為期兩個多禮拜的打工度假。

打工度假的民宿位於長野縣的一處滑雪勝地，第一次到會下雪的國家，感受到零下的溫度和親眼看到雪花飄落都覺得非常新奇，市區的雪不多，搭長途巴士抵達民宿時也已經是深夜了，只能隱約看見雪堆積在路旁，因為還不適應走在濕滑的雪地上，所以第一次見到民宿老闆時就以「仆街」來打招呼。

雖然之前也有打過工，但也只是去以前待過的才藝班當助手而已。沒想到老闆居然決定把擔任服務生的重責大任交給我，雖然是以練習日文之名來打工的，但真到要上場時反而又變成一隻縮頭烏龜。體貼的老闆夫妻倆看在我是個菜鳥的份上，還在上戰場的前一天讓我休假，出去外面走走放鬆及調整心情。

長野縣白馬村是世界知名的滑雪勝地之一，因為鬆軟的「粉雪」十分適合滑雪而吸引許多世界各地的滑雪好手前來，走在路上看見的西方臉孔多於東方臉孔，不過白馬村知名歸知名，但就觀光而言絕對不是最佳選擇，最有看頭的也就只有滑雪場，除此之外就是一些當地零散的小景點。民宿的位置離任何地方都遠，要走到「熱鬧」的地方起碼要兩個小時，老闆還要工作當然沒有空載人，於是在吃完早餐後便開始漫無目的的遊走在街道上。

那天天氣意外地好，溫暖到穿件厚外套就行，手套、圍巾等等都不用派上用場，明明四周都還覆蓋著白雪，真難以想像在這種冰天雪地也能有如此宜人的溫度，就像台灣的冬天一樣溫暖。

但正因為天氣太好，好到連太陽都出來露臉見人，雪地在太陽的照耀下變得非常刺眼，待在戶外都不知道眼睛能看哪裡，於是決定先躲到一間咖啡廳讓眼睛休息一下。離開時已經沒有方才那麼刺眼，太陽被雲層稍稍蓋住，終於能好好抬頭挺胸走路了，抬頭尋找標示決定下一步要往哪裡走時突然愣在了原地，雖然知道白馬村環山群繞，但因為在此之前都只待在民宿裡看不到山群，今天如一字排開般出現在眼前還是第一次，剛剛因為太過刺眼一直沒能好好看過，靄靄白雪覆蓋著每座高山，晴朗的天空襯托出綿延不絕的壯麗，絕景震撼了心的同時也感受到自己的渺小，不禁在心裡深深感嘆青藏高原的藏族對雪山的敬畏就是這般感覺……。

沿途欣賞沒有盡頭的風景，終於走到比較熱鬧的車站，拍下貼在牆上的觀光地圖後就隨機選了個景點走去。景點之一的大橋其實很小一座，橫跨在小小溪流上，走過吊橋後是一片茫茫雪原，比起橋，無止盡的白雪才是這個景點的看頭吧，靜靜佇立在雪地上默默的想著，無論有多少憂愁彷彿都能被純淨的雪白淨化。隨意找了個雪堆不厚的地方坐下，在陽光正好的晴空下就這麼望著遠方的山發起呆來。

從手忙腳亂的菜鳥到終於變得稍微有些適應真的花了不少力氣，在這兩個禮拜期間除了週休二日還碰到了可怕的連假，過程一直又緊張又小心翼翼，深怕做錯事，但菜鳥果然還是免不了一頓老闆的臭罵。那天見到絕景的感動早就一點也不剩，也沒有力氣去回想，回到房間就是躺在床上什麼也不想做。一想到出了社會後就會變成這般行屍走肉的樣子就覺得可怕，初心什麼的已不

復見，但也多虧這次的打工，從以前的逃避到現在慢慢開始正視社會的現實面了。

實習地點是在打工期間公布的，寒假一結束就立刻變得忙碌起來，許多資料和簽證要準備與申請，被分配到的飯店依然位於長野縣，是間蓋在高山上以親子家庭客源為主且擁有遊樂園的飯店。離出發的日期越近就越緊張，在出發前一天還失眠。抵達飯店頭幾天首先是了解環境，再來就是選擇職位，今年飯店提供的職位是餐廳服務生和遊樂園員工，因為寒假已經當過服務生了，所以想試試在遊樂園工作。

日本夏天的熱度絲毫不輸給台灣，甚至有超越台灣的趨勢，每天打開新聞總能看到因為中暑而倒下的人們。因為山高，所以離太陽非常近，大量的紫外線與令人昏頭的高溫總讓人覺得噁心。有段時間颱風一直往日本侵襲，大雨過後緊接著又是豔陽曝晒，地面上一灘灘的水窪快速蒸發，整個遊樂園就像熱帶雨林一樣潮濕又悶熱的讓人難以呼吸，一整天的天氣就這樣反反覆覆。

某一天的天氣也是一如繼往的不穩定，到了下午突然颳起狂風暴雨，大雨一下就是兩個小時，快到閉園時間也不見停止，幸好下班前雨終於停了，又度過了漫長的一天，每天都重複做著相同的事，枯燥乏味的每一天。以後出社會也將是如此—腦中又再度閃過這句話，不得不面對的現實。關上門準備下班，忽然聽見同事的驚呼，轉過頭看去不禁有點想哭，不知道是開始想家了、累了，還是太感動了，呆站在原地看了許久，像遇到奇蹟般第一次遇見三層彩虹高高掛在天際，如果每天都能有這樣的驚喜該有多好啊，可惜上班時間不能隨身帶著手機無法拍下來。走回宿舍

的腳步也變得輕快起來，從那天過後開始，總是期待雨過天晴的天空是否還會再次出現奇蹟。

之後的日子也一樣忙碌，但總是下意識的尋找能為生活增添樂趣的驚喜。不長也不短的兩個月終於要宣告結束，雖然山上最靠近太陽，高溫也不遜於平地，但慶幸的是季節轉換也比平地還快。前往遊樂設施的路上抬頭一看，漸漸變紅的楓葉層層疊疊的在陽光照耀下變得透明如玻璃紙，在離開前還能感受到秋天的風物詩，可以說是個完美的結尾呢！

雖然很想這麼說，但人算總是不如天算，在工作最後一天迎接我的居然是一場颱風。因為排班的關係我比其他人早一天結束實習，日本的暑假在昨天宣告結束，遊樂園又迎來了淡季，一整天只有兩三個客人來，在屋簷下盯著雨景發呆，忽然一陣狂風吹來，風勢越來越凶猛便趕緊躲進館內，沒想到下一刻就親眼目睹隔壁的巨大充氣水池被吹到了另一邊的遮雨棚上，當下的心情只有目瞪口呆能形容，其他設施的工作人員見狀便趕緊用無線電叫人過來處理，風勢依然不減，緊接著雨勢也跟著大了起來，完全出不去。直到下班時間風雨依舊強烈，雨傘、雨衣都擋不住，台灣也有很多颱風侵襲，但颱風天走在路上還是人生第一次，都忘了當時是怎麼走回宿舍的，只知道被風雨吹得頭昏腦脹。

為期兩個月的實習終於結束了，和前輩們告別後踏上了歸途。從寒假的打工到暑假的實習這段時間不到一年，不論是學習方面還是思想方面的收穫卻意外的豐富，還有那些不經意的風景，往後還會遇見這樣的奇蹟嗎？我想只要願意跨出腳步、抬頭尋找的話，或許還能相遇吧。

遇見三步曲

朱小美

遇見歐趴糖

在大一的第一個期中考前夕，一如往常的我去超商買咖啡喝卻發現前面排隊的人幾乎手上都拿著大量的零食和糖果結帳，我一開始還以為是什麼台灣獨特的節日，像是萬聖節、聖誕節之類的，直到我的直屬學姊約我出來，說要給我「歐趴糖」，一臉茫然不知的我轉身就問室友什麼是歐趴糖，室友跟我說，是她們考試前都會收到的一份小禮物，這代表學長姊的愛，希望我們考試能夠精力充沛，我這才知道不是什麼節日，而是一種溫馨的傳承。

在台灣，其實本來並沒有歐趴糖這種名詞的，只是因為大家都會在考試前購入一堆零食糖果，當作是補充能量的補給品，為了讓學弟妹感受到關愛，所以學長姊通常都會給自己同高中認識的學弟妹或是直屬送歐趴糖，既然是在考試前送的糖果，大家都希望考試能 all pass，就給它取了一個可愛、有趣又帶有祝福意思的名字——歐趴糖。

我非常喜歡這種暖心的傳承，也想要把我的愛分享給我的學弟妹們，在我大二的時候我遇見了一群非常可愛的學妹，她們都來自澳門和香港，跟我有著共同語言，還特別喜歡逗我笑、逗我玩，我們之間有著特別的感情，像是家人一樣，所以我便也很用心的做了歐趴糖給她們，我做了一個零食背包，先用餅乾、泡麵當作外層，再用長條包裝薯條做成背帶，裡面鋪滿了糖果，雖然這樣一筆下來很昂貴，但我覺得能夠把我的心意成功傳遞最重

要，我希望她們能在離鄉背井後還能感受到關愛，在沒有家人的叮嚀下，能夠好好生活、好好學習，就像剛來到這裡的我，就算有時會感到孤單，有時會感到迷茫，可還是有前進的動力，因為我知道，在我背後默默關心我的人很多，我不是自己一個人。

遇見宿營

即將步入大學的我，對大學生活有著許多的幻想和憧憬，聽說我會接觸到很多大學的朋友，也會跟沉悶的高中不一樣，會有各種活動和興趣可以體驗，但我還是帶著一絲懷疑，有點手足無措，有點緊張不安，班上的同學要怎麼認識？多姿多采的活動我要怎麼參與？但還好有宿營這個活動，開啟了我的大學生活。

相信有讀大學的大家都會知道宿營這個活動，就算不是在台灣唸大學，也會有類似的新生迎新活動，不過從我跟朋友的聊天中得知台灣的迎新活動辦得比較盛大，會去找風景氛圍不錯的地方辦一或兩夜，學長姊也會安排滿滿的活動，雖然緊湊但也十分充實。

在出發去宿營的一路上伴隨著同學們的歌聲和笑聲，我永遠不會忘記那時雖然是下雨天，但也沒有澆熄我們的熱情，放眼望去，映入眼簾的是美不勝收的景色，樹林隨大風狂舞，反倒增添了不少氣氛，在一段時間的嬉鬧中，我們到達了目的地。今天的行程是大地遊戲，還進行了一連串的闖關活動，藉由小組活動，使我得知團隊的力量，我們那一組雖然笨拙，但卻士氣滿滿，有時會一起向學長姊撒嬌求得分數，真的是非常好笑難忘，儘管最後我們這一組並沒有獲得勝利，但是醉翁之意不在酒，重要的是經過這些遊戲以後，我們團隊的感情變得更好了。下午進行的是

RPG 遊戲，我們必須依照提供的故事情節，按圖索驥，一一破解故事，第一次玩 RPG 的我們，顯然十分笨拙，但也多虧有隊輔的帶領，我們一個個鬥志滿滿。遊戲進行到後半，我們已經揮汗如雨，但看到大家積極的樣子，勞累的感覺隨風消逝。不知不覺中夜晚親臨大地，那夜新生最大的活動就是要上台演戲，大家抽到不同的主題，一站上舞台都把自己當成好萊塢巨星，活靈活現的把角色揣摩的淋漓盡致，現場沒有華麗的服飾，沒有昂貴的道具，有的只是大家專注在表演的熱忱，希望能夠帶給大家歡樂，在這個氣氛下，任何笑都如連環炸彈般，容易引爆，記得那天大家都笑得像小孩一樣。隨著深夜的降臨，星星滿布天際，來到了營火晚會環節，學長姊紛紛把準備了半年的才藝展現給我們看，令大家感嘆不已。經過一連串的帶動表演和團康遊戲，現場氣氛高漲，大家圍在營火邊，宛如在進行什麼豐收慶典，炙熱的火花不停向外飄落，彷彿置身於螢火蟲滿天飛舞的曠野，晚會結束前我們一起合唱營歌〈留在我身邊〉，音樂能夠傳達思緒，感染每一個人的心，或許大家都像我一樣，想要停留在這一刻，大家永遠都不分離，宿營雖然短暫，但也成為我回憶的一塊拼圖。

在活動中我認識了一群很重要的朋友和他們一起玩遊戲，學會了團隊合作，也認識了很多學長姊，看到他們辛苦籌備後的成果，讓我可以跟班上的同學更熟絡，也體會到了參加活動或創辦活動的樂趣，雖然已經是大三的我，在隔了兩年後，那種熱血的感覺還是歷歷在目，真懷念，也真慶幸，遇見了這麼特別的宿營。

如果說宿營是學長姊辛苦的成果，我們大一就是欣賞花開結果的人，成為大二的我也要來當栽種的園丁，相信那種成就感也

會成為大學的美好經驗。曾為大一新鮮人的我，在熱情的學長姊邀請參加各式各樣活動後，我們漸漸融入系上，之後就到我們加入籌劃的行列了。

還記得去年的這個時候，我也是懵懵懂懂的小大一，一直都很感謝幫過我的學長姊，也想要成為那個可以幫助學弟妹的人，所以我在分工的時候，我果斷選了當隊輔，大家都說當隊輔是最輕鬆的，但是我反倒不覺得有多輕鬆，雖然不用像表演節目那樣要出來約練，我們還是要做很多心理準備的，不同於有些人是有與生俱來的「隊輔人格」，我是一個在陌生人面前會害羞的女生，也不太知道要怎麼帶動氣氛，所以在出隊前找了很多隊輔小撇步，希望可以更好的帶領學弟妹們。

從開會討論一些事項，到採購小零食給學弟妹們，一切好像都很順利，好像一切都在掌控內，但出隊後半天我就後悔了，隊輔根本就跟大一一樣！要陪著他們跑跑跳跳，還要負責帶動正向氣氛，我看著我的關主同學，不禁羨慕起來，但有付出就有收獲嘛，在我的拼命投入下，團隊的學弟妹都變得十分融洽，他們也都很讚嘆我的遊戲天分，讓我不禁有點小自豪。在一系列的保姆行程結束後，隊輔還是最晚睡的！但看著學弟妹在我的帶領下，表示今天過的很充實愉快，我好像又不覺得累了，此時此刻就只有滿足感。

經過了幾天的相處，我跟小隊的學弟妹們越來越熟，我們隊之間會開一些別人都聽不懂的玩笑，大家都很羨慕我們的感情，本來覺得累到腰都快斷了，很想快點結束這幾天的行程，我突然又不捨得結束了，跟他們一起玩會有一種回到大一的感覺，不同

往常的把情緒都藏好，這幾天真的有抒發的感覺，原來我的孩子氣一直都在，原來我可以玩得這麼瘋狂，如若說是我讓學弟妹們有一個愉快感動的宿營，還不如說是他們讓我玩得這麼開心，感謝這群學弟妹，也感謝隊輔，讓我遇見了不一樣的自己。

遇見舞台

以前在高中的時候，曾在學校裡面跳舞當啦啦隊，那時候是看影片自學，雖然沒有跳得很好，但滿喜歡找到志同道合的朋友，選自己喜歡的歌來跳，沒想到在大學這裡，我可以找到讓自己發光發亮的地方。

淡江的制度中，每一個學生都要參加社團，要當成是學分來修，所以我便和朋友來到海報街找自己有興趣的社團，沒想到在淡江這裡也有舞蹈社團，我又可以在唸書的同時學習跳舞，而且是有學長姊老師教導的，我想要真正學跳舞很久了，所以二話不說就參加了舞研社，在經過每個禮拜的訓練以後，就去參加了社內的成發徵選，成功錄取的我在努力練習後，終於等到了站上舞台的那天，雖然規模不大，但同學、朋友都過來加油打氣，令我覺得練習這麼累，都是值得的。

在這次成發中，我認識了很多也喜歡跳舞的朋友，也想要留在這個社團裡，跟這個社團一起前進，感謝舞研社，讓我遇見了我的舞台。

淡水之美

洪靖縈

　　2018 年夏天，我升上了大二，脫離了淡江大學新生的身分，成為了學長姊的一員，秉持著換我來帶領新生讓他們熟悉淡江的精神，我參加了一個學校課外組辦的活動，名為「淡江哪兒去」。

　　一開始參加的契機是由於我待的社團，秉持著提前宣傳社團的精神，在其他社團學長姊的鼓勵下，我便決定擔任小隊輔。然而這並不是今天說想當明天就能上崗的職位，事前的培訓很重要，畢竟學弟妹們初來乍到，什麼都不知道，若是我們不比他們了解、不在他們發問時有問必答，可能就要面對面尷尬一笑了。短短一天的活動，我們卻培訓了整整兩天，第一天在淡江大學校園內，首先需要告知我們淡江大學各建築的歷史及特色，到這時候我才發現，在淡江待了一年的我從來沒有好好了解過它，甚至連一半的地方都不一定走過。從古色古香的宮燈教室到充滿文藝氣息的牧羊草皮，再從代表讀書氣氛的書卷廣場到擁有各種展覽的黑天鵝展示廳，淡江大學小的用幾個小時就能遊覽完，卻又大的有許多未知的地方與故事等待我們去探索。原來，我們所在的每個地方都有一段淵源。原來，我們都了解的太少。

　　再來，哪些訊息是新生來學校必須知道的，哪些又是可以活絡氣氛的校園傳說，也很重要的，在重點當中穿插具有趣味性的小故事也是吸引注意力的方法，這就要講到我在這次活動中的最大收穫──帶隊技巧。如何帶隊和導覽是在此之前我不曾接觸過的，要用什麼方式能夠在有限的時間內把重點都交代清楚，並且

讓人聽的津津有味，又或是如何帶動整體的氣氛使隊員們放開顧忌熟悉彼此，原來都是需要去學習的，包含了整體的節奏、說話的時機以及幽默感的表達，才發現這是一門很大的學問，例如，適當的自我調侃與隊員彼此才知道的小暗號可以加速整體感情的培養，這是這次令我最印象深刻的技巧。

第二天的培訓就是延伸到整個淡水了，最基本的就是淡水的歷史，畢竟要了解一個地方，一定會從它的「開始」講起。還記得那天一早我們一群人直接在淡水捷運站碰頭，其實我內心是不太情願的，一個可以睡到自然醒的假日早晨，卻得起個大早走遍淡水古蹟順便重溫歷史課，對我這樣一個不是很喜歡運動的人來說並不是太愉快的事。事實證明我是對的，那天我們跟著歷史老師從廟宇走到教堂，經過了山坡與小巷，聽過了從古到今、中式到西式的歷史故事，是很有趣的，實地走訪書上的地方，在建築面前聽解說可以說是最快速了解的方法。其實，我們因為時間的關係沒有走過每一個地方，而是留一部分景點回學校教室內授課，活動時是以小組分配不同路線，所以並不是所有人都會去老師講過的地方。然而，我敢說這是我來淡水以來走最多路的一次，用雙腳去遊覽一個地方並不是件輕鬆的事情，我也開始擔心活動當天上午走淡江大學下午走淡水，自己的體力會不會吃不消，只能暗自祈禱分配到景點較少的路線。為期兩天的培訓結束後也不代表我們可以高枕無憂了，主辦單位將我們所需的資訊與技能教授給我們，剩下的時候就是由各組去演練講解的情形和各種突發狀況，並且等待活動的到來。

在不知是期盼還是擔憂的心情下，終於來到了活動當天，一

早所有工作人員就在淡江的同舟廣場集合，難得的是，前天晚上我雖然因為有點緊張又興奮的緣故沒睡好，在隔天要早起的情況下竟然精神飽滿，可能是最終興奮之情蓋過了一切吧。我懷著期待的心情等待著即將到來的學弟妹們，參雜著擔心自己講解不好或是氣氛尷尬的緊張，終於等來了我們小隊的隊員。一開始不外乎詢問姓名、科系、居住地之類的基本資料，才能再去發掘共同話題，然而隨著時間逐漸流逝，才發現每當介紹完一位夥伴後，又有另一位什麼都不知道的夥伴到來，搞得我們一直在重複同樣的事情，後來玩團康遊戲時氣氛也有點炒不起來，還好另一位隊輔的遊戲挺有趣，也算是完成了製造小暗號這一件事了。

離開了同舟廣場，我們開始了上午的淡江校園之旅，在固定的建築物前設有小關卡，沿途看著學弟妹們從不熟悉到彼此聊開了，欣慰的同時又有點小困擾，因為我們的隊員好像較其他組別活潑開朗一些，所以在我們講解與介紹的途中，他們會一直和身旁的人聊天，讓我有種只是上午就筋疲力盡的感覺，彷彿突然了解了老師上課時台下學生一直講話的挫敗感。結束了校內上午的行程，我們來到了淡江周邊學生常去的餐廳用餐，準備前往下午的淡水文化之旅，幸運的是，我們這個小隊的路線是紅毛城、海關碼頭等地方，需要搭公車前往，不幸的是，在培訓時我們的路線是唯一沒有實地探訪並聽老師講解的，所以對於這路線我感到有些哭笑不得，在整個小隊都有點疲態表現出來的中午，我們搭上了公車往紅毛城前進。

到達目的地，看到連入口都在斜坡上的紅毛城，我在心中大大的嘆了一口氣，這次活動的運氣非常好，活動當天豔陽高照、

晴空萬里，所以在下午一、兩點太陽正大的時候爬山其實並不是
個好主意，在我為小隊員們簡單介紹紅毛城的歷史後，我們走到
了往上爬的起始點。當我猶豫是不是該帶著他們走過一遍時，另
一位隊輔點醒了我：難得來紅毛城一次，短時間內應該不會再來
了，又搭上那麼好的天氣，就一口氣看個夠吧！想想也是很有道
理，在我與隊輔、隊員們的聊天聲中，我們到達了上面的紅毛城
本體建築。途中還有一個有趣的小插曲，在我們從坡道向上看向
建築物外觀時，窗戶邊有兩三個人頭，讓我一抬起頭就被嚇一跳，
特別是當我以為那是假的，那些人頭卻突然動了還朝著我們揮手
時，我雖然被嚇的心有餘悸，卻又忍不住大笑自己的愚蠢。

　　當我站在最高處喘口氣時，我非常慶幸自己有帶大家爬上
來，雖然路途並不會很遠，我還是體驗了一把先苦後甘的感覺，

從淡江大學覺生圖書館電梯眺望——觀音山

只因上面的景色實在太美了。往外看去，先是我們所在的地方有樹與樹蔭點綴，再遠一點便是淡水河以及觀音山，在藍天的映襯下，讓我覺得這是我見過最美的觀音山了，微風徐徐彷彿吹散了我的疲憊，在拿起手機拍照的同時，我忍不住想，若是能在此時、此刻、此地喝上一次下午茶，那該是多美好的享受。往後看去，是有著鮮豔紅色的紅毛城，震撼程度一點也不輸前方的觀音山和淡水河，在耀眼陽光的照射下，紅毛城座落在樹叢中的景象彷彿都在閃閃發光，不僅看了就難以忘懷，連拍起照來也張張像是明信片般美麗，讓我只能一直對周圍的夥伴們說，多看一點、多拍一點，今天天氣非常好之類的話。結束了紅毛城的參觀行程，我們抱著滿足的心情沿著老街走到海關碼頭，漫步在河邊欣賞美景、吹吹涼風，又是一種跟在紅毛城中不同的感受，雖然大家到這時都已經很累了，卻還是忍不住走走這裡、看看那裡，我想，這應該是一次難得的美好體驗吧！

在淡水超過五年，從來沒有實地走訪淡水的人文景觀，也不知道天天都能看到的觀音山景色可以如此美麗，課本上的古蹟建築搬到現實竟然毫不遜色，甚至能美到讓人深刻的銘記在心，我想，除了天氣因素以外，跟平時不會有交集的人，走到平時不會走過的地方看風景的人與看風景的理由也是讓我如此印象深刻的理由之一吧！正因如此，這次的經驗才特別的難能可貴。或許以後我不會再跟同樣的人來到同樣的地方，又或許我還有機會再來卻不會看到那麼美麗的景象。不論如何，在這次之後，我也會想多多把握跟不同人一同出遊的機會，遇見各式各樣的人，遇見更多讓我震撼又感動的美麗風景。

花蓮光復鄉「麵包樹舍 B&B」民宿，
限定版的森林早餐，滿足旅人的味蕾。

物無定味

尚光一

與青春相遇的
是交往朋友時的忐忑
是初次飛行中的疑惑
是雨季裡的茶香暖舌
是粉蒸肉由父愛包裹
還有講鬼故事的鄭哥
陳綺貞空靈的歌
以及鏡頭中的人間煙火

台灣美食吃透透

陳彥妃

吃美食乃是我人生一大樂趣。

民以食為天，一切從食為先，這是亙古不變的道理。到如今，在眾人紛紛給自己貼上「吃貨」標籤，儼然一副「我是吃貨我驕傲」的精神狀態的現在，發現美食與品嘗美食變成了令人愉悅的事情。台灣，一個四面臨水，間有高山的神奇島嶼，從原民、移民、殖民、難民的文化大熔爐，到生活的優質區。但提到它，十個人有八個人的反應一定會是：「台灣有好多好吃的美食！」而這些，也是我來到這裡才真切感受到的。

一切從雙北開始

在來台那天，飛機上的雜誌刊登了一蘭拉麵店的廣告，使我眼前一亮，先前就很想試試看這家店的拉麵了。在 Google Maps 中找到了實體店的位置，來台第一個週末，趕忙拉上室友，搭乘捷運前往。在排了半個小時的隊後，終於進入店內。一蘭不同於別的拉麵店，每一個客人面向廚房一字坐開，以便店員迅速端上料理；人與人之間都有一層隔板，很好的保護了個人隱私。為極力追求正宗的豚骨湯拉麵，一蘭沒有開發花樣繁多的菜單，只專注於豚骨湯拉麵一種。但一碗拉麵的味道與配料，全由客人按照個人喜好選擇，或許這就是它們將工匠精神與個性化融合的方式。作為主角的拉麵，果然沒有讓人失望。濃郁的豚骨湯頭，嚼感清爽的博多細麵，配上青蔥與叉燒，美味彙集在了一碗之中。

再加點一顆溏心蛋，溏心與湯頭混合，發出「すする」（啜飲，吮吸）地吃下這一碗，誰能不大呼滿足呢？

來台第二週，就與小夥伴前往瑞芳區的九份，感受獨特舊式建築、坡地及風情，感受這座「悲情城市」。最令人流連忘返的，還是九份老街的美味。

說到台灣芋圓，九份芋圓人盡皆知。沿著豎崎路的石階走，經過幾百個階梯，沿途有許多販賣芋圓的商家，而在九份國小前的這家，是九份芋圓創始店阿柑姨芋圓。他們家的產品皆為手工現做，新鮮大甲芋頭被炊蒸至細細綿綿的程度，完美的與太白粉結合，口感綿密，芋頭香味十足，每一口都是幸福的味道。值得一提的是，店鋪設有觀景台，可以在店鋪享用可口芋圓的同時，俯瞰整個山城的夜景與山外的海景，舒適而愜意。賴阿婆芋圓也是一家當地的老牌芋圓店。與「阿柑姨芋圓」不同的是，雖在芋頭的香氣上略遜阿柑姨芋圓一些，但是這家店的芋圓更加Q彈，口感上略勝一籌。品嘗完兩家老牌芋圓店，還嘗試了紅糟肉圓、芋粿、草仔粿、油蔥等等。九份的味道，在用眼去觀賞時，也用胃記下了。

夜市，這個特殊場域，有著最地道濃厚的台灣味。「入鄉隨俗」感受夜市文化，士林夜市成了我的第一站。踏入士林夜市，老虎堂便出現在眼前，這是一家以賣黑糖珍奶聞名的店鋪。一看排著長隊，人氣滿滿的樣子，本能的就往隊伍後面站。興沖沖地點下分列人氣一二的兩杯奶茶，但由於點的是溫的奶茶，拿到手時並沒有店家圖片上那樣，透明的杯壁上滿是黑糖，呈現出虎紋的樣子。插上吸管猛吸一口，黑糖十分醇厚，作為一個不是那麼

喜愛過甜口味的人，毫無牴觸心理。波霸十分綿軟，再搭配上濃郁的鮮奶，比起普通的珍奶，這杯珍奶的質地顯得更加稠厚、有層次感，滿是幸福的味道。阿亮麵線改變了我對麵線的看法。滷過的大腸與鮮蚵一同放入麵線糊中，撒上一小撮香菜，滴幾滴辣醬，麵線糊就變得可口起來。說簡單但又不簡單的一碗麵線糊，鹹與鮮的雙重組合，讓人流連忘返。這是我第一次，喜歡上了麵線糊。胡椒餅的店面門口，也排著長隊，好不容易買到了，卻無處落腳，對面的青草茶鋪就成了我的目標。一杯青草茶，配上肉汁滿滿的胡椒餅，又怎麼不讓人大呼過癮呢？最後走到豪大大雞排，比臉還要大的厚實雞排，又怎麼讓人拒絕呢？

　　除此之外，淡水老街的鐵蛋、阿給，永康街的牛肉麵，高品質又實惠的馬辣自助餐等等，台北的美食遠不止這些，還有待我繼續探索與發現。

往南邊去，接下來要提的，就是台中了。

　　靠近台中火車站的綠川旁，一棟由紅磚瓦構成的建築，是台中以土鳳梨酥一戰成名的「日出」蛋糕團隊買下的「宮原眼科」舊址。走進店內，仿造復古挑高圖書館的裝飾，將新舊時代融合在一起。作為喜歡喝茶的我，被這裡的茶所吸引了。他們將混合茶取名「跟往事乾杯」、「閃亮的日子」、「月朦朧鳥朦朧」等等，還將茶包放入書一樣或是黑膠唱片一樣的包裝中。不論是香醇的茶味還是精緻的外觀，都吸引了我，我選擇了前兩種茶收入囊中。這裡還設有宮原眼科霜淇淋以及宮原珍奶兩個店面，供顧客即買即食。相對珍奶，霜淇淋店更有人氣，眼前又是一條長隊。霜淇淋的種類非常豐富，光巧克力口味的，按不同品種與含量分，

就達十六種。我選擇了伯爵茶、黑葉荔枝以及 43% 牛奶委內瑞拉三種口味的霜淇淋加上餅杯作為最終的選擇。在挑選配料時，店員還贈送了一些配料放在上面。其中最為驚豔的，就屬黑葉荔枝口味了，荔枝的香味撲鼻而來，吃起來甜而不膩，水果味的霜淇淋難得有著這樣的口感，這是我意想不到的。伯爵茶與巧克力霜淇淋也十分可口，但是較荔枝口味的來說，有些黯然失色。吃膩了霜淇淋，再吃上一口乳酪蛋糕，一口蝴蝶酥，雖然同樣是甜食，此刻卻有了一種緩和甜與冰的效果。

宮原眼科是台中之旅的第一站，品完已是傍晚時分，沿著綠川散了會步，便搭乘公共汽車前往逢甲夜市。要說台中人氣最高，人流最旺的夜市，毫無疑問要數逢甲夜市了。從逢甲大學的側門，一直延伸到復興路的逢甲夜市，是十足的美食不夜城。雖然規模比不上士林夜市，但是有些美味，還是值得一提的。在攻略上總看到人們推薦大腸包小腸，在這才真正去買來嘗嘗。在官芝霖大腸包小腸，剛從烤盤上拿下來的大腸包小腸，有些燙手。仔細一看，大腸指的是外層白色的米腸，而小腸是夾在白色米腸裡的紅色肉腸。店員告訴我，要旋轉著將腸從袋子裡取出享用。一口下去，滿是扎實的米飯與肉，油香四溢。一路走下去，經過阿華黑輪店，門口的兩口大鍋與圍成圈排列的食物讓人不由自主的停下了腳步，點了黑輪、幾樣蔬菜與王子麵，進店等待。大約五分鐘後，剪好的蔬菜、黑輪與王子麵上桌，沾一點店家特製的醬，配一口湯，嘆一口氣，這樣的滋味美妙而沁人心脾。當然，干貝燒、臭豆腐、蜜汁阿根廷大魷魚等等美味，也都在這個夜市裡閃著光。

東海乳品小棧也是個值得花時間去的地方。台中東海大學擁

有自己的奶牛場，所以就有了自產自賣的乳產品。作為一個喜愛牛乳的人，小棧的鮮乳冰棒與霜淇淋夾心蛋糕堪稱一絕。毫不誇張地，這裡的鮮乳冰棒是我從小到大吃過的牛奶冰棒裡，風味最足的一支。沒有甜膩感，只有牛奶的香醇留在脣齒之間。霜淇淋夾心蛋糕的口感也很美妙，鬆軟的蛋糕與絲滑的霜淇淋結合，讓人忍不住一口接著一口。鮮奶愛好者會迷失在其中，無法自拔。

台中的美食著實讓人意猶未盡。但步履不停，繼續向南，前往屏東縣。

第一天，到達屏東已是傍晚時分，大家早已飢腸轆轆。放完行李，接我們的阿姨把我們帶到了墾丁大街。墾丁大街的規模並不是很大，與別的夜市的食物相似度極高，但是 QQ 蛋奶與脆皮湯包卻令我難忘。QQ 蛋奶其實與普通的奶茶十分相似，但是一入口的順滑，讓我記住了它。購買脆皮湯包時，我們選擇了海苔口味與起司口味。一口下去，表面的海苔粉與起司粉和包子皮結合在一起，湯汁也隨之溢了出來。雖然燙口，但那份濃郁，終究是蓋過了那燙口的感覺。

第二天，晴空萬里的下午，六、七個小夥伴租了電動機車在屏東縣的街頭騎行，剛剛路過一排店鋪進入空曠的街區時，天公不作美，一瞬間傾盆大雨，視野裡只剩白花花的一片。所有人都成了落湯雞，只好狼狽的回到民宿。一個小夥伴出門跑遍西半島的店家，為我們帶回了晚飯。生魚片拼盤、鹹蛋炸豆腐、鹹水鴨⋯⋯足足七道菜，量大且美味。最讓人驚喜的還是生魚片拼盤，魚片新鮮，與平時吃生魚片的店鋪相比，物美價廉。也難怪來這裡的人們，都想要吃一吃那鮮美的生魚片。

第三天的中午，我們走進了冒煙的喬（SMOKEY JOE'S），這是一家美式墨西哥餐廳。先前只接觸過塔口，而這一次終於有機會接觸更多的墨西哥菜了。打開菜單，發現菜色豐富，讓人很難挑選。大野狼拼盤、焗烤起司馬鈴薯球、牛肉千層麵、自製雞肉菠菜起士戒指麵佐松露醬、酥烤墨西哥肉卷、墨西哥雞肉口袋餅（Pita bread）以及蔓越莓果汁，是我們最後的選擇。要說哪一款最愛的話，非自製雞肉菠菜起士戒指麵佐松露醬莫屬。麵皮中加入綠色的菠菜汁捏成了戒指的形狀，濃稠的醬汁裡加入了瑪斯卡邦乳酪（Mascarpone）與奶油松露醬，配上蔬菜與雞肉，整體上呈現出淡雅的綠色。賞心悅目的同時，也滿足了味蕾。先前聽說墨西哥人極度重視菜的配色，每一道菜都要以墨西哥國旗上的三色，紅、白、綠為基調製作。仔細觀察，這一餐的菜品基本上遵循了這個說法，不僅味道出眾，連賣相都如此誘人。

寫這篇文章時，我還未去過台灣的東部。聽說，那裡有被譽為「翠綠的天堂路」的伯朗大道，稱為「最美火車站」的多良車站，更有「池上飯包」、「米苔目」等美食。未來的某一天，我一定要去那走一走，嘗一嘗。

台北香醇的拉麵、新北Q軟的芋圓、台中扎實的鳳梨酥與甜美的霜淇淋、屏東新鮮的海鮮與奇妙的墨西哥料理，當然，還有那各處夜市。不知不覺，我已品嘗了許多。離開土生土長的家鄉，到異地求學，同時也離開了平日家中的美味。美食品嘗多了，偶爾會讓我捕捉到一些令我熟悉的味道。所以，享受精細的美食以外，更多的，美食可以給我帶來的其他感受，不僅僅是飽腹感，更是一種難以言喻的愉悅感以及踏實感。

遇見

　　台灣也不只有這些地方，雖然平時的課業有些繁重，但生命
不息，步履不停。我願邁出步伐，踏上寬闊的土地，用心去感受
風景，用眼去感受佳景，用嘴去品嘗四方。台灣美食吃透透是我
的一個目標，我正在向目標靠近。也希望我的足跡與體悟，能給
看到這篇文章的你，帶來一些收穫。

灣灣美食手札

周鈺瀅

台灣的美食數不勝數，有許多我在大陸的時候就種草已久，來了以後就迫不及待拔草，一起來看看這份手札裡面，有沒有你種草的食單呀！

一、走親訪友必備伴手禮

（一）鳳梨酥

一說起台灣的伴手禮，大家的第一反應就是鳳梨酥。鳳梨用台語講，諧音「旺來」，代表著年年有餘好運旺旺來，所以鳳梨酥一直是伴手禮的首選。

台灣有許多有名的鳳梨酥，來台以後也拔草了不少，一起來看看是否實至名歸。

1. 微熱山丘

微熱山丘聲名在外，在香港、上海、日本等地方也有分店。包裝簡約樸素但不失精緻，略微顯舊的乳白色布袋，裡面是牛皮色的盒子，看外包裝，頗有一種年代感。

以土鳳梨酥作為賣點的微熱山丘，皮厚實奶酥味重，不易掉渣，微酸不膩口，與以往吃過的鳳梨酥相比，少了一份甜膩，多了一份清爽的酸，還蠻特別的感覺。

2. 佳德糕餅

「佳德糕餅」在台灣也是頗受歡迎，曾榮獲許多殊榮。

　　去購買佳德鳳梨酥的時候，最大的感受就是人好多啊，單單排隊就排了好久。因為人多，進去要先排隊，分批次進去，進去挑選完以後，買單也要排隊哦。不得不說，佳德糕餅的種類挺多的，不僅有鳳梨酥，還有鳳梨餅、蛋黃酥、綠豆椪、綠豆糕等等，鳳梨酥的味道也有好多種，很多味道是沒見過的，比如櫻桃、胚芽、豆沙蛋黃、蔓越莓、梅鳳酥等等味道，看了感覺很新奇，很有品嘗的欲望。

　　雖然說來台灣之前，我被瘋狂安利[1]了佳德的鳳梨酥，再看到排隊的隊伍那麼長，對佳德的期待還是挺大的。在我吃完了佳德各種味道的鳳梨酥、鳳梨餅、綠豆椪、蛋黃酥以後，除了鳳梨餅讓我驚豔到想回購以外，包括鳳梨酥在內的其他糕餅，我覺得很普通啊，在大陸吃過的鳳梨酥都有比佳德好吃的，佳德的皮比較薄吧，不如微熱山丘厚實，但也不至於像維格餅家一樣掉渣，總體感覺挺普通的，也有可能是抱的期望太大了，所以比較失望吧。

3. 維格餅家

　　維格餅家的店很多，景點基本上都能看到。維格餅店的鳳梨酥，在外包裝上的成分裡寫著鳳梨醬和冬瓜醬做的，所以不酸，內餡比較有果香味。內餡屬於軟的，外皮酥但卻軟，很容易掉渣，吃的時候要很小心。他們家的鳳梨酥也有很多種味道，保存期限在台灣的鳳梨酥裡面算比較長的。

1　安利是一個常見的網路用語，本是一個中性名詞，後來發展為中性動詞，意思類似推銷，最後引申為帶有一定感情色彩的動詞意為強烈推薦。朋友圈經常出現給你安利一下的廣告，其實安利一下也就是推薦一下的意思。

（二）太陽餅

來台灣以後，大大小小的糕餅吃過不少，美味的太陽餅在我心中獨樹一幟。

太陽餅是台灣地區的小吃之一。屬於甜餡薄餅，內餡是麥芽糖，源起於台灣中部台中市的點心，為台中的名產之一。太陽餅的形狀近似圓形，餅皮酥而易碎，食用時容易掉落。一打開包裝，散發陣陣酥皮奶油香，細膩的餅皮，層層酥香，吃太陽餅哪有不掉屑的道理，食用之前先準備好盤子接屑屑哦！真的超好吃，連打嗝都有奶香味。

1. 太陽堂

提起太陽餅，最先想到的是以太陽餅出名的太陽堂老店。有麥芽、蜂蜜、咖啡、胚芽、黑糖五種口味。最喜歡蜂蜜牛奶味，一口咬下，入口清香，皮薄酥軟、有層次感，脣齒留香，濃郁奶香味讓人回味無窮。

2. 糖村

糖村最有名的是牛軋糖，不過太陽餅也是獲過獎的呢。糖村的太陽餅嚴選進口奶油，吃起來味道比較香，不會那麼油。裡頭微稠麥芽內餡，香甜不膩口，同時有酥脆、軟綿的雙重口感。

3. 滬尾餅鋪

位於淡水老街的滬尾餅鋪，有各式糕餅，種類繁多。他家的太陽餅有大小之分，口味純正清新、香醇甘甜，不黏牙，不膩口，還是挺推薦的。

二、不得不嘗的地方美食

（一）淡水——阿給

阿給的由來，是因日文稱油豆腐為「阿不拉給」，而這小吃的外皮如同油豆腐，於是發明的人就稱這為「阿不拉給」。只不過名稱有點長，後來就被大家簡化叫為「阿給」了！

阿給屬於淡水比較有名的特色小吃，有兩家始祖級的阿給老字號店家。一家是阿給創始店的「老牌阿給」，另一家則是因周杰倫在中學時代光顧而走紅的「文化阿給」。想要吃周杰倫同款，就打卡「文化阿給」啦。

阿給的做法，就是將油豆腐一側的中間先劃一開口處，讓油豆腐如同口袋般再塞入冬粉，再用魚漿封口，最後待蒸熟了再淋上店家特製的醬料。簡單來說，就是油豆腐包裹著冬粉，再淋上醬料。

將豆腐切開，讓裡面的冬粉完全地浸透在醬汁裡。嗯……怎麼說呢，就是豆腐加冬粉的味道，沒有什麼特別之處，就是靠醬料在調味吧。不過這家的豆腐會比旁邊那家三姊妹阿給的豆腐新鮮一些。個人感覺，當個地方小吃，嘗過就好了。

（二）北投——漢卿美饌

在台灣怎麼可以不泡溫泉呢？位於北投的少帥禪園，是張學良幽禁舊居，1960 年代，東北少帥張學良和其夫人趙一荻曾被幽禁住於此。不得不說，這裡的環境真的不錯，在北投山腳邊的林蔭間，可以遠眺觀音山，離台北的繁華不遠，鬧中取靜，猶如世外桃源。

在雙喜湯屋泡完溫泉以後，來漢卿美饌用餐，據說這個老房外觀只有維修，沒有改建，而老房內部亦是如此，完全是從前張學良家裡的樣子。

趙一荻在這裡，努力研究料理，讓張學良既慰藉思鄉之情，又融入台灣飲食文化，成就了一道道充滿愛慕之情的料理。我們每個人都點了一份少帥套餐，餐前會給一本小冊子，介紹菜品，精心設計的菜單，用心製作的餐品，細細咀嚼，用味覺、用心品味出幸福的味道，每一口都是細心呵護，真摯的愛。如果有機會來北投的話，不要錯過哦！

（三）宜蘭礁溪——古早味甕窯雞

這家甕窯雞在礁溪很有名，看那顯眼的招牌就知道非同凡響。一到門口就看到一隻超大的雞公仔。一旁則是滿滿的龍眼木，據說他們家的雞都是使用龍眼木烘烤的唷。龍眼木後面是甕窯雞的生產基地，在高達四百度的高溫下，逼出陣陣烤雞香氣。

店內有脆筍湯可自助取用哦。在主角甕窯雞還沒登場前，先喝碗筍湯暖暖胃。雖然是免費的湯，但絲毫不偷工減料，筍足又味佳，入口清甜，回味無窮。

噔噔噔，主角甕窯雞登場了，表面的雞皮經過烘烤至金黃，呈現出誘人的微焦色澤，香氣更是陣陣襲來，讓人難以抗拒。剛上桌的全雞非常燙，店家會配上一次性手套和布織的手套，方便將雞「大卸八塊」。看著司機熟練地把雞肉剁離開來，滿滿的雞汁不斷流下，真是視覺上的享受和味覺上的衝擊啊！

甕窯雞吃起來非常多汁，肉質鮮美，完全沒有烤雞柴柴的口

感，搭配香酥的外皮，口感層次超豐富，可能就如店家說的，他們選用的是一百三十至一百五十天的放山雞的關係吧。不沾任何調味料，直接吃就非常好吃啦，店家還貼心的配有胡椒鹽或者雞油，這雞油是雞在烘烤的時候滴下來的精華，讓雞肉吃起來不只更香，口感也更滑嫩，入口體驗瞬間 upupup。雖然是小小的一隻雞，但是剝開肉還是挺多的，我們一行四個人都沒有吃完。

店內也有許多熱炒，搭配著甕窯雞，也是種不錯的享受哦。

（四）九份─芋圓

說到芋圓，雖然大陸也有，但是來台灣也想品嘗一下這裡的芋圓，看看有什麼不同。在台灣，提起芋圓，最先想到的就是九份啦。九份雖然沒有特別產地瓜或芋頭，但不知為何芋圓就是來到這兒的必吃，其中又以兩家特別有名：阿柑姨與賴阿婆，至於好不好吃，就跟隨我一起一探究竟。

兩家的價格都是一碗 50 元新台幣，可以選熱的或是冰的。個人更喜歡冰的，熱湯的味道實在是太甜了，甜到發膩。

1. 賴阿婆芋圓

賴阿婆芋圓位在九份老街（基山街）的中段，對面有個郵局，這兒的位置比較好找，不用刻意去尋，沿著老街，走著走著就看見了，所以人潮比較多一點。不過好在翻桌速度快，所以稍等一會就有位置了。用餐區走懷舊復古風，明亮的燈籠紅光中透著微黃，還有好幾張桌子是老式縫紉機改造而成，非常有氣氛，和九份老街的氛圍相互呼應。

賴阿婆的芋圓贏在口味多元，有五種：芋頭、地瓜、綠茶、

山藥和芝麻。咬起來感覺軟軟的，不是很 Q，個人更喜歡芋圓 Q 彈，有嚼勁。綠茶和芝麻味的口感和其他味道相比起來比較特別，是比較脆的口感。來賴阿婆最好是點冰的，熱的湯底會讓你甜到發膩。

2. 阿柑姨芋圓

阿柑姨位在豎崎路的最頂點，九份國小的校門口前，不特意去找是不會找到的。

阿柑姨的菜單，基本上每碗都是 50 元，但要是加桂圓則是 60 元，加煉乳則再加 10 元，可做冰的也可做熱的。只是服務非常差勁，超級差勁，搞得顧客欠他們一樣，有一種店大欺客的感覺，衝這服務，印象已經很不好了，完全可以拉黑。

點完單以後，從店門口走長長的一段路，穿越到後面，有可觀山海美景的用餐區，視野確實不錯，可以鳥瞰九份。

阿柑姨的芋圓口味就三種：芋頭、地瓜和綠豆。分量的話，個人感覺會比賴阿婆多，味道的話，大同小異。但是客觀來說，阿柑姨的芋圓咬起來口感比較扎實。但是就服務態度而言，印象很不好，本人很看重店家的服務態度，東西再好吃，服務不行，只能負分差評了。

來台灣不胖是不可能啦，這裡面有你 pick 的美食嗎？

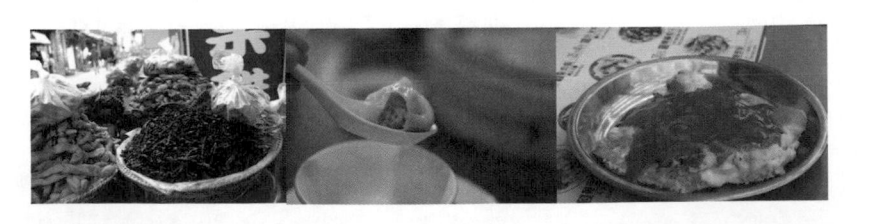

家人閒坐，燈火可親

趙燕

　　8月大陸，9月台灣，2018 年我來到台灣進行為期一年的學習生活。不同的城市，不同的文化，不同的飲食，還有不同的人。

　　提及台灣，相信很多人都會有種既熟悉又陌生的情愫。或許是聽，周杰倫的〈愛在西元前〉、費玉清的〈送你一把泥土〉、潘安邦的〈外婆的澎湖灣〉；或許是看，阿里山的森林、雲海和日出、台北 101 大樓的最快速電梯、流星花園中的大溪花海農場；或許是讀，瓊瑤的愛情小說「我心深處，中有千千結」、余光中的名句「鄉愁是一灣淺淺的海峽，我在這頭，大陸在那頭」、蔣勳的「人與人之間，除了生離與死別，並無第三種結局」。「台灣」許多美食的首碼詞：滷肉飯、牛肉麵、蚵仔煎、奶茶、麻薯、筒仔米糕、鳳梨酥等，我的腦海中一提起「台灣」就是讓人忍不住流口水的地方，這使得我對台灣的美食懷著一顆憧憬的心。

　　「人世間如果有任何事情值得我們慎重其事的，不是宗教，也不是學問，而是吃。」或許是荷蘭、西班牙、日本、台灣原住民、中國大陸在這個寶島碰撞，使得台灣的飲食變得多元化，但不得不誇獎的是台灣聰明的將飲食文化融合各地美食風格的同時，也創造了其著名的「小吃」文化，各色小吃雲集於大大小小的夜市，你只需要去夜市，就能吃到台灣大部分的特色小吃了，有趣又便捷，所以來台灣一定不能錯過的就是它的美食。

　　初來乍到的我，剛開始的一段時間裡總是看什麼都覺得新鮮好吃，和同學溜達在各個大街小巷，只為一飽口福。

　　台灣滷肉飯在台灣已有百年的歷史，眾所周知，如今在台的原住民其實並不是最開始就居住在台灣的人，而是從其他地區遷來的移民。其中絕大多數的人又都來自中國福建閩南地區，所以台灣在古時，又有「蓬萊仙島」的美名。拓荒開墾的人們主要還是以耕種田地、生產農作物為主，日子清貧儉樸。為了讓家裡每個人都能吃到少有的豬肉，聰明的女性則將豬肉切成小塊燉煮，再放進米飯中拌勻，這樣家裡每個人都能嘗到肉的味道了。

　　現在的滷肉飯料更足，在粒粒分明的米飯上，澆蓋以口味濃郁的滷肉和滷汁，米飯吸收湯汁，讓每一粒都潤滑鮮香的同時，又能減淡其油膩，香濃四溢，在台灣街頭的小店裡坐好，只需靜待著店家端上一碗熱呼呼的滷肉飯，一勺將肥、瘦、皮皆有的滷肉攪拌著米飯送入口中，一口脣齒留香，真真讓人欲罷不能。

　　九份阿柑姨芋圓，每當夜幕降臨，老建築隱去在這夜色之中後，錯落的燈光亮起那一剎那，九份那獨有的韻味吸引著一批又一批的遊客駐足在此。陡峭的石階小路延綿不斷，夜色中張燈結彩的火紅，人影綽綽，這裡也觸發創造了《悲情城市》和《神隱少女》。這也使得光顧九份阿柑姨芋圓的客人絡繹不絕，芋圓熬得香糯潤滑，口感細膩，手工芋圓熱呼呼的放在刨冰上，粒粒分明，又Q又有濃濃的芋香，買一份芋圓，你就可以坐到店裡特有的觀景台，一邊享受芋圓的美味，一邊欣賞山景和海景，但夜晚來九份會比白天來更加值得，眺望一片漆黑中，山間的燈火在神奇的閃爍著，台灣這個本陌生的地方彷彿一下子變得親近了許多，心中的徬徨無助大多也消失了。

　　台灣美食儘管有著福建沿海地區的特點，但同時也深受日本

233

和歐美飲食文化的影響。所以當新鮮感逐漸退去之後，當吃夠了多油炸、多肉且偏甜的台灣美食之後，更加想念家的味道。大火快炒、中火蒸煮、小火慢燉，父親樣樣精通，熱油冷鍋、花椒、胡椒、豆瓣醬是川湘黔的麻與辣。

家的味道就是當你擁有時，百般挑剔，當你離開時，又念念不忘。少一克鹽，多一點花椒，烹飪的時長，食材的切法，這些小細節構成了獨一無二的風味，家裡每一道菜背後都有家的記憶。

粉蒸肉是父親的拿手好菜，其實在川渝地區不叫粉蒸肉，而是「zà 肉」，zà 是方言。家裡人已經不清楚吃粉蒸肉是從什麼時候開始，又有什麼特殊的含義，大抵離不開地理環境、農耕勞動力大，需要「油水」等原因吧。但做粉蒸肉的方法倒是一代一代在家裡主廚的手上傳了下來。

肉要選肥瘦均勻的五花肉（傳統為選取豬後臀肉，現在人不喜肥膩就選擇整齊的五花肉），做出來的粉蒸肉才能肥而不膩，甜糯可口。五花肉切得厚薄適中，倒上各種香料醃製半小時，再裹上蒸肉粉，不同於其他地區粉蒸肉的做法，為了適應家裡的口味，父親便將紅薯塊換成了切的大小相等的土豆[2]塊墊在肉的下方，然後放進鍋裡蒸，只需靜等幾十分鐘就行。隨著時間的流逝，整個廚房，清香濃郁，一般是父親還沒把菜端出來，我早已拿好筷子，等在桌子邊。

其實針對肉要挑選五花肉還是豬後臀肉，父親和我爭論了很久。父親曾和我講：因為飢餓貧窮的年代，豬肥肉塊大是個評判

2　兩岸差異：大陸土豆台灣稱為馬鈴薯；台灣土豆是花生。

標準，主人捨得拿來招待客人，也證明了主人好客，反倒是若選了瘦肉多的做粉蒸肉，會被客人埋汰說主人小氣，捨不得才拿瘦肉來應付，爺爺事後知道也連連點頭認同父親的說法。

我雖然認同他們這個說法，但是還是很不服氣道：「那是針對你們那個年代，但是現在這個年代，誰還能受得了吃那麼肥膩的肉，又不缺吃的。」

終於，在父親又一次買了肥肉居多的肉回來做粉蒸肉時，我忍不住再次吐槽道：「你怎麼又沒聽我的，這麼肥的做出來誰吃啊！」

「你看，這塊光是瘦肉的，做出來的粉蒸肉柴而老，根本不好吃。」

「那你買五花肉也好啊，不然我都吃不了。」

「你不懂。」

這次的爭論，最後以不愉快收尾，過了一個星期左右，大約是放學後。我回到家，見他又在廚房忙碌，桌上放著蒸肉粉。

「你要做粉蒸肉？」我問。

「對，你先放書包，等等下來吃飯。」

待到晚飯時，我疑心著夾了一塊粉蒸肉，五花肉肥而不膩，再看父親微笑著，將頭仰的高高地，左右晃動，眼睛瞥向我，只等著我一句誇獎。「很好吃。」，儘管爭論當時父親似乎是無視了我的意見，但後來端上來的粉蒸肉都慢慢的越來越符合我的口味，父親總是先以滿足我的需要為主。想念家的味道，想念熱氣

騰騰的粉蒸肉裡夾雜著幾句父親的嘮叨，而現在卻嘗不到父親的米粉蒸肉，日子少了一種濃濃的生活氣息。

不管是粉蒸肉或是菜飯，從小到大，菜飯都是吃不膩的味道，我向來不喜歡吃青菜、白菜等葉菜類蔬菜，但父親的菜飯，往往能吃好幾碗。煮過的米飯軟軟糯糯，再加上略微炒過的青菜，青菜要和煮好的白飯拌起來，鍋蓋揭開那一剎那，鍋裡白是白，綠是綠，樣樣剔透晶瑩，冒著熱氣。味道更不用說，飯中有菜味兒、菜中有米香，令人食指大動。每當我主動要吃菜飯，父親必定不會拒絕，而是興致高昂的在廚房裡忙碌，從廚房裡徐徐飄散出來的，彌漫在整個屋子裡、人心裡，是菜飯的清香，也是家的芬芳。

每當暮色向晚，屋外是雨聲打在瓦上、樹上，韻律清脆悅耳，屋內是一家人齊坐一堂，美味佳餚，有說有笑，每一瞬間都顯得如此美妙。本就盼著自由飛翔，所以離家時，沒有太多留戀，一路奔波，台灣給我的初印象是乾淨的、熱情的、文明的。我適應這裡的垃圾分類，我適應這裡的繁體字，我適應這裡的教學方式，同時我喜歡這裡的人，可親、善談、幽默、熱情，彷彿是十幾年的朋友，相逢在這裡。但當我開始適應了這一切美好之餘，我開始思念家的味道和家中的人。

遠離了你，才發現，原來許多看似絮絮叨叨的瑣碎，勾連的是生活本應有的繽紛色彩。家，是遠在台灣的我魂牽夢縈的地方，家裡的飯，也是久居學院後記憶裡泛起的沉香，芬芳而溫暖。

所幸，遠行的價值就是為了更好的回歸，你問我將要去向何方，我手指著遠方，心向著家鄉。

雪沫乳花浮午盞

劉曉霞

到新北的時候，已是孟秋末。

這個北部的、秋天裡的城市，是看不到「秋月清，白蘋洲紅蓼汀，芳菲黃菊開三徑」的秋日風光的。灰溜溜的拱形馬路，未黃的綠葉，藍天白雲，大的刺眼的三足烏，盛夏的燥熱感遲遲不散。從機場到宿舍，乘務員、老師、服務員，如出一轍熱情的陌生面孔。新北，這座有溫度的城市。

適應了新的生活節奏後，也慢慢體會到了這片土地的人間煙火氣：美食、風景、博物館。嘗過甜不辣、走過陽明山、去過博物館，但還是最喜歡光顧台灣性價比超高的珍珠奶茶。心中很煩躁的時候，吸一口甜度夠而不膩、珍珠夠大又有咬勁的珍奶，滿口的茶香和糖讓腦子瞬間通暢了，煩惱也在咀嚼珍珠的過程中消失了，彷彿看到了華枝春滿。

桃李之年，剛好是生命可以前瞻，也可以回顧的時候。「人間有味是清歡」，茶之於蘇軾是「清歡」，於我則是故土的親切感，亦是這片土地給予我最初的友善。

東方有五千年的古老記憶，文明的長河浩浩湯湯，是侵蝕、搬運或是堆積，每段歷史的風景不盡相同。茶是河中金沙，出於漢魏，盛於唐，歷史的厚重感不言而喻。華人茶道的表現形式有三：煎茶、鬥茶、功夫茶。功夫茶流行於潮州、漳州、台灣一帶。烹茶飲茶的藝術，被認為是修身養性的一種方式，它透過沏茶、

237

賞茶、聞茶、飲茶，親近關係、修身養性。喝茶能靜心、提神，有助於陶冶情操、去除雜念。從北宋蘇軾〈浣溪沙〉的「雪沫乳花浮午盞，蓼茸蒿筍試春盤」，到當代周杰倫歌曲〈爺爺泡的茶〉中的歌詞：「爺爺泡的茶，有一種味道叫做家。陸羽泡的茶，聽說名和利都不拿。」茶是淡泊名利，茶也是家的味道。

福建人嗜茶，已久負盛名。從宋朝開始，武夷山茶就已享譽境內，有著非常悠久的茶歷史。家家戶戶幾乎都有一套茶具，拿出來待客的也都是家裡最好的茶，大人大部分有早晚飲茶的習慣。而我就是個典型的福建人，雖然我不懂茶，可我喜歡喝茶。少時喝茶是因為好奇，笨拙地模仿著父母的動作飲著茶，後來喝茶純為解渴；長大後，面對來自四面八方的壓力，便想要品茗。捧起茶杯，鼻尖繞著茶香，將欲望放置一旁，心靜了下來。放下了茶杯，卸下負擔，整理情緒，重新出發。

「所謂父母就是那不斷對著背影既欣喜又悲傷，想追回擁抱又不敢聲張的人。和你的緣分，在這一生中，將是一次又一次地看著你離開，對著你的背影默默揮手。」這是龍應台的體會。從初中到大學，八年半的寄宿生活，從一週回家一次，到兩個禮拜回家一次、到一個月回家一次、到現在一學期回家一次。一開始自由了的確都挺好的，後來就是偶爾覺得世界很空、生活很鹹。與父母的在一起的時間少了，慢慢就會感受到父母無聲的愛。

家不是一個地方，而是一段時光。異鄉求學，喝茶成了一個人的活動：一個人回憶，一個人修行。茶之於我不僅僅是一個清熱解渴的飲品了，更多的是一個承載記憶的物件。捧起茶杯時，會想起幼時父親教我握杯的場景，有一雙溫暖的手和始終溫柔的

眼睛；茶香繞鼻時，會想起那間茶香和菸草味混雜、賓主盡歡的客廳；啜一口茶入喉等它回甘時，想到每次剛到家時就會看到爸媽坐在茶桌旁等著我，然後遞給我一杯茶以緩解暈車的不適。茶，降火解膩，茶也是暖心的。

「最好的關心，有時候不一定是語言，而是一種味覺上的照顧。」蔣勳老師持著這樣的觀點，我也親身體會到了。兒行千里，母守空巢，心裡十分愧疚，便想要帶幾罐茶葉回家。最先考慮到的是投其所好，再者在孩子不在的時候有茶慰藉他們的味覺，伴以朝夕。或是老友蒞臨時，可以用異鄉的茶慰藉風塵僕僕的來客。故初到台灣我便尋思著買些茶回家，不到一個月的時間我的櫃子已經放滿了阿里山茶、玉山高山茶、杉林溪茶、凍頂烏龍等各種茶。神奇的是，這些茶都是我在出遊的時候偶然遇到的，買茶這個動作在這些出遊的劇本裡是純屬加戲的。

從早上睜開眼睛的那一刻，一天二十四小時剛開始就被安排的明明白白，初中的課間十分鐘，可以吃完麵包在操場上溜幾圈，現在的一小時，集齊工具準備幹活，剛完成一點就過去了。生活和任務都在簡單重複，主觀上便感覺時間一眨眼就沒了。便經常偽文藝在本子上摘抄經典名句感嘆時光流逝：「在忙碌和錯過之間，過完了一個秋天」，「你看一場人間有時不過幾個瞬間」，「時間是洪水猛獸，把溫柔留給你愛的人」。後來接觸到記憶增量理論後，便醒悟過來，生命不是你活了多少日子，而是你記住了多少日子，我要嘗試著走出舒適區，儘量和朋友出去感受外面的人間煙火，體驗新的東西來放慢主觀時間。

於是便有了我和杉林溪茶的相遇：那是一個陰天的中午，在

去市立美術館的路上，偶然遇到的農民市集。晃了一圈，看到了這個賣茶葉的攤位，老闆五十多歲，身材豐腴，戴著黑框眼鏡，一頭清爽幹練的短髮，她看上去不像是個賣茶葉的。她在攤子上擺了七、八個杯子正在泡茶。我到攤位前聞了聞茶香。她衝著我笑了笑：「歡迎光臨，這天陰的，人也悶悶的，來喝杯茶吧，都是手採的哦，你喜歡哪種茶，跟阿姨說，我泡給你喝喝看喔。」她和我見過的大多數台灣的商販一樣，熱情真誠，淳樸友善，無論你買不買，都真誠的招待你，把「謝謝」和「不好意思」掛在嘴邊。她把水燒得滾燙，茶葉泡了好久，我回想著父母平常品茶的樣子，裝模作樣的啜了口茶，假裝自己是個內行人。

「感覺有點苦。」我說。老闆笑而不答，繼續泡。

第二泡茶，沒那麼燙，浸泡的時間也短了一點。

「這個好點。」我試了一下。

第三泡茶，她換了個品種，開水也沒之前那麼燙了。

「回甘了。」我又試了下。

……前前後後大約喝了五種茶，感覺和父母平時喝的差不多，既然勞煩人家泡了這麼多次的茶，乾脆買一包帶回去給爸媽試試好了。正準備結帳時，她說：

「喝完有沒有覺得心情好點？」

「嗯。」

她又問：「哎，聽你口音不像是本地人，你哪裡來的呀？」

「大陸來的。」

「那很遠唉，出門在外，要好好照顧自己呦！這天氣多變，

注意穿衣哦！」

「好，謝謝您！」

每個人心中都有一個嚮往的「桃花源」，是你喜歡的田園生活，或是有我懷念的熱情喧嚷，但有可能我們嚮往的都是最初的溫暖與原始的善良。即便習慣了本地人的熱情友善，再體會一番還是十分暖心。

去一個地方暫居，看風景是其次的，重要的是在行走的途中遇到的人、發生的事。我在這片土地上學習生活，遇到很多善良的人，他們都在記憶力變成我的旅伴。邂逅了萬千種棱面的生命，它們發出的光芒，照亮了我渺小的孤獨和嚮往的未來。

每天都會有待辦事項，或多或少。時常惰性占了上風，當時間變得緊迫，心裡就越發急躁。給自己泡一杯玉山烏龍茶，嫋嫋初升，香氣撲鼻。沖泡後茶湯呈清澈金黃色，清香沁脾、濃厚甘醇，即使是夏茶亦不帶苦澀味。飲一口茶入喉，等它回甘，焦躁慢慢平復了，思緒慢慢打開了，心情也沒那麼糟糕了。茶是無言的陪伴，這種味覺上的照顧帶來的沉默無聲的微微光芒，始終在我身後不近不遠處的地方溫暖地照耀著，是異鄉的茶，似父母的愛。雞棲於塒、牛羊下括、最惹相思。我做了一個夢：遠處有一列動車，長長的鐵軌，一節一節的枕木，鋪向回家的路。

這個秋天，淡水的雨季就像一部高潮迭起的美國電影，不定向的斜風細雨，綿長又沉冗。清涼強勢的淡水妖風、博學親和的老師、熱情友善的陌生人，珍惜這不經意卻又珍貴的生命當下，成為更好的自己。

三種美麗

彭昭蓉

　　很高興能藉著這次台灣學習的機會，來體驗不一樣的生活環境，人文情懷，也很期待在這裡能學習到很多不同於大陸方面的文化知識，對待事物的認知，感受台灣的美麗。

　　我來自於廈門，與台灣隔海相望，與台灣相同是個美麗的沿海城市。或許是因為地理位置的原因以及一些相似的風俗習慣，讓我來台灣能很快的適應，像在自己的家鄉一樣，不會有陌生的感覺。雖然同樣沿海，但是還是存在著差異，不同於廈門封閉式的小島。廈門對於我來說像是一杯清涼的白開水，平淡而溫暖。而台灣更像是一片海洋，它包羅萬象，文化多元，這裡有來自各國的人們，各國的飲食文化，各種宗教習俗等。

　　說起台灣的美麗，當然不能錯過台灣的美食了。對於我這樣十足的吃貨來說簡直再幸福不過了。中式牛肉麵、西式牛排、泰式冬蔭功湯、越式米粉、韓式部隊火鍋、日式拉麵……應有盡有隨處可見。所以說，想要體驗各國的美食，只要隨便走進街邊的小店，總會給你意想不到的驚喜。但是我最愛的台灣美食還是滷肉飯。

　　滷肉飯，可以說是台灣人從小吃到大的美食之一，在台灣隨處可見，對於台灣人來說，大概就是煎餅果子之於天津人，熱乾麵之於武漢人，米粉之於桂林人。無論是夜市的小攤，還是街邊的小店，每家的菜單裡都一定會有這個選項。原料通常有五花肉

肉丁、雞蛋、香菇、洋蔥等，肥瘦適中的肉以醬油慢熬，淋在米飯上，秀色可餐。口味偏鮮甜卻不膩。台灣著名作家舒國治先生曾在自己的《台北小吃札記》中對滷肉飯有著這樣一段細緻入微的精彩描繪：肉必須切成小條，肥、瘦、皮皆在那一小條上，澆得白米飯頂，微顫顫抖動方成。這樣一碗簡簡單單的滷肉飯，卻讓人無法抗拒。

其實我是個非常挑食的人，喜歡吃肉但又懼怕肥肉的油膩感。每次看到肥肉都會嗤之以鼻，只要吃到一點肥肉，就會覺得有油從喉嚨滑下，胃裡一陣翻江倒海。就連香噴噴的三層肉，我也會將肥肉挑出，只吃瘦肉的部分。所以，當我第一眼看到滷肉飯的時候，我的內心是拒絕的，發亮的肥肉蓋在米飯上讓我產生了恐懼感。

直至和朋友去九份遊玩的時候，因為沒有事先做好攻略，到達九份的時候已是晚上七、八點，本以為是想像中的熱鬧，充滿了小吃美食和擁擠的人群，但當我們到達的時候，卻是一家家關門的店，只有門口的紅燈籠依舊高高地掛著。

慶幸的是，有一些生意較好的店還坐著客人而沒有打烊，我和朋友們只好決定坐下，好好的休息，品嘗一下美味的食物。不巧的是，店裡只剩下滷肉飯和貢丸湯。於是，我只好硬著頭皮點下，不能委屈了肚子。上餐的速度很快，老闆娘結完了帳，便熟練的從鍋裡舀起肉汁淋在白米飯上，不一會香噴噴的滷肉飯和熱騰騰的貢丸湯就端了上來。面對眼前令我害怕的食物，我懷著忐忑的心情挖了一勺，吃進了嘴裡，卻收穫了意想不到的驚喜。碎碎的肥肉末配著鮮甜的湯汁顯得格外綿軟，絲毫沒有油膩之感，

讓我一下子喜歡上了。此後的好多天，我和朋友們只要經過小吃店，都會點上一碗滷肉飯細細品嘗，實惠美味又能墊墊肚子，我想這大概是為什麼台灣人都喜歡吃的原因吧。

這次的九份之旅不但讓我收穫到了美食，也享受到了與遊記中不一樣的美景。在嘗過了鮮美的食物後，店家也陸陸續續關門謝客了，也許相比熱鬧，這座小城更喜歡清靜的自由吧。於是，我們便早早離開，踏上了尋找民宿的道路。

我們定的民宿在距離九份一段距離的瓜山國小附近，在經歷了各種「艱難險阻」下，總算找到了位於山上的瓜山國小。一下車，熱情的房東便來接我們。在房東的帶領下，總算到達了我們的民宿。結果也並沒有讓我們失望，甚至比想像中還要完美。我們定的民宿外面是個小木屋，走進是個雙層的小複式結構，一進門就是一個小客廳，日式的裝潢，乾淨、整潔，令人舒適。一樓有個小房間和廚房，還有一個浴室和衛生間，最讓我喜歡的是廚房天花板的透明玻璃，屋頂上爬滿了藤蔓，透過藤蔓還能看到點點的星光。二樓是閣樓式的設計，高度相對較低，天花板是三角的屋頂形，四周的牆壁是玻璃的透明設計，細心的房東還在玻璃窗的邊緣貼滿了橘黃的燈管，將整個閣樓照亮，充滿了意境。當我正躺在閣樓床上，滑著手機螢幕，刷著朋友圈，卻聽到耳邊傳來「小東西」亂竄的聲音，我驚嚇到以為是老鼠，抬頭一看，原來是一隻小貓咪，正趴在床上窺伺著我們，它用爪子搭著欄杆，整個身子站立起來，頭歪歪的探著，眼睛斜斜的偷看，好像一個驚奇的小孩。我和朋友們看到這個場景紛紛拿起手機將牠拍下來，真是可愛極了。

這是九份留給我最深的印象，不是陳綺貞的「咖啡廳」，不是神隱少女的「茶樓」，也不是那些年的「孔明燈」，而是村落正向你緩緩走來的小狗，街頭正慵懶晒太陽的肥貓咪，又或是早晨陽光透過藤蔓照進廚房的畫面，這種人與自然、動物和諧相處的美麗，是我最喜歡的舒適狀態。

台灣的美麗不僅限於美食、美景，還有人們美麗的心靈。很早就聽說台灣的人們熱情好客，淳樸善良。我不以為然，覺得是每個地方的人都會有的屬性。當我來到了這才發現，確實是熱情「過頭了」。這裡的人都會用最親切的口音問候，就連去 7-11 買個東西也會不停地說謝謝。

一次和朋友相約去陽明山賞楓葉，我們先搭乘捷運到達北投，再轉乘公車上山，一路陽光明媚，風和日麗。不料車越往山上開，天越來越陰。經過了一個又一個的彎，終於到達了冷水坑。迎接我們的不是美好的風景，而是能見度不到五公尺的大霧，和瑟瑟的寒風。周圍一個人也沒有，只有偶爾開著機車經過的行人，和按著時間表上下山的公車，山上還下著小雨，我和朋友沒有帶傘，只好在下車的亭子躊躇，不知如何是好。

正當我們猶豫發呆時，一個二十歲左右的小夥子開著機車上山又下山，看到我們後連忙停了下來，問道：「Where are you going?」我感到十分詫異，覺得他的樣子像是會說中文，便支支吾吾的問道：「你會說普通話嗎？」而後兩人相視一笑才發現都是華人。在交談下才得知，我們來的天氣不佳，沒能看到想要的景色，只好打道回府。在這個好心人的幫助下，查到了公車他便下山了，還熱情地向我們招手祝我們旅途愉快後便揚長而去。

　　我們安心地在亭子等著下山的車，便開心地自拍了起來，就在快門按下的瞬間，公車從我們的面前開過，就這樣我們和它擦肩而過。正當我們覺得沮喪又可笑，陷入無奈的心情之中時，那個熟悉的身影又朝我們駛來。原來是剛剛那個熱情的路人來看看我們順利搭上公車了沒有。果不其然，粗心的小孩不好運。他將車停在我們面前，很是擔心的語氣說道：「這班公車錯過了就不好等了，要不然我幫你們叫車吧？」然後他又幫我們打電話訂車，由於太偏遠的原因，沒有司機願意接我們。於是只好繼續等下一班公車。這回他怕迷糊的我們又錯過公車，陪著我們等到公車才離開。當要道別的時候，他又從置物箱內拿出一把傘給我說道：「這把傘你拿著吧。」我問：「那怎麼還給你？」他說：「不用還了。」我頓時覺得內心一陣溫暖，消除了所有被天氣帶來的不愉快。是什麼能讓一個人，一而再再而三的對陌生人伸出援手，並不求回報。

　　現在，每當我拿起這把傘時，我都會想起曾經有個善良的陌生人，在我遇到困難的時候一次又一次的幫助我，或許我不記得他的長相，但是他的恩情我會一直牢牢的記在心裡，讓我覺得原來善良是沒有度量的，沒有最多只有更多。

　　這就是我在台灣遇到的三種美麗，不像大多數遊記裡那樣的圓滿，可以說是平凡，但對於我來說意義非凡。雖然來的時間不是很長，還來不及享受台北，品味台南，領略高雄，漫步墾丁，但是這些美麗的經歷足以讓我永久銘記。相信未來在這裡，我會遇見更多屬於我和台灣的專屬記憶。如果可以，我不想匆匆。遇見你，是我最美的意外。

淡水夕陽

人間有味

尚光一

人間有味是清歡
沒有悠長的思念
燈火怎會闌珊
緩緩向前駛去的青春
不只是孤單
如有不曾失落的爛漫
多風多雨的日子
依然可以是
淡水夕陽般如夢如幻

鹿野高台熱氣球夜間閉幕秀

由於時間和地域的關係

李金奕

走在這座城市，我渴望遇見一些不一樣的風景。

但是並非每一天都瞬息萬變。

兩年了，這座城市的夜是那樣的迷人，微光浮躍過群青的暮色，霓虹點點灑落在江邊，遊船從碼頭駛向遠空，揚起的晚風襲向蜿蜒回轉的環城公路。車水馬龍，人來人往川流不息，即使是這座城市最偏僻的角落也會被人潮的喧囂聲所吞噬。沒有月色，也不會有星光，只有熾熱的太陽和融化在這夜色裡的風景，這座城市似乎從未曾入眠。

入了冬後，這座城市的天氣逐漸好了起來。縱然寒風凜冽，冬陽卻還是很溫暖。楓樹和梧桐圍繞著大街小巷，一片紅或灰黃，再或是墨綠，層層疊疊，映著陽光灑下一地碎影斑駁。這樣的畫面總是很久違，這樣的記憶大概也只能在夢裡出現，而事實上，我對於那座冠之以故鄉的縣城卻也還是陌生的。回首才知身是客。很久沒回去，很久不敢回頭看。

兜兜轉轉，一晃又是一季的光景。秋去冬來，時間一點點流逝，日子一天天走過，對於來時的雄心壯志早已經拋在腦後，如今的我，只是默默無聞的在掙扎著苟且求生，面對著明天的未知，瑟瑟顫抖著努力。過去似乎觸手可及，但卻也已經是隔了那永遠無法越過的時間洪流；未來遙遙無期，總說的「下一秒就是現在」之類的話，於此則更像是一種自我欺騙。也許會偶爾幻想著「未

來可期，前程似錦」，但是現實的支離破碎總會刺穿一些虛偽的面紗。

一季又一季，一場夢又一場夢，歲月回轉，時光消去，周遭的風景也隨著腳步和心境不停的變換，連同往日的記憶也變得無法再辨明。明明是司空見慣的光景，此刻也無法像昨日一般細細數來，而生活則越來越像一張網，糾纏而紛繁不清。

但是，如果硬是要揪住這張網的一根線頭，大概也能抽出幾縷青絲。我記得是在那樣的一個夏夜，墨色壓城，硬生生將其撕做兩半，陣雨和這座城市中心的霓虹渲染著朦朧的夜色，熙熙攘攘的人群印入雨中輾轉成畫。一路走過街巷，在一片或黑白或繽紛的顏色裡穿行，街燈昏黃，街邊的梧桐葉也隨之抹上一絲溫暖。閃著群青色的霓虹裝點著城牆歲月的痕跡，垂柳伴著陣陣晚風攪動著陣雨之後的悶熱，心裡總有些奇怪的感情，交織在一起難以描述。

我幾乎是曾從那座城市的每一角眺望過它的眼睛。淡藍色的電弧在雲層裡閃爍，霓虹燈影裡的摩天輪仍然靜默著凝視遠方。記憶浮躍到此，耳畔遺留著殘音，再往後的故事，似乎已經無法再面對，那樣的日子，那樣的一些日子，似乎註定是要塵封在心底，隻字不可提的。

而如今，已不知是第幾次在深夜裡說這些有的沒的，回憶過去或是空想未來，害怕未知或是沉溺夢幻，我總是懷抱著這樣的不知該如何表述的心思在紙上塗塗寫寫，卻始終不知道究竟該如何表明這份心情。眼前的世界不知為何變得模糊起來，一絲絲苦

澀埋在心裡難以撫去。記憶裡的風景，不知道眺望了多少遍，可那些終究是已經不存在的東西。

　　從前的日色變得慢。車馬郵件都很慢。我來到的這一座城市，它還帶著一些 80 年代的情懷，我雖然不屬於這個時代，但是我莫名對它產生了情愫。

　　去聽一場演出，去看一部電影，去走遍這個城市的每一個角落，去看那些含苞待放的花朵，去聆聽那些細雨微風在耳邊的情話，去嘗一口秋天的酒。你把所有關於你們之間可能會做的事情全部經歷了一遍，於是你開始想把一些零碎的想法寫下來，你覺得這樣心裡留底的情愫就會少一點。

　　從前，拿著滑蓋式的按鍵手機能聊得熱火朝天，好像有說不完的話題，每天好像活的沒那麼現實，所有的東西都是純粹的，開心是純粹的，感動是純粹的，傷心難過也是純粹的，人間的七情六欲，對於你們來說好像沒有那麼複雜難懂。

　　現在，拿著最新的智慧手機，話語好像變得困難，一些辭彙要仔細斟酌之後才發出，話題變得不那麼單調，但是情緒同樣變得不那麼純粹。感動變得困難，開心變得敷衍，連難過是什麼滋味也被淡化了許多。你們怕被現實腐蝕，卻又心甘情願地跳入這生活的大染缸之中，色彩蒼白。從前，現在，過去了，再不來。

　　後來的我們，也許不會再見面，見面也許不會再寒暄，寒暄也許只是流於形式。突然很想回到那個十七歲的夜晚，沉默著歡喜，沒有過分誇張渲染的情緒，卻又是最真實的快樂，每一幀的笑容都值得被定格。

　　遠方一直在煽風點火，拿雨夜敬清秋。我們總是有時間抱怨一切，像是山高水遠阻隔了我們的心臟。我們不敢承認自己已經沒有了那種不顧一切的勇氣，以成長成熟思考問題來遮蓋一切謊言。我們總是想的很多，卻沒有了破釜沉舟的執念。於是我們開始責怪一切，責怪時間，責怪地域，或是責怪互聯網的強悍。記得早先少年時，大家都還誠誠懇懇，如今純粹變得無意義，人們都在慶祝有意義的事情，舉杯落下，很多東西就跟著酒精一起消散了。

　　由於時間和地域的關係，我們這一生再見面的機會應該不會超過三十次了。一句看似很文藝的話，卻由不得人深思。因為你只要仔細計算，就會發現你與你認為親近的人，其實見面的機會沒有想像中那麼多了。

　　由於時間和地域的關係，我們總是在匆匆忙忙中來不及揮手道別，一別不知何時再相遇，頭頂的天空於是成為我們唯一的聯繫。相見卻還沒見的人還很多，穿山越海連起來也讓人心碎碎成河。

　　交心與路過只是一線之差，踏過那條線便能到達你的心裡。不知是否路途遙遠，距離這一步總是那麼遙遠。沒有付諸行動，只有那一直的守望，更是沒有任何的話語。一直在長巷裡迷茫著，漸漸止步。我們之間是否少了一絲交流？是否都沒有嘗試著在這長巷中碰面？

　　時間總會消磨許多距離，要是能主動的說出一句話，這一路的迷茫或許都會變得輕易解決。現在的這個世界裡，人們之間的

遇見

那個長巷一直變得遙遠，變得漫長，或許連觸碰的機會都沒有。

　　科技日新月異，這個社會在不斷的進步，但人與人之間卻變得不那麼純粹，敞開心扉的知音很少，談及利益的酒肉路人很多。社會的進步或許帶來了更多彼此間的顧慮，大家都在害怕著被利用欺騙，都在害怕著被傷害。就因為那樣，之間交心地交流少了，相對應的那條長巷也變得若隱若現。本是可以變得清晰可見，讓人走進，卻是那麼的隱蔽，那顆觸摸不透的心。

　　「和我在成都的街頭走一走，直到所有的燈都熄滅了也不停留。你會挽著我的衣袖，我會把手揣進褲兜。走到玉林路的盡頭，坐在小酒吧的門口。」〈成都〉，我很喜歡的一首民謠，享受著它輕鬆優美旋律的同時，羨慕著歌詞中的人物。是有多純粹，多真摯的情感，才會讓人在成都的街頭徘徊，在彼此心中的長巷裡放歌。

　　年輕一代，總是被告知著一個個看似是人生大道理的「為人處世」，要如何偽裝過去不讓別人看透內心，要如何圓滑地不讓別人到達內心的長巷。是否那些交流都帶著點謊言的成分？站在故事的最角落，默默回首著那些聽過或說過的謊言，是否人與人之間，都變得那麼的不真實呢？那條心中長巷已經無人問津。

　　為什麼那些的不真實，掩飾起了那麼多的情感。為什麼都不願意邁出一步，說出一句真心的話語。究竟是需要拿什麼去打破那個透明的隔膜，放眼，巷子是那麼的長，看不到終點。

　　陳奕迅的〈最佳損友〉這首歌中，他其實很想歇斯底里地發洩內心的憤懣，最後卻以一種看似平淡的唱腔，將朋友中最真摯

的情感、逝去的心痛慢慢傾訴。
彷彿在說，看吧，你走吧朋友，
我一點都不需要你的陪伴，我只
是偶爾還會想起與你促膝把酒傾
通宵的夜晚。

　　借我十年，借我一顆不曾
失落的心，借我鮮血淋漓的勇
氣吧。多想一天彼此什麼都不追
究，相邀再次喝酒。無論在什麼
城市，無論在什麼角落，我在這
條路走了太久。終有一天，我們
會再度遇見。老友，願你無憂。

淡江大學校園奇景：雨季來臨時，許多的階梯都變成了瀑布景觀
上圖：海事博物館前階梯、下圖：克難坡

每次的相遇，都是久別的重逢

郭倍羽

「每次的相遇，都是久別的重逢……」

關於遇見，是如此平易近人卻又無法掌握。人生中，似乎每一刻都在遇見，但我們卻不得而知下一秒是相遇還是錯過。如果說，人生是一場戲，那麼遇見一定是編劇，將每一個故事編織而成。

小時候的遇見

「我們好像很常說，好想回到小時候喔……」

那個天真的時代，我們遇見了世界，帶著一顆沒有受過污染的心，在宏亮的宣言中展開了接下來的每個相遇。那時，我們遇見了太多的第一次，或許因為這樣，多半的記憶早已隨著歲月悄悄離去。當時的遇見，帶著滿滿的童真，總深信童話告訴我們的美好，甚至任性的不懂珍惜，因為尚未經歷所謂的錯過。小時候的我們希望快快長大，渴望遇見更多不一樣的人、事、物，那時候大人們口中說的好像都是一些正向到跟真實社會完全脫節的言語，似乎認為年幼的我們不應受到任何污染，這樣的環境下，小孩總是勇敢的，每天都帶著滿滿的希望去遇見人生中每個開端。

青春的遇見

「只有青春能任性的擁有如此美好的荒唐……」

每個人的青春不知為何的都會遇見煩惱，而這樣的煩惱很可愛，因為它往往在當下很痛苦，之後回想卻又覺得好笑。那時候

的我們處於 一個過渡的階段，開始遇見越來越多不一樣的人，也開始遇見好多必要的考驗。我們總覺得自己長大了，於是帶著極度不成熟的成熟去處理各個喜怒哀樂。

一

　　人與人之間，總是有著非凡的力量牽絆著，在一片陌生的人海之中，總是會有那麼幾個和你意氣相投，不知不覺，你們遇見了彼此，成了彼此青春中重要的存在。人類的群居天性，使我們習慣用不一樣的方法與他人聯繫，在那個手機不發達的年代，我們寫小紙條、交換日記，雖然內容盡是一些芝麻般大的小事，對當時的我們卻是極為重要的日常。這時的情感很真實，沒有太多利益關係，純粹喜歡一起玩樂的感覺，很單純甚至有點幼稚，好多荒唐的事都成了往後無可取代的回憶。

　　這樣的我們特別容易相互影響，因為這個年紀我們都還在尋找著什麼是屬於自己的成熟，什麼是屬於自己的理想，雖然老天爺創造了不一樣的個性給每個人，但在成長的過程中，因為不一樣的遇見，會默默地改變了什麼，也許你沒發現，但這卻會對人生往後的故事帶來許多影響。

　　人與人相遇中，總是會擦出不同的火花，因為站的角度不同，思考模式不同，爭吵是一段友情中必備的，它就像辣椒粉似的為一道料理帶來嗆辣，過多的辣椒粉可能會帶來不適，因此出現了裂痕，出現了為難，開始覺得為什麼對方不跟我站在同一陣線了，認為你們彼此間不再需要良性的溝通了；反觀，適度的辣度，可能會讓彼此之間的感情更緊密，因為這樣的經歷使我們更了解彼此，經過溝通、放下心結，依舊可以延續這份緣分。

　　青春的熱血，有大多成分都是因為身在這溫暖的友情泥濘中，那些只屬於青少年的瘋狂，或許天下真的沒有不散的宴席，隨著時間的流逝、環境的改變，有些曾經的遇見，會失去聯繫，可是一切都是緣分啊，也許接下來的某一個時刻，你們再次相遇。

二

　　偶像劇十部中大概會有七部以上是校園劇，因為觀眾對這樣的背景很有共鳴，我們總是在這時候遇見怦然心動的他，有人說在十五、六歲遇見的那個人，是一生中最難忘的，不成熟的我們，與人生中最簡單也最複雜的愛情相遇了，開始被對方的一舉一動牽連著，會希望對方心中也有一個專屬於你的位置，甜甜的枝椏在心中萌發。

　　每當我們遇見愛情，就開始了一連串的選擇題。該跟對方告白嗎？如果失敗了會不會連朋友都當不成呢？也許在青春的悸動下，我們提起勇氣，勇敢的告白了，彼此也開始走進對方的心中，但接下來的選擇題卻越來越多，不成熟的我們，因為被對方的優點所吸引，交往後卻遇見了許多缺點，發現了許多問題，這時候應該選擇接受嗎？開始問自己這就是愛情的模樣嗎？愛情似乎沒那麼夢幻了，種種的困難充斥著，於是有一方選擇放棄，開始尋找下一段幸福，而選擇待在原地的，看似被傷害，但其實這不也是一個選擇嗎？

　　十五、六歲的那個難忘，多半是沒有結果的那個，甚至不曾在一起，但在心中總是會偷偷留一個位置給他，縱使之後跟其他人交往了，在深夜中依然會偶爾思念起他，也許是思念喜歡他的感覺，在未來的某一刻，當有人告訴你，他也找到他的幸福時，

或許會難過，但更多的是替他感到開心，雖然這份幸福不屬於自己，可是愛一個人不就是希望對方幸福嗎？我們終將學會放下，放下對他的情感、對他的堅持，緣分讓彼此走進生命裡卻不是心中，愛情的本身很美，不美的是我們，因為我們總是被愛沖昏頭，忘了愛別人同時也要愛自己。

成年後的遇見

「成年，一個遲來的為自己負責的時候」

從小到大，我們總遵循著教育的腳步走，父母總說好好唸書，以後才有好成就，於是大家一窩蜂的為成績苦惱，那幾個數字對學生來說是童年的壓抑，而在壓抑下，我們也只能告訴自己，加油，長大之後就不用一直考試了，但可怕的事才正要遇見，我們開始需要決定未來的走向，可是從國小到高中，不就都是國英數物化嗎？音樂課、美術課往往被其他考科借去考試，這些科目已經壓得我們喘不過氣了，更別說要思考自己未來要做什麼？什麼時候我們變得好像考試機器人，忘了思考自己真正喜歡的是什麼，而我們背負著上一代的期望，背負著對自己的疑惑，選了一個看起來還可以的大學。

成年後，我們才發現志向不再是作文題目，而是人生永遠的考題，想當初的那篇〈我的志向〉或許得到的分數不錯，可是那真的是我想要的志向嗎？現實社會很殘酷，適者生存，不適者淘汰，於是怕被淘汰的我們選了一個相對保障的地帶，不過回頭想想，這樣生存下來，真的快樂嗎？

成年後的我們遇見了孤獨，不再像從前一樣可以隨時都有一

票朋友玩在一起，每個人開始有自己的規劃要走，開始學習如何
跟孤獨相處，畢竟現實面中真的只有自己可以依靠，習慣了緣分
的來來去去，習慣了好多原本不該習慣的失敗，成年後的我們最
常掛在嘴邊的似乎是好想回到以前喔。

　　人生的每個階段，都有著獨特的遇見，未來還有許多不同的
遇見等著我們去發現。「每次的相遇，都是久別的重逢。」是啊，
每次的遇見都是如此不易，在命運的安排之中，才能有所謂的相
遇，也許很多事情無法掌握也無法強求，但這不就是人生的奇妙
之處嗎？長大的我們都應該學習小孩的純真、青春的無畏，對於
每個遇見不論結局如何都應從中獲得寶貴的經歷，相信在未來的
某一個時刻，將會來場久別的重逢。

全稱：淡汙書卷廣場，簡稱：淡卷廣場

遇見更好的自己

賴盈安

遇見，聽起來很模糊，卻是每一個人每一天都一定都會碰到的事情。

有一些人會遇見喜歡的人，有一些則是會遇見自己討厭的、不喜歡的人，甚至是仇人。而遇見，不一定是真的實際遇見。

有的時候可能是遇見一個全新的自己，一個自己從來沒看過也不知道的自己，也有可能是好的也有可能是壞的。

因為每天都在不停地遇見不同的人、事、物，或者是風景，所以讓我們平淡又平凡無奇的生活變成一個充滿驚喜、多彩多姿的生活，也因為常常讓我們遇見我們意想不到的事情或是人，所以更加讓人們期待接下來會再遇見什麼樣子的事情。

我們常常會期待接下來會發生的事情，但是我們也因為不能自己決定、不能自己安排所有事情的結果或者是過程，所以常常有可能會發生一些不如我們意的事情，而我們能做的只有等待和抱持期待愉悅的心。

我覺得現在我們遇見的每個人、每件事，都是要教會我們一些事情，就算是遇見一隻狗，也是要教會我們一件從其他地方或者是從課本上學不到的事情。這些事情可能看似很簡單，但因為我們在過程中的努力，所以才能學到更多表面上看不到的東西。

我記得在我國小大概三到四年級暑假的時候，在那炎炎夏日之下，因為待在家中太久，實在無聊到快發瘋了，於是我帶著家

261

裡的外勞阿姨跟我最愛的直排輪到距離家裡最近的國小玩，玩了大概接近兩個小時，因為受不了太陽的熱情，就跑去有酷涼冷氣的超商買個運動飲料補充水分。

當我買完飲料回去國小收拾我的直排輪的時候，我遇見了一隻狗，牠是公的，體型中等，像是混種過的米格魯，身上有淺棕色跟白色，耳朵垂垂的看起來很無辜、很可愛，我以為牠是附近人家的狗，所以當牠靠近我的時候，我只有摸摸牠，就準備要離開了，想不到這隻可愛的大狗，一路跟著我回到家。到家之後，這隻大狗還是一直停在我家門前不停對我搖尾巴，然後露出一種楚楚可憐的眼神，就像是在祈求我收養牠。牠就這樣在我家的車庫外待了一整個晚上，因為牠實在待太久了，前前後後總共待了快三天，中間雖然有去別的地方，但很快又回到我家車庫前，最後因為牠實在太堅持要待在我們家，所以我們就決定要收養牠，把牠養在車庫裡。

聽到這個好消息，我整個興奮到快跳起來，我馬上把牠帶進車庫，然後就這樣開始了養狗人生。牠是一隻很顧家的狗，也很顧主人，只要有陌生人來家裡，牠馬上就會狂吠，甚至要衝過去咬他。就因為這隻狗太具有攻擊性了，在牠住進我們家之後總共咬了五個人，每個人都是傷口見血，也因為這樣賠了不少錢，最後家裡的人實在忍無可忍，只好把牠送到擁有大花園可以讓牠奔跑的家。

遇見這隻狗大概是我人生中最幸福的事情之一，從牠的眼神讓我知道牠有多愛這個家，而愛是多麼間單的一件事情，也讓我知道小小的事情就能開心很久，也是因為牠，讓我在不開心、難

過的時候，可以有一隻狗安靜的在我身邊陪我，聽我講話發洩，在聽我講話發洩的時候，我的狗狗會安靜地坐在我旁邊讓我摸摸牠，有時也會跟我撒撒嬌磨蹭我，這些都是我在課本上學不到也得不到的。

在我的成長過程中，遇見了這隻狗，雖然最後牠離開了我去別的地方生活，不過在這段不長也不短的四年中，我在狗狗身上學到很多事情，也得到了很多不同的愛。

每個遇見，都不一定是永遠，有可能只是短暫的出現，交給我們該學會的事情或是該學會處理的難題之後，又悄悄的離開。

不過有一種遇見是永遠不會離開的，就是遇見自己。

當我們在成長的時候，常常會遇見不同的自己，有可能是完全不認識的自己。像是遇見一個成熟的自己，遇見一個難過的自己，遇見一個幸福的自己，每一個遇見都會使我們成長，並且學到不一樣的東西，然後再讓我們遇見一個更好的自己。

在我升上高中的那個暑假，因為選擇了離家很遠的高中，我開始遇見了一個成熟的自己，那是我第一次離家裡這麼遠，必須一個人面對所有全新的人、事、物，在一個人生地不熟、誰也不認識的地方，學會一個人做所有的事情。從那個暑假開始，我開始學習怎麼獨立，不再任何事都找爸爸、媽媽、家人們、外勞來幫我，我開始嘗試自己做所有的事情，也嘗試去和自己完全不認識的人主動當朋友，嘗試在自己需要幫忙的時候找尋陌生人幫我，做了很多原本我不敢嘗試的事情，所以我遇見了一個我從來沒見過的自己。在那之前，我從來不知道我可以做這麼多事情，

遇見

也不知道我能在十五歲懵懵懂懂的年紀時，去到一個人生地不熟、誰也不認識的地方學習，雖然過程中受到很多委屈，也受了不少傷害，但是也因為遇見了這些委屈和傷害，促使我能遇見一個全新的自己，一個更堅強、更成熟的自己。

在每一個遇見的過程之中，我們都會學習到不同的事情，有可能過程是累人的，也有可能是輕鬆的，有可能會讓人感到難過或者是開心。當我們在遇見的過程中，學習到的都是獨一無二的，也是最珍貴的，即便很辛苦、很累人，只要撐過那個辛苦累人的過程，我們一定可以遇到一個嶄新的自己。

遇見，也有可能會帶給人感動。

在前不久的時候，我遇見了一個好久不見的幼稚園兼國小同學，還記得小時候的她是一個內向又害羞的小女生，而現在呢，經過了好幾年之後，她蛻變成為一個可以獨自站在幾百個人面前講述自己的想法和理想的人，也成為了高中部的學生會會長，為高中部的大家爭取該有的福利，現在的她跟小時候那一個內向又害羞，講話像螞蟻一樣超級小聲的小女生都完全不一樣了，現在的她充滿著自信，眼神之中散發出一種無人能敵的感覺，看到她這樣的大改變，讓我不禁感動了起來，因為看到了她所有蛻變的過程，在那過程中她體會到酸甜苦辣，但是她沒有因此而放棄，反而努力的堅持下來，這些辛苦和努力，使她現在成為一個人人稱讚，使大家當為榜樣的一個優秀的人，也因為她沒有放棄，努力的改變自己，所以她遇見了一個嶄新的自己，一個她從來沒有想過會遇到的自己。

　　我認為每一個遇見都是一件美好的事情，這些過程會使我們成長，然後在這些成長的過程之後，我們又能再度遇見一個全新的自己，一個自己完全沒有遇過的自己。所以遇見，不一定是不好的，雖然除了遇見自己之外，其他都有可能在遇見之後又離開，但也因為有遇見，我們才能學習成為更好的人。希望我們之後不管遇見什麼樣子的事情，都能努力地解決它，並且努力地享受在那過程中的種種，最後我們就會再度遇見更好的自己，或者是其他更好的人、事、物了。

極短篇

周千又

　　「遇見」是一個強烈意義的字眼，但也可以是淡淡的、簡簡單單的。我猜，只是猜，每個人的一生都會遇見某些人，喜歡上她。有些人在合適的時間裡遇到，就像是在春天遇到花開，所以一切都很好，他們會相戀、訂婚、結婚、一起生活。而有的人在錯誤的時間遇到，就像是在冬天，隔著冰看見浮上來換氣的魚，所以只能看著，魚換完氣，沉到水裡，就看不見了，再也沒有後續。但是我們能說在春天遇到花是對的，而在冬天遇到魚是錯的麼？在錯誤的時間裡遇到，就能克制自己不喜歡那個人麼？是不是仍然會用盡了力氣想去接近，想盡辦法掩飾自己，甚至偽裝成另外一條魚。這是濃又強烈的遇見。

　　而我的遇見，屬於淡淡的幸福，熱愛閱讀的我，在升高一的某個和煦的午後，遇見了極短篇。如此美麗的相遇，開啟了我的想像力。這篇極短篇是這樣的。

　　新家不能養狗，搬家前夕，妻要他把狗帶去丟了。連續一個禮拜，每天早上，狗還是準時出現在門外。「一定是還不夠遠。」妻說。最遠的那一次，他也沒有回來。儘管毫無線索，妻還是決定出發去找他。狗又回來了。可這次沒有人來幫牠開門。

　　極短篇的魅力在於，同樣的開頭，同樣的結尾，卻能幻化出不同的故事情節。於是，我打定了主意，提起筆，坐在那舒適的木桌前，賦予此極短篇新旅程。以下為我對此極短篇的想像。

　　我在庭院裡，玩弄著那帶刺的玫瑰，柔和的朝陽灑落在我身旁那一團白色小毛球上。喔！那小毛球是我家養的小狗狗，潔白柔軟的毛，加上那豐腴的身材，讓我在五年前從朋友那抱回家時，就決定取名叫胖水餃。我用手輕輕撫摸著牠，眼神帶著些許不捨……。我緩緩起身，將牠抱了起來，走向了家門。家門口那張紅色的條子，格外讓人心煩。「租約到期」，我在心中暗唸這沉重的四個字。「汪！」胖水餃在我手中不耐煩的擾動著，我連忙拿出鑰匙，進了家門。木色的地板，和色的沙發，酒紅色的茶几，讓我紛亂的心鎮定了許多。可是這美好的一切，在一星期後，都將化為泡影了……。

　　傍晚時分，夜幕逐漸低垂。我在廚房準備著晚餐，油煙燻得我忍不住掉出淚來。「沒錯！一定是油煙才會這樣的。」自以為完美的可笑解釋……。看著窗外，我想傑爾應該快到家了吧！嗯，傑爾說紐約的新家不能養狗，他今天會和房東談談，不知道是不是有把胖水餃留下來的希望？我想著想著，連攪拌湯的勺子都不自覺的停了下來。忽然，有人從背後抱住了我，並在我的耳畔輕聲說道：「優娜，你在想什麼？想得那麼出神，連我回家了都不知道？」我倒吸一口氣，猛然轉身，對上他那雙深邃的藍色眼睛。「傑爾，對不起，我一直在想你是不是能順利說服房東，讓胖水餃住進去。傑爾，快告訴我，是不是個好消息？」我在他的瞳孔中望見自己臉上的期待。傑爾又向前抱住了我，右手摸著我金色柔軟的髮絲，又道：「對不起，真的盡力了……。」我愣了一愣，明白了眼前的事實。放開了環抱他的手，轉過身子，關上了火，我強忍著淚水，回過了頭，對他做了一個極度勉強的微笑。「外

頭很冷吧？趕快來喝點熱湯！」今天的晚餐時刻，安靜地快令我窒息……。

風吹著外頭的枝葉沙沙作響，伴隨著潮濕的雨水，令人難以忍受，今晚，我徹夜未眠。躺在床上，水汪汪的碧色眼睛瞪著天花板，牆上的鐘噹噹噹的敲過了十二下。我覺得我的心正被惡魔吞噬著。「胖水餃，對不起。」我讓任性的淚水奔流在枕頭上，滲入、滲入、滲入到那最黑暗的底層。「汪！汪！」胖水餃彷彿看穿了我的內心，牠跳上床舔了舔已經哭累的我。抱起牠，啊！好溫暖！胖水餃，謝謝你五年來的陪伴。

一大清早，我走向客廳，傑爾正在看早報。「早安傑爾。」他抬起頭，給了我陽光般的笑容。「傑爾，新家不能養狗，那……。把胖水餃丟了吧！」我看似吃下了定心丸，其實內心正淌著血。牠老了，沒有人想認養，只能這樣了……。我要堅強點，傑爾也盡力了，不能再給他負擔。「你是認真的嗎？」他望著我，我只是點了點頭。再多說一個字，我的眼淚又要潰堤了！

今天夜裡，屋子裡空盪盪的，少了再熟悉不過的汪汪聲，靜極了。一整晚，我都抱著傑爾，深怕又再失去些什麼。天都還沒亮，我就被狗的叫聲吵醒。等一下，狗？不是丟了嗎？我從床上跳了起來，胡亂穿了件外套，就往家門口奔去。打開了門，啊！胖水餃，我的胖水餃！胖水餃的毛全身濕透，白色的毛也變得灰灰黑黑的，四目相接，內心的悸動　。碰！我猛然關上門，衝回房間。「傑爾！你丟得不夠遠，胖水餃回來了！」我好無情啊！但這一次，我不得不無情。第二天早上，牠流著血回來了，同樣地，牠被送往更遠的地方。第三天早上，牠又回來了，看起來足

足瘦了二十公斤，卻又被送往更遠的地方了。牠那泛著淚光的幽瞳，深深地銘刻在我心間，成了我的致命傷。第四天、第五天，牠都回來了，只是我再也不敢開門看牠，只是歇斯底里的叫傑爾把牠越送越遠、越送越遠……。

接下來的兩天，捷爾和狗都沒有回來。我把所有的家當搬上卡車後，焦急的沿路尋找。今天是木屋的到期日，也意味著我必須趕快找到傑爾，然後搬到新家去。我走過附近的每條大街小巷，一頭亂髮和那狼狽樣，極度像個逃學的孩子。夜漸漸升高了，我依然沒有找到傑爾……。

時光像風兒一樣，悄悄的流逝，月光雖明亮，陰晴圓缺也挺令人惆悵……。我一個人，落寞的到了紐約。之後的每一天，不知是怎麼過的，只是覺得，雨，一直下，一直下，似乎從未停下來過……。

胖水餃跋山涉水，費了千辛萬苦，終於回到了小木屋門前。可是這一回，沒有人來幫牠開門……。

春櫻弱枝頭，秋風碎葉紅。十個月過去了，我站在鏡前，看著那長到不能再長的思念。討厭，討厭這樣的自己……。突然，靈光一閃，拿起了剪刀，撩起瀑布般的金髮，毅然決然的剪掉了。我走出了公寓，啊！陽光，好久不見了呢！轉過了一個又一個街角，步伐輕快得像個孩子般。「汪！汪！汪！」一陣狗吠引起了我的注意。一隻灰中帶白的小狗望著我，那眼神好熟悉，我的心像被刀劃過！喔！是胖水餃！真的是胖水餃！牠往前走了幾步，又停了下來，回過頭，像是要帶我去什麼地方。我跟上前

去，走了好遠好遠的路，上了一座山。山上，雜草叢生，而其中高起的黃土突然讓我有種感傷。啊！那是傑爾的墓，一定是的！胖水餃帶我來到這裡，或許是為了讓自私的我了解到我做錯了什麼……。那一夜，狂風暴雨。

　　我又搬家了，這回，我找到了一間可以容下我和胖水餃的房子。雖然，他在搬家後不久就過世了。但牠的孩子，是的，牠的孩子，小煎餃一直陪著我。我在小煎餃的身影中望見胖水餃。胖水餃謝謝你，你讓我懂得珍惜現有的幸福。

　　遇見極短篇，像是正要西沉的太陽遇上月亮，本應不相干，卻仍然碰了著面，正是短篇與長篇的邂逅。如果說小說是人生的舞台，那麼極短篇是燦爛的煙火，在最少的字，最精簡的情節間，包容最飽滿的意涵與張力。這種強烈爆發力，就像廣告在數秒之間營造的感動，讓流星般的敘述定格為永恆風景。長篇故事有其氣勢壯闊及可讀性，然而短篇故事亦有其弦外之音及耐讀性，篇幅雖短卻意味深長，突破篇幅的限制。很慶幸能遇見極短篇，開啟了我的眼界。

那隻貓

李書瑜

轉開門把習慣性的往左看望了下，果然還是空無一物呢。

猶想起高二那年，情人節剛過，街上仍是充斥著費洛蒙的氣味，無論是人類或是動物就像是在過了情人節後，瞬間就找到了自己的伴侶，出門在外總是能看見成雙成對的生物活動著，生活就像是溺在蜜糖中，尤其是在我家門外的流浪貓，過的可真是不亦樂乎，可能是發情期到了，牠每晚都聲嘶力竭的在喵喵喵，想盡辦法用牠的聲線唱出九轉十八彎似的音響，害得我夜不能寐，簡直痛苦到極致。

而每晚被騷擾的日子說長不長說短不短，在失眠了幾天後便度過了。少了夜夜騷擾的聲響，不得不說睡眠品質真的上升了不少，常常能一夜無夢到天明，不用再睡到一半被靈魂歌聲給吵醒。但好景不常，這日子還沒過到兩個月，門外就又開始出現了貓叫聲，然而這次竟還是多重奏。

不知道我上輩子到底是燒了什麼好香，這些傳聞中不愛親近人的貓主子竟然如此愛我家門口，除了之前老愛在我家門口叫喚的貓，這次居然直接多出了一窩小貓，這到底是好康道相報，所以導致我家門前貓這麼多，還是單純只是這塊地是個風水寶地。

看著窩在我家門左邊空地的小貓，各種常見的顏色都有，我猜想大概是之前的貓咪生出來的孩子。畢竟能生出這麼一窩五彩繽紛的貓，除了那位靈魂歌手，我還真想不出來有哪隻貓有這個

能耐。小貓們有點怕人，每當我打開門後牠們都會一哄而散，而在我走遠後，牠們又會邁著短萌的雙腿窩回我家門口，這時候心裡都會浮現出一個念頭：「到底是對我家門口有多大的執念。」

每天進進出出的看見小貓，久了牠們也熟識我，開始不會閃躲。但還是沒有多親近，直到有天我帶著鹹酥雞雀躍的走回家，在開門時忍不住鹹酥雞的誘惑，想說：「先吃一塊好了，受不了。」卻沒想到叉子才剛插起來，還沒送入口中，就在中途墜機了。原想秉持著三秒原則，三秒未到趕快撿起來還能吃，卻沒想到一個矯捷的黑影從我腳邊一個飄移，把掉在地上的肉給叼走後，片刻間就逃離得遠遠的，徒留我一人感傷。

我看著那叼走肉的黑色小貓，不由得想起人小志氣高的俗諺，看牠的尾巴晃的可驕傲的，像是個剛剛打完勝仗帶回戰利品的將軍。驕傲的過程中還不忘回頭看了我一眼。頓時千嬌百媚、傾盡都城，那時的我差點醉倒在牠腳下，渴望成為牠最忠實的貢獻者。喔，才沒有呢，我只從牠眼中看到嘲笑的眼神。

經過那次鹹酥雞事件，小黑貓像是發現我其實好欺負，不同於其他小貓對我相敬如賓，而是會走在我的面前驕傲地抬起牠的頭，像看著牠的臣民似的，偶爾心情好了會走到我的腳邊，用牠的尾巴一晃一晃的拍打我。牠這個舉動直接征服了我，本來還想跟這些小貓當個陌生人，但實在太可愛，讓我沒辦法無視牠們，害得我從此走入了貓奴才的不歸路。

我開始每隔三天就會帶著貓罐頭或是貓飼料去投餵牠們，反正牠們也都窩在我家門口附近而已，抱持著關愛鄰居的心態，每

天都花不少時間蹲在牠們的領地，想要與牠們更親近一點。有時候不小心蹲的太忘我，站起來就會有一陣酥麻感從腳底傳上來，讓人久久無法動彈。

　　一開始牠們看見我放下食物後，都會瞬間離得遠遠的觀察我，只要我站在那邊，牠們就不會接近，就連當初敢膽從我手中搶食的小黑貓也是，所以我只好先遠離食物上樓，回到家後再從陽台偷偷窺探牠們，看著牠們小心翼翼地靠近食物，舔個幾口後確認無異常，才敢大口的吞嚥。

　　而後，我每天都縮短些距離，讓牠們慢慢習慣我，開始能慢慢地從放下食物就得走人，到能站在遠一點的地方看牠們進食，這樣看似簡單的過程是需要一段時間才能達到的，畢竟流浪貓就算只是小貓，在外面也是經歷了許多我們所不知道的，因此對人總是抱持著些許的戒心。

　　最終，皇天不負苦心人，在我堅持了將近三個月之後，每次回到家路過門口的時候，牠們都會搖著那纖細的尾巴跳出來和我打招呼，有一些膽子比較大的貓還會跟著我走進我家的樓梯口裡，肯定是被我持之以恆的耐心所打動，但也有可能只是看到行動飯碗出現了，所以才這麼熱烈。不論他們行動的原因是為何，結果是好的就行了。

　　自從牠們開始願意親近我之後，每天放學回來就多了一個娛樂項目，那便是吸貓，就算是社團練習到很晚，還是會在家樓下玩夠了再上來，有的時候不小心摸太久，回到家都快十一點了，媽媽問起：「怎麼今天那麼晚？」我總是既心虛但又有點開心地

回答：「今天社團練太晚了啦！」殊不知，我九點多早就到家了，只是在樓下摸貓摸到忘我，所以才晚回來的。

　　每次摸摸牠們毛茸茸的毛，心情都有種被治癒的感覺，手就像被強力膠固定在牠們身上一樣，總是拔不下來，雖然有時候牠們會突然發起脾氣，導致我手上總是會出現一些愛的痕跡，但簡直是典型的「痛並快樂著」。

　　在不知不覺中，從最初的靈魂歌手到現在的一窩小貓咪，已經過了半年有餘，原先並沒有特別喜歡動物，最喜歡的只有我家以前養的馬爾濟斯，但自從牠過世多年之後，就沒再對小動物有過悸動的心情。

　　沒想到在這因緣際會下，能認識到這群貓咪。雖然有時候真的皮到我很想揍牠們的屁股，尤其是曾經有次蹲在那邊摸貓的時候，其中一隻像是玩得太興奮，結果把我的制服勾破，害得我半夜自己在那邊一針一線的縫衣服。但也是因為牠們，我才每天都歸心似箭，每晚的夜生活都過的十分精彩。

　　就算是早上急忙搭公車，頭還是會習慣的往左轉，跟那一群小貓打聲招呼，有時候時間比較有餘時，還能跟牠們先玩一會兒。晚上更是一定要蹲在小空地吸貓，一天不吸就渾身不對勁，就跟吸毒沒兩樣。

　　原本以為大概可以這樣玩貓一直到牠們各自成家立業，卻沒想到有一天牠們竟然全都不見了，一開始還沒覺得奇怪，畢竟本來就不是每天都能看到牠們，但連續好幾天就不對勁了，而且不只是那些小貓不見，連平時會在附近活動的貓、狗都不見了。

　　牠們去哪裡了呢？想也知道，可能是附近的流浪貓狗太多，所以住戶受不了去通報捉捕大隊，才導致附近貓狗一空的狀態。

　　跟這些貓咪相處了快一年半以上，牠們突然消失在生活周遭，原本的生活像是空了一大角，整個生活像是被打亂了一樣，而我則是產生了戒斷症一般，每天總是惶恐不安，習慣性的往左看，但卻什麼都沒找著。

　　因為牠們的失蹤，有段時間自己一人還會在家裡偷偷的哭，畢竟與牠們相處了這麼久，感情什麼的早就培養起來，哭了一陣子心情才慢慢回復，開始能漸漸釋懷牠們真的不見的事實。

　　但就算不哭了，每次都還是會習慣性的往左看，總覺得哪一天牠們可能就會突然又出現在那邊，就像是一開始一樣，某一天就突然出現在我的生活。可是一直到現在，左邊還是空空如也，就連我家的鄰里也看不到幾隻流浪貓或狗，牠們就像是被捲入了黑洞，一夕之間就都消失了，再也沒有誰能看見牠們。

　　我的心情也從一開始的「會不會回來呢？」到現在的「今天左邊，仍是空的呢。」就算早就知道那些貓是不可能再回來了，但還是會習慣的往牠們之前常出現的方向看。就只是個習慣而已，出門前如果不往左看，就好像少做了什麼，一定要補看心裡才能安穩。

　　我猜想，可能是我的大腦告訴了自己要釋懷，一切都過去了。但潛意識還是覺得一切都還沒結束，也許哪一天又能聽到靈魂歌聲以及那銷魂的大合唱，以前總覺得那些叫聲是魔音傳腦，但現在發現其實還挺悅耳的。

國家圖書館出版品預行編目資料

遇見 / 吳秋霞, 張濤主編. -- 一版. -- 新北市：淡
大出版中心, 2019.05
    面； 公分. -- (淡江書系；TB021)
ISBN 978-986-960r71-9-3 (平裝)

830.86   108006758

淡江書系 TB021   ISBN 978-986-96071-9-3

遇見

主　　編	吳秋霞、張濤
主　　任	歐陽崇榮
總 編 輯	吳秋霞
行政編輯	張瑜倫
文字編輯	陳卉綺、林嘉瑛
詩	尚光一
攝　　影	吳秋霞、黃庭、2016級文產班同學
封面設計	斐類設計工作室
印 刷 廠	中茂分色製版有限公司

發 行 人	葛煥昭
出 版 者	淡江大學出版中心
	地址：25137 新北市淡水區英專路151號
	電話：02–86318661/傳真：02–86318660
出版日期	2019年6月 一版一刷
定　　價	420元

總 經 銷	紅螞蟻圖書有限公司
展 售 處	淡江大學出版中心
	地址：新北市25137 淡水區英專路151號海博館1樓
	電話：02–86318661 傳真：02–86318660